보물섬

▶ 정확하고 유려한 번역과 아름다운 디자인의 펭귄클래식,
이제 온라인에서 만나보세요.

1. 펭귄클래식의 최근 소식이 궁금하다면? 공식 페이스북
   https://www.facebook.com/penguinclassicskorea

2. 펭귄클래식 속 좋은 문장과 이벤트 알리미! 트위터
   http://www.twitter.com/ipenguiner

로버트 루이스 스티븐슨

보물섬

강성복 옮김

펭귄클래식코리아

보물섬

1판 1쇄 발행 2014년 11월 25일
1판 9쇄 발행 2022년 10월 31일

지은이 | 로버트 루이스 스티븐슨 옮긴이 | 강성복
발행인 | 이재진 단행본사업본부장 | 신동해 편집장 | 김경림
마케팅 | 최혜진 이은미 홍보 | 최새롬 반여진 정지연
제작 | 정석훈 국제업무 | 김은정

브랜드 펭귄클래식코리아
주소 경기도 파주시 회동길 20 웅진씽크빅 단행본사업본부 펭귄클래식코리아
문의전화 031-956-7066(편집) 02-3670-1123(마케팅)
홈페이지 www.wjbooks.co.kr
페이스북 www.facebook.com/wjbook
포스트 post.naver.com/wj_booking

발행처 ㈜웅진씽크빅
출판신고 1980년 3월 29일 제406-2007-000046호

Penguin Classics Korea is the Joint Venture with Penguin Random House Ltd. Penguin and the associated logo are registered and/or unregistered trademarks of Penguin Random House Limited. Used with permission.
펭귄클래식코리아는 펭귄랜덤하우스와 제휴한 ㈜웅진씽크빅 단행본사업본부의 브랜드입니다. 펭귄 및 관련 로고는 펭귄랜덤하우스의 등록 상표입니다. 허가를 받아야만 사용할 수 있습니다.

이 책은 저작권법에 따라 보호받는 저작물이므로 무단 전재와 무단 복제를 금지하며, 책 내용의 전부 또는 일부를 이용하려면 저작권자와 ㈜웅진씽크빅의 서면 동의를 받아야 합니다.

한국어판 ⓒ 웅진씽크빅, 2014

ISBN 978-89-01-16669-8 04800
ISBN 978-89-01-08204-2 (세트)

• 잘못된 책은 구입하신 곳에서 바꾸어 드립니다.
• 책값은 뒤표지에 있습니다.

차례

1부 늙은 해적
  1장. '벤보우 제독' 여인숙의 늙은 물개 · 11
  2장. 블랙독, 나타났다가 사라지다 · 21
  3장. 흑점(黑點) · 32
  4장. 선원용 궤짝 · 42
  5장. 맹인의 최후 · 51
  6장. 선장의 문서 · 59

2부 배의 요리사
  7장. 나는 브리스틀로 간다. · 71
  8장. '망원경' 여인숙 · 80
  9장. 화약과 무기 · 88
  10장. 출항 · 97
  11장. 사과 통 안에서 이야기를 엿듣다 · 106
  12장. 작전 회의 · 116

3부 해변의 모험
  13장. 해변의 모험이 시작되다. · 127
  14장. 첫 공격 · 135
  15장. 무인도의 한 남자 · 143

4부 방책(防柵)
  16장. 배를 버리다—의사의 이야기 · 155
  17장. 소형 보트의 마지막 항해—이어지는 의사의 이야기 · 163
  18장. 전투 첫날의 결말—의사의 이야기 · 170
  19장. 요새를 지키다 · 178
  20장. 실버, 협상을 하러 오다. · 187
  21장. 공격 · 196

5부 나의 바다 모험
  22장. 내 바다 모험의 시작 · 207
  23장. 썰물에 밀려 · 216
  24장. 바구니 배를 타고 · 223
  25장. 해적 깃발을 내리다 · 232
  26장. 이즈리얼 핸즈 · 240
  27장. 여덟 조각 은화 · 252

6부 실버 선장
  28장. 적의 소굴에서 · 263
  29장. 다시 나타난 흑점 · 276
  30장. 가석방 · 286
  31장. 보물을 찾아서—플린트 선장의 흔적 · 297
  32장. 보물을 찾아서—숲 속의 목소리 · 307
  33장. 두목의 몰락 · 317
  34장. 마지막 이야기 · 327

1부

늙은 해적

1장
'벤보우 제독' 여인숙의 늙은 물개

대지주 트렐로니 씨와 리브지 선생뿐 아니라 내 주위의 모든 신사분들이 보물섬에 관한 사실을 처음부터 끝까지 하나도 남김없이 기록해 놓으라고 내게 권유했다. 한 가지 밝히지 못할 게 있다면 그건 보물섬의 위치인데, 그 이유는 거기에 아직도 가져오지 못한 보물이 남아 있기 때문이다. 서기 17xx년의 어느 하루인 오늘, 내가 펜을 들어 내 아버지가 '벤보우 제독 여인숙'을 운영하던 시절, 그중에서도 볕에 그을린 얼굴에 칼자국이 선명한 늙은 뱃사람이 우리 여인숙에 찾아와 머물기 시작한 그 첫날로 돌아가는 것은 바로 이런 이유에서이다.

그의 모습은 마치 어제 일처럼 기억에 생생하다. 한 사람이 터벅터벅 여인숙 입구를 향해 걸어왔고 그의 뒤로 선원들이 사용하는 궤짝을 실은 손수레가 따라오고 있었다. 키가 크고 몸은 단단하고 육중했으며 까무잡잡한 피부의 사나이였다. 꼬질꼬질 때가 탄 푸른 외투와 어깨 위로 땋아 늘어뜨린 머리. 그 머리에 묻어 있던 타르. 거칠고 흉터가 많은 손. 검게 변색되거나 중간에서 잘려 나간 손톱들. 한쪽 뺨에 길게 나 있는 칙칙한 잿빛 칼자국. 그가 늘 그랬듯 나직이 휘파람을 불며 해안으로 굽이진 만을 둘러보다가 느닷없이 예로부터 전해 내려오는 뱃노래를 부르던 일이 생각난다. 그 후로도 틈이 날 때마다 그는 이 노래를 불렀다.

사자(死者)의 궤짝 위에 열다섯 사람
요— 호— 호, 또 럼주 한 병

이제는 늙어 갈라진 목소리였지만 높은 목청으로 보아 그는 닻감개에 맞춰 뱃노래를 부르며 온갖 풍상깨나 겪은 사람이 분명했다.

그가 지렛대 모양의 막대기로 문을 두들겼다. 그 후로도 늘 들고 다니던 막대기였다. 아버지가 나타나자 그는 걸걸한 목소리로 럼주 한 잔을 시켰다. 술이 나오자 그는 마치 감식가나 되는 것처럼 천천히 음미하면서 마셨다. 하지만 눈으로는 주변 절벽과 우리 여인숙 간판을 유심히 살피고 있었다.

"이 포구 참 쓸 만하구먼."
마침내 그가 이렇게 말했다.
"아늑해서 럼주 한 잔 걸치기도 좋겠고. 손님 많겠소, 형씨."
"웬걸요, 거의 없어요. 그래서 더 죽을 맛입니다요." 아버지가 대답했다.
"그렇다면 잘됐군."

그가 말했다.

"이제 여기가 내 선실이야. 이봐, 친구."

그가 손수레를 끌고 온 사람에게 소리쳤다.

"여기다 세워놓고 짐을 좀 올려. 당분간 여기 묵겠어."

그는 이렇게 말을 이었다.

"난 그냥 평범한 사람이야. 내가 원하는 건 베이컨 넣은 달걀 요리하고 럼주뿐이야. 다만 배가 출항하는 걸 봐야 하니까 방은 저기 2층 앞쪽으로 줘. 나를 어떻게 불러야 하냐고? 선장님이라고 부르면 돼. 아, 왜 그러고 있나 했네. 자, 여기."

그는 문간으로 금화 서너 닢을 던졌다.

"그 돈 다 떨어지면 언제든지 말해."

그는 마치 선장이 지시하듯 사납게 말했다.

사실 옷차림도 볼품없고 말투도 거칠었지만 그는 절대로 돛대 앞쪽 갑판에서 일하는 하급 선원 같아 보이지는 않았다. 그보다는 항해사나 선장처럼 명령하고 매질하는 데 익숙한 사람으로 보였다. 손수레를 끌고 온 사람 말에 따르면 그는 그날 아침 우편 마차를 타고 와서 로열 조지 여인숙 앞에 내렸다. 그리고 해안을 따라 어떤 여인숙들이 있는지 물어보았고, 자랑 같지만 우리 여인숙 평이 좋은 데다 외진 곳에 있다는 얘기를 듣고 여러 곳 가운데서 여기에 머무르기로 결정했다고 한다. 우리가 그 손님에 대해 알 수 있는 것은 이게 전부였다.

그는 평소 거의 말이 없었다. 그저 하루 종일 해안 주변을 배회하거나 놋쇠 망원경을 들고 언덕에 올라가 시간을 보낼 뿐이었다. 그러다 저녁이면 거실 구석 난롯가에 앉아 물을 약간 섞은

독한 럼주를 마셨다. 누가 말을 붙여도 대부분은 대답 대신 사나운 눈을 치켜뜨고 "흐흥" 하고 안개 낀 날 울리는 뱃고동 같은 소리를 내는 게 전부였다. 우리 가족과 여인숙 손님들은 금세 그의 그런 모습에 익숙해져서 그냥 내버려 두었다.

어슬렁거리다 돌아올 때면 그는 언제나 혹시 집 앞으로 뱃사람들이 지나가지 않았느냐고 물었다. 처음에 우리는 그가 자신과 같은 직업을 가진 사람들을 만나고 싶어서 그러는 것으로 여겼다. 하지만 알고 보니 그는 뱃사람들을 피하고 있었다. 이따금 해안 길을 따라 브리스틀로 가던 뱃사람들이 우리 집에 묵었는데, 이런 뱃사람들이 실제로 '벤보우 제독'에 나타나면 그는 커튼이 쳐진 문 뒤에서 몰래 누구인지 살피고 나서야 거실로 들어서곤 했다. 또한 그런 사람이 하나라도 있을 때면 그는 언제나 쥐 죽은 듯 조용히 지냈다. 하지만 적어도 나에게만은 이 일은 결코 비밀이 아니었다. 왜냐하면 그의 경계 활동에 나도 일부 가담하고 있었기 때문이다. 어느 날인가 그는 나를 한쪽 구석으로 데려가더니 매달 초하루에 4페니짜리 은화 한 닢을 줄 테니 "외다리 선원이 나타나는지 잘 지켜보다가" 그가 나타나면 바로 알려 달라는 제안을 해왔다. 매달 초하루는 자주 돌아왔고, 그를 찾아가 약속한 돈을 달라고 하면 그는 나를 내려다보며 콧방귀만 뀌곤 했다. 하지만 매번 그 주가 지나기 전에 그는 맘을 고쳐먹고 약속한 4페니 은화 한 닢을 내게 쥐여 주며 '외다리 선원'을 찾으라는 명령을 반복했다.

문제의 이 인물로 인해 얼마나 끔찍한 꿈에 시달려야 했는지! 따로 설명할 필요는 없을 것이다. 폭풍이 몰아치는 밤, 세찬 바람에 집 안 구석구석이 들썩거리고 해안을 따라 일던 파도가 언덕 위까지 너울댈 때면, 외다리 선원이 수천 가지 형상, 수만 가지 악마 같은 얼굴로 내 꿈에 나타났다. 그의 다리는 한번은 무릎에서 한번은 엉덩이에서 잘려 있었다. 심지어 어떤 때는 몸 한가운데에 다리가 하나만 달려 있는 외다리 괴물의 모습으로 나타나기도 했다. 울타리를 넘고 도랑을 건너 나를 잡으러 껑충껑충 뛰어오는 모습은 내가 꾸는 악몽 가운데서도 가장 무시무시했다. 이런 끔찍한 환상들은 다달이 받는 4페니 동전에 대해 내가 치르는 톡톡한 대가인 셈이었다.

그런데 외다리 선원은 이렇게 무서워하면서도 나는 정작 선장에 대해서는 다른 사람들과 달리 그다지 두려움을 느끼지 않았다. 선장은 가끔 머리가 감당하지 못할 정도로 럼주를 많이 마실 때가 있었다. 그런 밤이면 그는 자리에 앉아서 주위에 누가 있건 말건 예로부터 전해 내려오는 그 거칠고 뜻 모를 뱃노래를 불러댔다. 또 어떨 때는 주위 사람들에게 한 잔 돌리고 나서 겁에 질려 부들부들 떠는 사람들에게 자신이 하는 이야기를 듣게 하거나 자기 노래에 후렴을 넣게 했다. 나는 종종 모든 사람들이 이구동성으로 "요— 호— 호, 또 럼주 한 병" 하고 집이 떠나가도록 노래하는 소리를 들었다. 목숨 아까운 마음에, 그리고 혹시라도 죽임을 당할까 두려운 마음에 이웃 사람들은 너나없이 목청껏 소리를 지르며 선장의 눈에 거슬리지 않으려고 애썼다. 이렇게 난리 법석을 피울 때의 선장은 이 세상 그 누구보다도 더 고압적인 사람이었기 때문이다. 그는 탁자를 손으로 탕탕 두들겨 모든 사람의 입을 다물게 만드는가 하면 때로는 자신에게 질문을 한다고, 또 때로는 질문을 하지 않는다고 불같이 화를 냈다. 자신이 하는 얘기를 잘 듣지 않고 있다는 게 이유였다. 또한 자신이 술에 완전히 곯아떨어져 비척비척 침대로 갈 때까지 그 누구도 여인숙을 떠나지 못하게 했다.

하지만 사람들을 정말 공포에 질리게 만든 것은 그가 하는 이야기들이었다. 정말 무시무시한 이야기들이었다. 목매달아 죽이기, 눈 가리고 선반 위로 걷게 하기, 폭풍우 몰아치는 바다, 드라이토르투가스 제도(諸島), 카리브 해의 황량한 경치와 거기서 벌어지는 잔인한 행위들. 그의 설명대로라면 그는 바다를 떠돌아다니는 사람들 가운데서도 가장 흉악한 일을 하던 사람이 분명했다. 또한 그가 이야기를 할 때 사용하는 용어들은 우리같이 평범한 사람들이 듣기에는 그가 묘사하는 범죄들만큼이나 충격적이었다. 아버지는 툭하면 우리 여인숙은 이제 망했다고 말했다. 여기만 오면 찍소리도 못하고 눌려 있다가 집으로 돌아가서는 부들부들 떨면서 잠자리에 들어야 하는데 누가 오겠느냐는 것이었다. 하지만 나는 선장의 존재가 오히려 득이 되었다고 확신한다. 사람들은 그 자리에서는 무서워하면서도 시간이 지나면 도리어 그것을 그리워했다. 조용하기만 한 시골 생활에서 그것은 아주 좋은 여흥거리였다. 젊은이들 사이에서는 심지어 선장을 치켜세우는 풍조까지 생겨났다. 그들은 선장을 '진짜배기 물개'니 '늙은 왕소금'이니 하는 별명으로 부르면서 이런 사람들이 있으니까 바다에서는 어느 나라나 영국을 무서워하는 게 아니겠느냐고 말했다.

실제로 선장이 여인숙을 망치고 있다는 소리를 들을 만한 여지가 있긴 했다. 그가 묵는 기간이 한 주에서 두 주로, 또 한 달에서 두 달로 넘어가면서 그가 낸 돈이 이미 다 떨어졌는데도 아버지는 간이 떨려서 감히 돈을 더 달라는 말을 못하고 있었다. 그리고 어쩌다 말을 꺼내도 선장은 마치 고함이라도 지르는 것처럼 크게 콧방귀를 뀌면서 아버지를 쏘아봤고, 그러면 아버지는 쫓기듯 방을 뛰쳐나올 뿐이었다. 나는 이렇게 퇴짜를 맞고 나서 애꿎은 손만 쥐어짜고 있는 아버지의 모습을 종종 보았다. 아버지가 불행히도 때 이른 죽음을 맞이한 것은 이때의 걱정과 두려움이 적잖이 작용한 것이라고 나는 확신한다.

우리와 함께 지내는 동안 선장은 행상에게 양말 서너 켤레를 산 것을 제외하면 옷차림에 전혀 변화가 없었다. 모자에 달린 깃털 하나가 삐져나와 대롱거려서 바람이 불 때마다 그를 무척 귀찮게 하는데도 그는 그냥 내버려 두었다. 그가 입던 외투도 기억에 생생하다. 그는 자기 방에서 외투를 직접 기워서 입었는데, 나중에는 그야말로 누더기가 따로 없었다. 그는 편지를 쓰는 일도, 받는 일도 없었다. 그가 대화를 나누는 사람은 이웃들밖에 없었고, 그것도 대부분은 럼주에 흠뻑 취했을 때뿐이었다. 우리들 가운데 그가 갖고 온 커다란 궤짝이 열린 것을 본 사람은 아무도 없었다.

선장이 자기 뜻대로 하지 못한 경우가 딱 한 번 있었다. 안타깝게도 폐병에 걸린 우리 아버지의 증세가 상당히 악화되어 임종이 얼마 남지 않았을 때의 일이었다. 어느 날 오후, 리브지 선생이 집으로 찾아와 아버지의 병세를 살폈다. 그런 다음 어머니가 차린 식사를 간단히 마친 선생은 거실로 가서 파이프 담배를 물었다. 당시 벤보우에는 마구간이 없었으므로 선생의 말은 이웃집에 매여 있었고, 선생은 말이 올 때까지 기다리는 중이었다. 나는 의사 선생을 따라 거실로 들어갔는데, 그때 본 광경이 지금도 눈에 선하다. 눈처럼 하얗게 분을 바른 머리와 반짝이는 검은 눈동자, 그리고 쾌활한 태도를 지닌 깔끔하고 환한 의사와 그와는 아주 대조적인 망아지 같은 시골 사람들, 그중에서도 특히 럼주에 거나하게 취한 채 탁자 위에 두 팔을 올리고 앉아 있는 우리의 지저분하고 육중한 한물간 허수아비 해적 나리. 이 두 무리는 아주 선명한 대조를 이루었다. 그때 갑자기 그가, 그러니까 선장이 늘 부르던 노래를 다시 불러대기 시작했다.

    사자(死者)의 궤짝 위에 열다섯 사람
    요— 호— 호! 또 럼주 한 병!
    나머지를 처리한 건 술과 악마.
    요— 호— 호! 또 럼주 한 병!

처음 나는 '사자의 궤짝'이 그가 차지한 2층 앞쪽 방에 있는 그 커다란 상자일 거라 여겼고, 이런 생각이 내 악몽 속에서는 외다리 뱃사람에 대한 생각에 뒤섞여 등장했다. 하지만 이 사건이 있을 즈음에는 이 노래에 특별한 관심을 보이는 사람은 아무도 없었다. 그날 밤 그 노래를 처음 들은 사람은 리브지 선생뿐이었다. 내가 보기에 리브지 선생은 그 노래가 그다지 마음에 들지 않는 모양이었다. 정원사 테일러 할아범에게 새로운 관절염 치료법에 대해 말하다 말고 잠시 언짢은 표정으로 선장을 바라보았기 때문이다. 그 와중에도 자신의 노래에 도취된 선장은 점점 기분이 들떠서 마침내 자기 앞에 있는 탁자를 탕탕 내리쳤다. 그것이 조용히 하라는 신호임을 우리 모두는 알고 있었다. 모든 사람이 즉시 말을 멈추었다. 리브지 선생만은 예외였다. 그는 이전과 마찬가지로 말하는 사이사이 파이프를 재빨리 빨아가며 친절하고도 분명하게 말을 계속했다. 선장은 그를 잠시 쏘아보다가 탁자를 다시 탕탕 치더니 이번에는 더 날카롭게 쏘아보았다. 그러다 마침내 낮은 목소리로 욕설을 섞어가며 소리쳤다.

"거기, 갑판 사이, 조용히 하지 못해!"

"제게 하신 말씀입니까, 선생?"

의사가 말했다. 이 무뢰한이 다시 한 번 욕설을 써가며 그렇다고 말하자 의사는 이렇게 대꾸했다.

"내가 할 수 있는 얘기는 단 하나뿐이오, 선생. 그렇게 럼주를 마셔대다가는 이 세상에서 아주 더러운 깡패 하나가 곧 사라질 거라는 거요."

선장이 아주 무섭게 화를 냈다. 그는 벌떡 일어나 주머니칼을 꺼내 날을 펼치더니 손바닥 위에 놓고 중심을 가늠하면서 의사를 벽에 꽂아버리겠다고 위협했다.

의사는 눈썹 하나 까딱하지 않았다. 그는 전과 마찬가지로 등을 돌린 자세 그대로, 그리고 이전 목소리 그대로, 아니 오히려 거실 안의 모든 사람들이 들을 수 있도록 목소리를 조금 높이면서도 완벽하게 침착함과 여유를 유지한 채 이렇게 말했다.

"지금 당장 그 칼을 주머니에 다시 집어넣지 않으면, 내 명예를 걸고 장담컨대 다음 순회 재판 때 반드시 교수형을 당하게 해주지."

그러고 나서 두 사람은 서로 잡아먹을 듯이 노려보았다. 하지만 오래지 않아 선장이 꼬리를 내렸다. 그는 칼을 집어넣고 싸움에 진 개처럼 투덜거리며 도로 자리에 앉았다.

"그리고 선생." 의사가 계속해서 말했다.

"내 구역에 당신 같은 사람이 있다는 걸 내가 알게 되었으니, 내가 밤낮으로 당신을 지켜보고 있을 것이라는 사실을 명심하는 게 좋을 거요. 나는 의사일 뿐 아니라 치안판사이기도 하오. 당신에 대해 안 좋은 얘기가 조금이라도 들리면, 예를 들어 오늘 밤처럼 사소한 시비거리만 생겨도 나는 무슨 수를 써서든 당신을 잡아다 이 동네에서 쫓아내 버리겠소. 이만하면 잘 알아들었으리라 믿소."

잠시 후 말이 문 앞에 도착하자 리브지 선생은 말을 타고 떠났다. 하지만 선장은 그날 저녁 침묵을 지켰다. 선장의 침묵은 그 후로도 며칠간 계속되었다.

2장
블랙독, 나타났다가 사라지다

이 일이 있은 지 얼마 지나지 않아 첫 번째 이상한 일이 일어났다. 그리고 이 일을 시작으로 잇달아 발생한 이상한 일들은 우리에게서 선장을 앗아갔다. 하지만 앞으로 보게 되겠지만 선장과 관련된 일까지 모두 사라진 것은 아니었다.

그해 겨울은 정말 추웠다. 차디찬 서리는 시간이 가도 녹을 줄을 몰랐고, 세찬 눈보라는 쉴 새 없이 몰아쳤다. 불쌍한 우리 아버지가 새해 봄을 맞이하지 못하리라는 것은 처음부터 누구나 인정한 일이었다. 아버지의 병세는 날로 악화되었고, 여인숙 일은 온전히 어머니와 나의 몫이었다. 우리는 너무 바빠서 앞에서 말했던 그다지 반갑지 않은 손님에 대해서는 그다지 주의를 기울이지 않았다.

1월의 어느 날 이른 아침. 살을 에는 듯 추운 날이었다. 흰 서리가 내린 바닷가는 온통 잿빛이었고 잔물결이 바위에 가볍게 찰랑댔다. 갓 솟아오른 태양은 아직 언덕 위에 걸린 채 바다를 향해 긴 햇살을 뿌렸다. 선장은 평소보다 일찍 일어나 해변을 향해 내려가기 시작했다. 낡은 푸른색 코트의 넓은 옷자락 아래에는 짧은 칼이 매달려 있었고 옆구리에는 놋쇠 망원경을 낀 채 머리에 쓴 모자는 뒤로 젖혀져 있었다. 걸어가는 그의 자취를 따라 마치 연기처럼 흩날리던 그의 입김과 아직도 리브지 선생 생각에 화가 나는 듯 큰 소리로 콧방귀를 뀌며 큼지막한 바위를 돌아가던 그의 모습이 아직도 생생히 떠오른다.

어머니는 아버지를 돌보느라 2층에 계시고 나 혼자 선장이 오면 먹을 아침을 차리고 있을 때였다. 거실 문이 열리며 한 번도 본 적이 없는 어떤 사람이 들어왔다. 얼굴은 파리하고 왼손의 손가락 두 개가 없었으며 짧은 칼을 찼지만 싸움패 같지는 않았다. 나는 다리가 한 개든 두 개든 뱃사람이기만 하면 누구나 유심히 관찰했는데, 이 사람을 보면서는 고개를 갸웃거렸던 것으로 기억한다. 그는 뱃사람이 아닌 듯하면서도 묘하게 바다 냄새를 물씬 풍기는 그런 사람이었다.

내가 무얼 드릴까요 하고 묻자 그는 럼주를 달라고 대답했다. 하지만 내가 럼주를 가지러 거실 밖으로 나가려고 하자 그는 탁자에 앉으며 내게 가까이 오라고 손짓했다. 나는 손에 수건을 든 채 그냥 자리에 서 있었다.

"이리 와라, 꼬마야."

그가 말했다.

"이리 가까이 오라니까."

나는 한 걸음 다가갔다.

"여기 이 식사는 내 친구 빌이 먹을 거냐?"

그가 나를 힐끗 바라보며 물었다.

나는 그에게 빌이라는 그의 친구가 누군지 모르며 이 식사는 우리 여인숙 손님을 위한 건데 그 손님은 보통 선장이라고 불린다고 대답했다.

그러자 그가 말했다.

"그래, 내 친구 빌이라면 십중팔구는 선장이라고 불리겠지. 얼굴에 칼자국이 있는데, 아주 유쾌한 친구야. 특히 술을 마시면 더욱 그렇지. 그게 내 친구 빌이야. 그저 궁금해서 하는 말인데, 네가 말하는 그 선장도 뺨에 칼자국이 있지? 좀 더 구체적으로 말하자면 오른쪽 뺨에. 아, 그렇지. 그럴 줄 알았어. 자, 그럼 내 친구 빌은 지금 안에 있니?"

나는 그가 지금 산책을 나갔다고 대답했다.

"어느 쪽이지, 꼬마야? 어느 쪽으로 갔니?"

내가 바위를 가리키며 그가 돌아오는 시간과 그 외 몇 가지 질문에 대답을 했다. 그러자 그가 말했다.

"아, 빌이 나를 보면 술을 마셨을 때처럼 좋아할 거야."

이렇게 말하는 그 사람의 표정에 반가운 기색이라고는 조금도 없었다. 그리고 그의 말이 진심이었다 해도 내가 보기에 이 이방인의 기대는 어긋날 가능성이 농후했다. 하지만 그건 내가 간여할 문제가 아니라는 생각이 들었다. 또 설령 간여한다 해도 내가 할 수 있는 건 없었다. 그 이방인은 여인숙 문 바로 안쪽에서 서성이며 마치 쥐를 기다리는 고양이처럼 모퉁이 쪽을 살폈다. 어쩌다 내가 길로 나갔더니 그는 나를 보며 당장 들어오라고 소리쳤다. 내가 그의 기대만큼 빨리 들어오지 않자 그는 창백한 얼굴을 끔찍할 정도로 무섭게 일그러뜨리더니 욕설을 퍼부으며 당장 들어오라고 명령했다. 나는 깜짝 놀라 바로 들어가지 않을 수 없었다. 내가 돌아오자마자 그는 조금 전 보여 주던 아부하는 듯하기도 하고 놀리는 듯하기도 한 어투로 내가 착한 아이라는 둥 내가 마음에 든다는 둥 말을 건네며 내 어깨를 토닥였다. 그가 말했다.

"내게도 너와 쌍둥이처럼 닮은 아들이 있단다. 그 녀석은 내 마음속의 자랑이지. 하지만 아이들에게 중요한 건 규율이란다, 얘야, 규율. 네가 만약 빌 밑에서 배를 탔다면 절대로 그렇게 두 번 얘기하게는 못했을 거다. 절대로. 빌이라면 절대 그렇게 안 했겠지. 그와 함께 배를 탔던 다른 사람들도 마찬가지고. 아, 저기 내 친구 빌이 오는구나. 옆구리에 망원경을 끼고 말이야. 맞아, 확실히 빌이야. 늙은 그에게 축복이 있기를. 얘야, 너는 나와 함께 저쪽 거실로 가야겠다. 문 뒤에 숨어서 빌을 깜짝 놀래주자꾸나. 다시 말하지만, 그에게 축복이 있기를."

이렇게 말하며 그 이방인은 거실로 되돌아가 나를 자기 뒤로 밀어 넣으며 열려 있는 문밖에서 보이지 않도록 몸을 숨겼다. 내가 무척이나 불안하고 놀란 상태라는 거야 여러분도 충분히 짐작하겠지만 내가 더욱 불안했던 건 그 이방인도 눈에 띌 정도로 두려워하고 있었기 때문이다. 그는 칼을 매어두었던 끈을 푼 다음 위로 약간 밀어 올려 칼집에서 쉽게 빠지도록 해놓았다. 기다리는 동안 그는 흔히 하는 말로 목이 바짝 타는지 연달아 침을 꿀꺽꿀꺽 삼켰다.

드디어 선장이 뚜벅뚜벅 걸어 들어와 문을 쾅 닫은 다음 좌우로 눈길 한 번 돌리지 않고 아침 식사가 준비되어 있는 식탁을 향해 곧장 방을 가로질렀다.
"빌!"
이방인이 그를 불렀다. 그는 의도적으로 대담하고 커다란 목소리를 내려고 노력하는 것 같았다.
선장이 그 자리에서 빙글 몸을 돌려 우리를 마주하고 섰다. 핏기가 완전히 가신 얼굴이었다. 심지어 코까지 파래져서 마치 귀신이나 악마, 아니 그보다 더 무서운 어떤 것을 본 듯한 표정이었다. 일순간에 늙고 병약해진 그를 보자니 솔직히 말해 안타까운 마음이 들었다.
"이보게, 빌, 나 알지? 우린 오랜 바다 친구 아닌가, 빌, 그렇지?"
이방인이 말했다.
선장이 숨 막히는 듯한 소리를 냈다.
"블랙독!"
"나 말고 누구겠는가?"
이렇게 말하는 이방인의 목소리는 점점 안정을 찾아가고 있었다.
"바로 그 블랙독이라네. 오랜 친구 빌리를 보러 '벤보우 제독' 여인숙으로 찾아왔지. 아, 빌, 빌. 우리 둘이 이거 얼마나 오래간만인가, 내가 이 손가락 두 개를 잃은 후로 말이야."
그러면서 그가 손가락 두 개가 잘린 손을 들어 보였다.
선장이 말했다.
"그래, 결국 나를 찾아냈군. 나 여기 있네. 어디 말해 보게. 무슨 일인가?"

그러자 블랙독이 말했다.

"그래야 자네답지, 빌. 자네 말이 맞네, 빌. 여기 이 녀석, 참 맘에 드는데, 이 녀석에게 럼 한 잔만 갖다 달라고 해도 되겠나? 그사이 우리는, 자네만 좋다면, 자리에 앉아서 허심탄회하게 얘기를 나누세. 오랜 친구들처럼 말이야."

럼을 가지고 돌아와 보니 그들은 이미 선장의 아침이 차려져 있는 식탁 양편에 자리를 잡고 앉아 있었다. 블랙독은 출구 쪽에 앉아 있었다. 그는 한쪽 눈으로는 오랜 친구를 보고 있었지만 다른 쪽 눈으로는 퇴로를 살피는 것 같았다.

그는 내게 문을 열어두고 멀리 가 있으라고 했다. 그러면서 이렇게 말했다.

"꼬마야, 훔쳐보면 못쓴다."

나는 그들을 거기에 두고 주방으로 물러났다.

나는 그들이 하는 얘기를 들으려고 한참 동안 애를 썼지만 간신히 나직하고 빠른 말소리 정도를 들을 수 있을 뿐이었다. 그런데 점차 목소리가 높아지면서 한두 마디씩 알아들을 수 있는 말이 생기기 시작했다. 그 대부분은 선장이 내뱉는 욕설이었다.

"아냐, 아냐, 아냐, 아냐. 그 얘긴 그만해!"

한번은 선장이 이렇게 외쳤다. 그리고 이런 말도 했다.

"교수형 얘기라면, 전부 다 당하자고. 전부 다."

갑자기 깜짝 놀랄 정도로 커다란 욕설과 여러 가지 소리들이 들려왔다. 탁자와 의자가 우당탕 넘어지는 소리에 이어 쇠붙이가 부딪치는 소리가 들리더니 고통에 찬 비명 소리가 들려왔다.

바로 다음 순간, 꽁지 빠지게 도망치는 블랙독과 바로 그의 뒤를 쫓는 선장의 모습이 보였다. 둘 다 칼을 빼어 들고 있었으며 블랙독의 왼쪽 어깨에서는 피가 철철 흘러내리고 있었다. 문턱을 나서며 선장은 도망자에게 최후의 일격을 가하기 위해 칼을 크게 휘둘렀다. 거기에 맞았더라면 틀림없이 등이 반으로 쩍 벌어졌을 것이다. 하지만 칼은 벤보우 제독이라는 커다란 간판에 걸리고 말았다. 지금도 간판 아래쪽을 보면 그때의 자국을 볼 수 있다.

싸움은 이것으로 끝이 났다. 일단 길로 나서자 블랙독은 부상을 당했음에도 불구하고 일 분이 절반도 지나기 전에 언덕 너머로 사라졌다. 발이 보이지 않을 정도로 빠른 속도였다. 한편 선장은 반쯤 넋이 나간 모습으로 간판만 바라보고 서 있었다. 그는 손으로 눈을 몇 번 비비더니 마침내 다시 집 안으로 들어왔다.

그가 말했다.
"짐, 럼."
이렇게 말하며 그가 약간 휘청거렸다. 그는 쓰러지지 않으려고 손으로 벽을 짚었다.
"다치셨어요?"
내가 물었다.
"럼."
그가 다시 말했다.
"여기를 떠야겠다. 럼! 럼!"
나는 럼을 가지러 달려갔다. 하지만 조금 전에 있었던 일 때문에 안정이 되지 않아 잔도 깨고 마개를 여는데도 손이 자꾸 미끄러졌다. 어찌어찌해서 럼을 들고 돌아가고 있는데 거실에서 뭔가 커다란 게 떨어지는 소리가 들렸다. 달려가 보니 선장이 바닥에 길게 나자빠져 있었다. 마침 이때 고함 소리와 싸움 소리에 깜짝 놀란 어머니가 나를 돕기 위해 2층에서 달려 내려왔다. 우리는 선장의 머리를 일으켜 세웠다. 그는 거친 숨을 가쁘게 몰아쉬고 있었지만 눈은 감겨 있고 안색은 끔찍했다.
"세상에, 이게 무슨 일이야."
어머니가 소리쳤다.
"우리 여인숙에서 이런 불상사가 생기다니! 더구나 네 아빠도 편찮으신 마당에!"
이러는 사이 우리는 선장을 어떻게 도와야 할지 도무지 알 수가 없었다. 그가 이방인과 싸움을 벌이다가 치명상을 입었구나 하는 생각뿐이었다. 당연한 얘기지만 나는 럼을 들고 있었다. 그래서 나는 선장의 입속으로 럼을 흘려 넣어보려 애를 썼다. 하지만 그는 이를 앙다물고 있었고 턱은 강철처럼 단단했다. 그런데 바로 이때 천만다행으로 문이 열리며 리브지 선생이 들어왔다. 아버지의 병세를 살펴보려고 들른 것이었다. 너무나 고마운 구원의 손길이었다.
"의사 선생님, 이 일을 어떡하죠? 어디를 다친 걸까요?"
우리는 큰 소리로 물었다.
"다쳐요? 어림 반 푼어치도 없는 소리!"
의사 선생이 말했다.
"나나 아주머니나 짐처럼 아주 말짱합니다. 다만 전에 경고한 것처럼 발작이 왔을 뿐이에요. 호킨스 아주머니, 그렇게 서 있지 말고 얼른 위층 아저씨나 돌보러 가세요. 가능하면 이 일에 대해서는 입도 벙긋하지 마시고요. 저는 여기서 어떻게든 이 아무 짝에도 쓸모 없는 인간을 살려 놓을 테니까요. 짐, 여기 대야 좀 갖고 오너라."

대야를 갖고 돌아와 보니 의사가 이미 선장의 소맷자락을 찢어놓아 우람한 팔뚝이 드러나 있었다. 팔뚝 여기저기에는 '행운'이니 '순풍'이니 '빌리 본즈의 상상'이니 하는 말들이 아주 깔끔하고 뚜렷하게 새겨져 있었으며 어깻죽지에는 그림이 그려져 있는데, 교수대가 있고 거기에 한 사람이 매달려 있었다. 상당히 공들인 그림으로 보였다.

"예언적이군."

의사 선생이 그 그림을 손가락으로 가리키며 말했다.

"어디 보자, 빌리 본즈 선생, 이게 당신 이름이겠지? 이제 당신 피는 무슨 색깔인지 봐야겠군. 짐, 혹시 피를 무서워하니?"

"아뇨, 선생님." 내가 대답했다.

"그럼 대야를 잡고 있어라."

이렇게 말하며 의사 선생은 정맥을 칼로 쨌다.

한참 동안 피를 쏟고 나자 선장이 눈을 뜨고 어리둥절한 얼굴로 주변을 둘러보았다. 맨 먼저 의사가 눈에 들어오자 그의 얼굴에는 못마땅한 기색이 역력했다. 하지만 나를 발견하고는 마음이 놓이는 모양이었다. 그러다 갑자기 안색이 바뀌더니 몸을 일으키려고 버둥거리며 소리쳤다.

"블랙독은 어디 있지?"

"여기 블랙독 따위는 없소. 당신에게 닥친 검은 근심이라면 모를까. 럼주를 마시다가 발작이 온 거요. 내가 전에 말한 그대로요. 정말 내키지 않는 일이었지만 나는 지금 막 당신이 무덤에 들어가는 걸 도로 데려온 거요. 자, 본즈 선생."

"그건 내 이름이 아니오."

선장이 말을 막았다.

"물론 그러시겠지."

의사 선생이 대답했다.

"그게 해적 이름이라는 것은 나도 알고 있소. 그저 편의상 당신을 이렇게 부르는 것뿐이오. 내가 당신에게 하고 싶은 말은 이거요. 럼 한 잔으로 당신이 죽지는 않소. 하지만 한 잔을 마시면 또 한 잔, 그리고 또 한 잔을 더 마시게 될 테고, 내 장담하지만 당신이 지금 당장 술을 끊지 않는다면 곧 죽을 거요. 알아듣겠소? 죽는단 말이오. 성경에 나오는 말로 하자면 '자기 자신의 자리로 돌아간다'는 얘기요. 자, 이제 힘 좀 써보시오. 침대에서 쉴 수 있도록 도와줄 테니."

우리 둘은 그를 2층으로 옮기느라 무척 고생했다. 그를 침대에 눕히자 마치 기절한 사람처럼 그의 머리가 베개 위로 풀썩 떨어졌다.

"제대로 말하지 않았다고 원망할까 봐 다시 한 번 말하는데, 앞으로 럼을 마시면 당신은 그 순간 사망이오."

의사 선생은 이렇게 단언했다.

이 말을 남기고 의사 선생은 아버지를 살펴보러 가면서 내 팔을 잡아끌었다.

"그리 걱정하지 마라."

방문을 닫으며 의사 선생이 내게 말했다.

"당분간 꼼짝 말고 누워 있으라고 피를 좀 뽑았을 뿐이다. 아마 일주일은 누워 있어야 할 게다. 이게 그를 위해서나 너를 위해서나 최선이란다. 하지만 혹시라도 발작이 또 일어나면 저 친구는 그걸로 끝이야."

3장
흑점

 점심 무렵 나는 열을 내릴 만한 음료와 약을 가지고 선장의 방으로 들어갔다. 그는 우리가 떠날 때의 모습 그대로 누워 있었다. 열이 조금 더 높아졌을 뿐 힘겨워하면서도 흥분한 모습이었다.
 "짐." 그가 말했다.
 "여기서 믿을 만한 사람이라곤 너 하나뿐이다. 내가 항상 네게 잘해 주었다는 것 기억하지? 한 달도 거르지 않고 네게 4페니 은화를 주었잖니. 이봐, 친구, 내 상황이 무척 안 좋다는 건 너도 알 거야. 모두에게 버림 받았지. 그래서 말인데, 짐, 럼 딱 한 잔만 갖다 주면 안 되겠니? 어때, 친구!"
 "의사 선생님 말씀이…."
 내가 말을 꺼내기가 무섭게 그가 버럭 화를 내며 의사 욕을 했다. 가냘프긴 해도 열띤 목소리였다.
 "의사들은 다 얼간이야. 저놈의 의사만 해도 제까짓 게 뱃사람을 알면 얼마나 알아? 어떻게 알아? 난 말이야, 가마솥처럼 펄

펄 끓는 땅에도 가봤고 옆 친구가 황열병에 걸려 픽픽 쓰러지는 곳에도 가봤어. 지진이 나서 빌어먹을 땅이 파도처럼 솟구치는 곳도 가봤다고. 의사가 그런 곳에 대해서 뭘 알겠어? 난 그런 데서도 럼을 마셨어. 정말이야. 고기와 음료수가 짝이고 남편과 아내가 짝이듯, 나와 럼주도 그런 사이야. 만일 지금 럼을 마시지 못하면 나는 모래톱에 얹힌 배 신세가 되는 거야. 그런 일이 생기면 짐, 전부 너하고 그 얼간이 의사 책임이야."

이렇게 말하며 선장은 다시 의사에게 욕을 퍼부었다.

"봐라, 짐, 내 손이 지금 얼마나 안절부절못하고 있니."

그가 애원하는 목소리로 말을 이었다.

"도저히 손을 가만두질 못하겠구나. 아무리 해도 안 돼. 나 오늘 한 방울도 못 마셨거든. 저 의사는 바보 멍청이야. 정말로 그래. 짐, 럼주를 한잔 하지 않으면 무서운 환영을 본다고. 벌써 몇 개 봤어. 네 어깨너머 저쪽 구석에 플린트 선장이 서 있는 걸 봤어. 진짜처럼 또렷하게 봤어. 만일 환영을 보게 된다면 나도 거칠게 살아온 놈이라 무슨 소란을 피울지 모른다. 그 잘난 의사도 한 잔은 괜찮다고 했잖니. 딱 한 잔만 갖다 주면 내가 금화 한 닢을 줄게, 짐."

선장이 점점 더 흥분하기 시작하자 나는 아버지가 걱정되었다. 아버지는 그날따라 상태가 무척 안 좋아서 절대 안정이 필요했다. 게다가 방금 선장이 지적했듯 의사 선생이 실제로 그런 말을 했기 때문에 안심이 되기도 했지만, 돈을 주겠다는 그의 제안에 불끈 화가 난 구석도 없진 않았다.

"저에겐 돈 같은 거 안 주셔도 돼요."

내가 말했다.

"아버지에게 줘야 할 돈이나 얼른 주세요. 한 잔 갖다 드릴게요. 더는 안 돼요."

내가 술을 갖다 주자 그는 술잔을 꽉 잡고 벌컥벌컥 급하게 들이켰다.

"좋아, 좋아."

선장이 말했다.

"이제 좀 살 것 같군. 바로 이거야. 자, 그래, 친구, 그 의사 선생이 이 빌어먹을 침대에 얼마나 누워 있어야 한다고 얘기했지?"

"적어도 일주일이라던데요."

내가 말했다.

"제기랄!"

그가 소리쳤다.

"일주일이라니! 그럴 순 없지. 그때면 놈들이 내게 흑점을 보낼 거야. 지금 이 순간도 그 미련한 뱃놈들이 날 잡겠다고 날뛰고 있을 텐데. 자기 것은 지키지도 못하면서 남이 가진 것에만 눈독을 들이는 멍청이들. 뱃놈들은 다 그래야 하는 거야? 정말 한심해. 난 안 그래. 난 모을 줄을 알거든. 나는 피 같은 내 돈을 허투루 쓰지도 않지만, 또 빼앗기지도 않지. 이번에도 놈들을 따돌리고 말 거야. 그놈들 따위는 하나도 무섭지 않아. 이번 암초도 잘 피해 보자고, 친구. 이번에는 또 어떻게 그놈들을 골탕 먹여 볼까."

이렇게 말하는 사이 선장은 내게 의지해 간신히 침대에서 몸을 일으켰다. 하지만 내 어깨를 어찌나 꼭 붙들었던지 눈물이 다 나올 지경이었다. 그의 다리는 마치 고깃덩이처럼 그저 매달려 있을 뿐이었다. 그의 말은 대단히 활기찼지만 목소리는 너무나 연약했다. 그 분명한 대조가 왠지 슬프게 느껴졌다. 침대 모서리에 걸터앉자 선장은 잠시 멈추고 숨을 돌렸다.
"그 의사 놈, 사람을 아주 제대로 만져놓았군."
그가 중얼거렸다.
"귀가 다 윙윙거리네. 날 도로 눕혀 다오."
미처 손을 내밀기도 전에 그는 원래 누웠던 자리로 풀썩 쓰러졌다. 그리고 한참 동안 아무런 움직임도 보이지 않았다.
"짐."
그러다 마침내 그가 말했다.
"아까 그 뱃놈 너도 봤지?"
"블랙독 말이에요?"
내가 물었다.
"그래, 블랙독!"
그가 말했다.
"그놈은 아주 나쁜 놈이야. 하지만 그놈 뒤엔 더 나쁜 놈들이 있어. 혹시 내가 여기서 빠져나가기 전에 그놈들이 내게 흑점을 보내면 이걸 명심해라. 그놈들이 찾는 건 내 낡은 궤짝이야. 너는 말을 타고, 너 말 탈 줄 알지? 그렇지? 좋아. 말을 타고, 어디냐 하면, 음, 그래, 그럴 수밖에 없어, 말을 타고 저 잘난 의사 선생한테 달려가서 치안판사든 누구든 사방에 연락을 하라고 해라. 여기 '벤보우 제독'에 오면 그놈들을 다 잡을 수 있다고. 옛날 플린트 선장을 따라다니던 놈들을 어른 애 할 것 없이 몽땅 잡을 수 있다고 말이야. 나는 일등 항해사였어. 그래, 내가 저 유명한 플린트 선장의 일등 항해사였다. 그 장소를 아는 건 나뿐이지. 플린트가 사반나에서 죽어가고 있을 때, 지금 네가 보고 있는 나처럼 말이야, 거기서 그걸 내게 줬어. 하지만 놈들이 내게 흑점을 보내기 전에는 알리지 마라. 블랙독이 다시 오거나 외다리 뱃놈을 보기 전까지는 말이야. 특히 그 외다리 뱃놈을 주의해."

"그런데 흑점이 뭐예요?" 내가 물었다.

"그건 통고야. 혹시 받게 되면 보여 주지. 짐, 눈을 크게 뜨고 주변을 잘 살펴야 해. 그러면 내 명예를 걸고 너랑 똑같이 나누겠다고 약속하지."

이 말을 한 다음에도 그는 종잡을 수 없는 말들을 계속 주절거렸다. 그의 목소리는 점점 더 약해졌다. 내가 약을 건네자 그는 어린아이처럼 온순하게 받아 먹더니 곧바로 이렇게 말했다.

"뱃놈 가운데 약이 필요한 사람이 있다면 그건 바로 지금의 나야."

이 말과 함께 그는 마침내 기절이나 한 듯 깊은 잠에 빠져들었고, 나는 그를 자게 놔두고 방에서 나왔다. 만일 그 후 아무 일도 일어나지 않았다면 나는 어떻게 해야 했을까? 지금 생각해도 모르겠다. 아마도 의사 선생에게 모든 일을 털어놓았어야 하지 않을까? 선장이 혹시 내게 자신의 비밀을 털어놓은 것을 후회해서 나를 없애려 하면 어떻게 하나 하고 무척 두려웠기 때문이다. 하지만 공교롭게도 그날 저녁 아버지가 갑작스럽게 돌아가셨다.

다른 일에 신경 쓸 상황이 아니었다. 아버지의 죽음으로 인한 당연한 슬픔, 밀려드는 손님들, 장례식 준비, 그리고 그 와중에도 여인숙을 꾸려가기 위해 해야 하는 잡다한 일들로 너무 바빠서 선장에 대한 두려움은 고사하고 선장에 대해 생각할 여유조차 없었다.

다음 날 아침, 선장은 1층으로 내려와 평소와 다름없이 아침을 먹었다. 다만 그는 식사는 평소보다 적게 했지만 럼은 평소보다 더 많이 마신 듯했다. 주방에서 직접 술을 가져다 먹었기 때문이다. 험악한 인상에 콧김을 씩씩 내뿜는 그를 제지할 사람은 아무도 없었다. 장례식 전날 저녁에도 그는 예전처럼 술을 많이 마셨다. 그러고는 상갓집이라는 사실에는 아랑곳없이 자신이 즐겨 부르던 상스러운 뱃노래를 목청껏 불러젖혀 우리를 놀라게 했다. 비록 쇠약해졌다고는 해도 누구나 선장에게 목숨의 위협을 느꼈다. 하필이면 의사 선생도 갑자기 먼 곳에 있는 환자를 맡게 되는 바람에 아버지의 임종 이후로는 우리 여인숙 근처에 들른 적이 없었다. 이미 말했듯이 선장은 몸 상태가 좋지 않았다. 그리고 시간이 갈수록 그의 몸은 좋아지는 게 아니라 점점 더 나빠지는 듯했다. 그는 1층과 2층을 오르내리고 거실과 주방 사이를 오갔다. 때로는 문밖으로 얼굴을 내밀고 바다 냄새를 맡기도 했다. 그럴 때마다 그는 벽에 의지해서 가파른 산을 오르는 사람처럼 거친 숨을 몰아쉬었다. 그가 나를 따로 부르는 일은 한 번도 없었다. 아마도 내게 비밀을 털어놓은 일을 잊어버리지 않았나 하는 게 지금의 내 생각이다. 그의 기분은 정말 변덕스러웠다. 몸이 안 좋은 상태라는 점을 감안하더라도 그가 전보다 훨씬 더 과격해졌다는 사실은 분명했다. 그는 술에 취하면 탁자 위에 칼을 꺼내 놓아서 사람들을 놀라게 하기 일쑤였다. 하지만 이런 변화들에도 불구하고 사람들에 대한 그의 관심은 옅어져 갔으며 멍하니 자신만의 생각에 빠지는 일이 많았다. 한번은 그가 전에 부르던 노래와는 생판 다른, 나라를 사랑하라는 식의 노래를 불러 우리를 깜짝 놀라게 하기도 했다. 아마도 아직 선원 생활을 시작하기 전인 어린 시절에 배운 노래인 듯했다.

그렇게 시간은 흘러 장례식 다음 날 오후 세 시가 되었다. 안개가 자욱하고 서리가 내린 매서운 날이었다. 잠시 문에 기대서서 아버지를 생각하며 슬픈 마음을 가누고 있는데, 저 멀리서 누군가 길을 따라 이쪽으로 천천히 오는 게 보였다. 질끈 동여맨 초록색 손수건이 눈과 코를 가리고 있고 지팡이로 땅을 두들기는 것으로 보아 앞을 못 보는 사람이 틀림없었다. 게다가 나이가 들어서인지 아파서인지는 모르겠지만 등이 구부정했고 모자가 달린 커다란 선원용 망토를 두르고 있었는데 너덜거릴 정도로 무척 낡은 것이었다. 가뜩이나 기괴한 몰골이 그 망토 때문에 더 기괴해 보였다. 내 평생 그렇게 무섭게 생긴 사람을 보기는 처음이었다. 여인숙 가까이 다가온 그 사람은 걸음을 멈추더니 높낮이가 거의 없는 이상한 목소리로 자기 앞의 허공을 향해 이렇게 소리쳤다.

"이 사람은 내 조국, 영국을 지키기 위해 영광스러운 전투에 나섰다가, 조지 국왕 폐하 만세! 소중한 시력을 잃은 사람입니다. 이 불쌍한 맹인을 가엾게 여기시고 여기가 어디인지 말해 주실 선량한 분 없으신가요?"

"여기는 블랙힐 항구에 있는 벤보우 제독 여인숙입니다."
내가 말했다.
"목소리가 들리는군. 어린 목소리가. 거기 친절한 어린 친구, 내 손을 잡고 안으로 들어가게 도와주지 않겠니?"
그가 말했다.
나는 손을 내밀었다. 그러자 말만 부드럽지 무시무시한 그 눈 없는 인간이 순식간에 내 손을 마치 기계로 조이듯 꽉 움켜쥐었다. 나는 너무 놀라 손을 빼려 버둥거렸다. 하지만 그 맹인이 손을 슬쩍 잡아당기자 나는 맥없이 그의 곁으로 끌려갈 수밖에 없었다.
"자, 꼬마야. 나를 저 안에 있는 선장에게 안내해 다오."
"아저씨, 전 그런 일은 못해요."
"오, 그래?"
그가 비웃으며 말했다.
"그렇단 말이지. 당장 나를 데리고 들어가든지 아니면 팔이 부러지든지 알아서 해라."
이렇게 말하며 그는 내 팔을 비틀었다. 비명이 터져 나왔다.
"아저씨, 이건 아저씨를 위해서예요. 선장님은 예전의 선장님이 아니에요. 칼을 빼놓고 앉아 있단 말이에요. 예전에 어떤 사람이…"
"자, 그만하고 앞장서라."
그가 말을 막았다. 이 눈먼 사람의 목소리는 내가 난생 처음 들어보는 잔인하면서도 차갑고 역겨운 목소리였다. 팔뚝의 아픔보다는 그 목소리가 나를 더 두렵게 만들었다. 나는 얼른 그가 시킨 대로 문을 열고 안으로 들어가 우리의 쇠약하고 늙은 해적 나리가 럼에 취해 앉아 있는 거실로 향했다. 그 맹인 남자는 내게 바짝 붙어 쇠갈퀴 같은 손으로 나를 붙잡고는 버티기 힘들 정도로 내게 몸을 기댔다.

"나를 그에게 바로 안내해라. 그리고 그가 나를 보면 이렇게 외쳐라. '여기 자네의 친구가 왔네, 빌.' 하고 말이야. 만일 내 말대로 하지 않으면 이렇게 해주지."

이 말과 함께 그가 내 팔을 비틀었다. 거의 기절할 정도로 아팠다. 이런 일을 겪고 나니 그 맹인 거지는 내게 거의 두려움 그 자체였다. 나는 선장에 대한 두려움은 까맣게 잊고 거실 문을 열면서 떨리는 목소리로 그가 하라는 대로 소리쳤다.

선장이 눈을 들어 그를 쳐다보았다. 순간 술기운이 씻은 듯 사라지면서 그가 아주 말짱한 정신으로 돌아왔다. 그의 표정은 두려움보다는 죽을 병에 걸렸다는 느낌에 더 가까웠다. 그가 일어서기 위해 몸을 움직였다. 하지만 아마 그의 육체에는 그럴 만한 힘이 남아 있지 않았을 것이다.

"괜찮네, 빌. 그냥 앉아 있게."

거지가 말했다.

"내 비록 보이지는 않지만 자네 손가락 움직이는 소리까지 들을 수 있다네. 내 할 일은 해야지. 왼손을 내밀게. 꼬마야, 저 친구의 왼쪽 손목을 잡고 내 오른손 가까이로 끌어당겨 오너라."

선장과 나는 그가 시키는 대로 했다. 그가 지팡이를 잡고 있던 손 안에 쥐고 있던 무언가를 선장의 손바닥에 건네는 것이 보였다. 선장의 손이 얼른 그것을 움켜쥐었다.

"자, 이제 되었어."

맹인이 말했다. 이 말과 함께 그는 내 손을 놓았다. 그리고 믿을 수 없을 만치 정확하고 신속하게 거실을 빠져나가 길로 나섰다. 멍하니 서 있는 내 귀로 그가 지팡이를 톡톡 두들기며 멀리 사라지는 소리가 들렸다.

한참 동안 선장도 나도 정신을 차리지 못했다. 하지만 마침내 내가 그때까지 계속 붙들고 있던 선장의 손목을 놓았고, 그와 거의 동시에 선장도 손을 끌어당겨 손바닥에 놓인 것을 똑똑히 들여다보았다.

"열 시!"

선장이 외쳤다.

"여섯 시간. 서둘러야겠군."

그가 벌떡 몸을 일으켰다.

하지만 막 일어서던 그의 몸이 휘청거렸다. 선장은 목에 손을 댄 채 앞뒤로 흔들흔들하더니 우당탕 소리와 함께 버쩍 선 자세 그대로 앞으로 고꾸라지며 머리를 바닥에 찧었다.

나는 얼른 그에게 달려가는 한편 어머니를 소리쳐 불렀다. 하지만 서둘러봤자 아무 소용 없었다. 선장은 뇌졸중으로 즉사하고 말았다. 그가 죽은 걸 보자마자 나는 울음을 터뜨렸다. 내가 생각해도 이건 이상한 일이었다. 요즘 들어 그를 불쌍하게 여기는 마음이 생기긴 했지만 결코 선장을 좋아한 적은 없었기 때문이다. 이것이 내가 본 두 번째 죽음이었다. 첫 번째 죽음의 슬픔이 아직 가시기도 전에 생긴 일이었다.

4장
선원용 궤짝

 당연한 일이겠지만 나는 지체 없이 어머니에게 내가 아는 사실을 숨김 없이 털어놓았다. 어쩌면 오래전에 그랬어야 하는지도 모르겠다. 우리는 분명 곤란한, 그러면서도 위험한 상황에 처해 있었다. 선장에게 돈이 있다면 그 돈의 일부는 분명 우리 몫이었다. 하지만 그의 동료들이 죽은 자의 빚을 갚을 리는 없었다. 특히 내가 접해 본 두 사람, 블랙독이나 앞 못 보는 거지를 생각하면 더욱 그렇다. 만일 선장이 지시한 대로 내가 곧바로 말을 타고 리브지 선생에게 달려간다면 지켜줄 사람도 없이 어머니 혼자 남게 되므로 그런 일은 생각조차 할 수 없었다. 사실 어머니나 나나 더 이상 집 안에 머무르는 건 불가능했다. 부엌의 화로에서 석탄이 바스러지는 소리, 시계가 똑딱거리는 소리에도 우리는 깜짝깜짝 놀랐다. 사방에서 우리를 향해 발자국 소리가 다가오는 것처럼 느껴졌다. 거실 바닥에는 선장의 시체가 놓여 있는 데다 다시는 마주치고 싶지 않은 그 눈먼 거지가 근처에 숨어 있다가 언제든 들이닥칠 수 있다는 생각까지 드니 말 그대로 가슴이 덜컥 내려앉을 때가 한두 번이 아니었다. 뭔가 신속한 조치가 필요했다. 때마침 가까운 이웃집으로 함께 가서 도움을 청하는 게 좋겠다는 생각이 떠올랐다. 이 생각을 하자마자 우리는 곧 행동에 나섰다. 머리에 아무것도 쓰지 못한 채 우리는 순식간에 깊어가는 저녁의 차가운 안개 속으로 달려 나갔다.

가까운 오두막은 오목하게 들어간 곳에 있어서 바로 보이지 않았지만 거리가 채 몇 백 야드도 되지 않았다. 게다가 눈먼 거지가 나타났다가 사라진 방향과 반대 방향이라는 점이 내심 위안이 되기도 했다. 거기까지는 그리 오랜 시간이 걸리지 않는 길이었다. 하지만 가면서 우리는 몇 번이나 걸음을 멈추고 귀를 기울였다. 이상한 소리는 들리지 않았다. 그저 나직한 잔물결 소리와 숲 속 동물들의 울음소리만이 들릴 뿐이었다.

이웃집에 도착했을 때는 이미 촛불을 켤 시각이었다. 문틈과 창문으로 새어 나오는 노란 불빛을 보았을 때 느꼈던 반가움을 나는 평생 잊지 못할 것이다. 하지만 우리가 거기서 얻은 도움은 그것이 다였다. 이 얘기를 들으면 여러분은 정말 부끄러운 일이라고 생각할지도 모르겠지만, 거기 있던 사람들 가운데 우리와 함께 벤보우 제독으로 가겠다고 나서는 사람은 하나도 없었다. 우리가 얼마나 어려운 상황에 처해 있는지 털어놓으면 털어놓을수록 남자, 여자, 아이 할 것 없이 거기 있는 사람들은 모두 점점 더 안전한 자신의 집을 떠나고 싶어 하지 않았다. 개중에는 내게는 낯선 이름인 플린트 선장에 대해 아는 사람들도 있었는데, 그 이름이 그들에게 주는 공포감은 엄청났다. 게다가 벤보우 제독

너머에 있는 들판에 일하러 갔다가 길에서 낯선 사람들을 보고 밀수꾼들일 거라 짐작하고는 얼른 도망쳐 온 사람들도 몇 있었는데, 그 가운데 한 명은 키츠호울이라고 불리는 곳에 돛단배 한 척이 떠 있는 걸 보았다고 했다. 사정이 이렇다 보니 선장의 동료라는 말에 사람들이 겁에 질릴 만도 했다. 결국 말을 타고 리브지 선생에게 달려가 주겠노라는 사람은 서너 명 있었지만 우리를 도와 여인숙을 지키겠다고 나서는 사람은 하나도 없었다.

흔히 비겁함은 전염된다고 한다. 반면 논쟁은 결심을 굳히는 효과가 크다. 어머니의 경우가 그랬다. 다른 사람들이 한 마디씩 하고 나자 어머니가 입을 열었다. 어머니는 아버지를 여읜 아이가 의당 받아야 할 돈을 절대 포기할 수 없노라고 단언했다. 그러면서 이렇게 말했다.

"여러분 가운데 가겠다는 분이 하나도 없으니 짐하고 저만 가죠. 왔던 길로 우리는 돌아가겠습니다. 간은 좁쌀만 하면서 허우대만 멀쩡한 양반들, 정말 고맙네요. 혹시 목숨을 잃는 일이 있더라도 우리는 그 궤짝을 열고 말 거예요. 그리고 크로슬리 부인, 저기 저 가방 좀 빌려주시면 고맙겠어요. 우리가 받아야 할 돈을 담아 올 게 필요해서요."

당연히 나는 어머니와 함께 가겠다고 말했고, 또 당연한 일이겠지만 사람들은 우리에게 왜 그리 무모하냐고 떠들어댔다. 하지만 그러면서도 우리와 함께 가겠다고 나서는 사람은 없었다. 그들이 한 일이라고는 혹시 공격을 받으면 사용하라고 장전이 되어 있는 권총 하나를 준 것과 돌아오는 길에 추격을 받을지도 모르니 말에 안장을 얹어 준비해 놓겠다는 약속이 전부였다. 그리고 무장 병력의 지원을 요청하기 위해 의사 선생에게 아이 하나를 말에 태워 보내기로 했다.

우리 두 사람이 이 위험천만한 일을 위해 차가운 밤공기 속으로 나섰을 때, 내 가슴은 콩닥거리고 있었다. 자욱한 안개 위로 이제 막 떠오르기 시작한 보름달이 붉은 얼굴을 삐쭉 내미는 걸 보며 우리는 더욱 걸음을 재촉했다. 우리가 다시 길을 나서기도 전에 사위가 대낮처럼 환해질 것이 분명하고, 만일 누가 감시라도 하고 있다면 우리의 모습이 눈에 띌 게 분명했기 때문이다. 우리는 산울타리를 따라 조용하면서도 재빠르게 미끄러지듯 나아갔다. 그러는 동안 우리를 더 두렵게 만들 만한 어떤 소리도 들리지 않았고 어떤 모습도 보이지 않았다. 마침내 우리는 벤보우 제독 안으로 들어와 문을 닫고는 안도의 한숨을 내쉬었다.

나는 서둘러 빗장을 지른 다음 어머니와 함께 암흑 속에서 가쁜 숨을 골랐다. 이제 선장의 시체가 있는 집 안에는 우리 둘뿐이었다. 잠시 후 어머니가 조리대에서 초를 꺼내 오자 우리는 서로 손을 맞잡고 거실로 향했다. 선장은 우리가 나갈 때의 모습 그대로 눈을 뜨고 한 팔을 내뻗은 채 하늘을 향해 누워 있었다.

"짐, 차일을 내리거라."

어머니가 속삭였다.

"그 사람들이 와서 밖에서 지켜볼지도 모르니까 말이야. 그리고." 내가 시킨 대로 하고 오자 어머니는 이렇게 말했다.

"저기에서 열쇠를 꺼내야 할 텐데 도대체 누가 저기 손을 댄단 말이야!"

이렇게 말하며 어머니는 울먹거렸다.

나는 얼른 바닥에 무릎을 대고 엎드렸다. 선장의 손 가까운 바닥에 한쪽 면이 검은 종이가 둥글게 말려 있었다. 틀림없이 이게 흑점일 거라는 생각이 들었다. 종이를 들춰보니 한쪽에 다음과 같은 짧은 글이 뚜렷하게 적혀 있었다. "오늘 밤 열 시까지 여유를 준다."

"열 시까지 여유가 있대요, 어머니."

내가 말했다. 그 말을 하자마자 우리 집 낡은 시계가 울리기 시작했다. 전혀 예상치 못했던 이 소리에 우리는 깜짝 놀랐다. 하지만 시계가 알려 준 소식은 나쁘지 않았다. 아직 여섯 시밖에 되지 않았던 것이다.

"자, 짐." 어머니가 말했다. "열쇠."

나는 선장의 주머니마다 손을 넣어 무엇이 있나 뒤져보았다. 잔돈 두어 개, 골무, 실을 꿴 큰 바늘 몇 개, 한쪽 끝을 물어뜯은 궐련, 그가 늘 쓰던 손잡이가 구부러진 커다란 칼 한 자루, 주머니용 나침반, 부싯깃 상자. 주머니에서 나온 건 이게 전부였다. 나는 약간 실망하지 않을 수 없었다.

"혹시 목에 걸고 있는 건 아닐까?"

어머니가 의견을 냈다.

정말 내키지 않았지만 나는 선장의 목 근처의 옷을 찢었다. 그랬더니 놀랍게도 거기에 타르가 묻은 줄이 걸려 있었다. 우리는 선장의 칼로 그 줄을 잘랐고, 바로 거기에서 열쇠를 발견했다. 이 발견에 고무된 우리는 희망을 품고 선장이 오랫동안 묵은 2층 방으로 서둘러 올라갔다. 그의 궤짝은 그가 온 첫날부터 줄곧 그 방에 있었다.

겉으로 보기에 그 궤짝은 다른 뱃사람들의 궤짝과 조금도 다르지 않았다. 다만 위쪽에 'B'라는 글자가 찍혀 있고 오랫동안 거칠게 다룬 탓인지 귀퉁이가 약간 뭉개져 있을 뿐이었다.

"열쇠를 다오."

어머니가 말했다. 자물쇠가 무척 빡빡하긴 했지만 어머니는 기어코 열쇠를 돌리고는 순식간에 덮개를 열어젖혔다.

궤짝 안에서 담배와 타르 냄새가 진하게 풍겨 나왔다. 하지만 위쪽에는 정성스럽게 개어놓은 아주 좋은 재질의 의복 한 벌 외에는 아무것도 보이지 않았다. 한 번도 입어본 적이 없는 옷이구나 하고 어머니가 말했다. 그 아래로 많은 물건들이 나왔다. 사분의, 작은 깡통, 돌돌 만 담배 몇 대, 아주 멋진 권총 두 정, 은괴 하나, 오래된 스페인산 시계 하나와 별 가치 없는 외국 장신구 몇 개, 놋쇠 틀에 들어 있는 나침반 두 개, 그리고 서인도제도에서 나오는 조개껍질도 대여섯 개 있었다. 지금까지도 나는 종종 그가 무슨 생각으로 죄를 짓고 도망치는 방랑길에 그 조개껍질들을 챙기고 다녔을까 궁금해지곤 한다.

그러는 동안 은과 장신구 말고 돈이 됨 직한 건 하나도 나오지 않았다. 그나마 그 두 가지도 우리에게 도움이 되는 게 아니었다. 아래쪽에는 수많은 항구의 술집들을 거치며 소금에 절어 허옇게 변한 선원용 망토가 한 벌 있었다. 조바심이 나는지 어머니는 얼른 그 옷을 들어냈다. 그러자 우리 눈앞에 궤짝 안에 있던 마지막 물건들이 모습을 드러냈다. 방수포에 싸인 종이 뭉치로 보이는 꾸러미 하나와 캔버스 천으로 만든 가방이었는데, 가방을 건드리자 금붙이가 쩔렁거리는 소리가 들렸다.

"이 악당 놈들에게 내가 정직한 사람이란 걸 보여 줘야지."
어머니가 말했다.
"정확히 내가 받을 만큼만 받고 한 푼도 더 챙기지 않으런다. 크로슬리 부인의 가방을 잡고 있거라."

그러면서 어머니는 그 선원 가방에서 선장이 지불해야 할 돈을 세서 내가 잡고 있는 가방에 넣기 시작했다.

그건 길고도 힘든 일이었다. 동전들이 여러 나라, 여러 크기의 것들이었기 때문이다. 더블룬 금화, 루이 금화, 여덟 조각 은화뿐 아니라 전혀 알지 못할 동전들이 마구잡이로 섞여 있었다. 게다가 어머니가 계산할 수 있는 것은 영국 동전인 기니뿐인데, 아쉽게도 기니는 가장 조금 들어 있었다.

일이 얼추 절반가량 끝났을 무렵, 나는 갑자기 어머니의 팔을 붙잡았다. 서리가 내릴 듯 차갑고 고요한 대기를 뚫고 가슴을 철렁하게 만드는 어떤 소리가 들려왔기 때문이었다. 얼어붙은 길 위에 '탁! 탁!' 하고 부딪치는 맹인의 지팡이 소리였다. 그 소리는 점점 가까이 다가왔고, 그사이 우리는 가만히 앉아 숨을 죽였다. 조금 후 여인숙 입구를 두들기는 날카로운 소리가 들리더니 곧이어 손잡이 돌리는 소리와 빗장이 덜거덕거리는 소리가 들려왔다. 맹인이 들어오려고 애를 쓰고 있었다. 그러더니 집 안팎에 긴 정적이 흘렀다. 이윽고 다시 지팡이 소리가 시작되었다. 하지만 이번에는 뭐라 형용할 수 없을 정도로 기쁘고 고맙게도 그 소리가 멀어지기 시작하더니 더 이상 들리지 않았다.

"어머니, 전부 가지고 얼른 출발해요." 내가 말했다.

빗장이 질러진 문은 의심을 샀을 테고, 곧 엄청나게 성가신 일이 우리에게 들이닥칠 것이 분명했기 때문이다. 물론 빗장을 걸어놓은 걸 나는 너무나 다행이라고 여겼으며, 그 섬뜩한 맹인을 보지 못한 사람은 내 심정을 짐작도 못할 것이다.

하지만 어머니는 두려움에 떨면서도 받을 돈보다 한 푼도 더 받으려 하지 않았고, 또 한 푼이라도 덜 받지도 않겠다고 고집을 부렸다. 아직 일곱 시도 한참 남았잖니 하고 어머니가 말했다. 어머니는 얼마를 받아야 할지 알고 있었고 딱 그만큼만 받으려는 것이었다. 이렇게 실랑이를 벌이는 사이, 멀리 언덕 위에서 나지막한 휘파람 소리가 들렸다. 우리 두 사람에게는 그것으로 충분했다. 아니 충분하고도 남았다.

"난 이것만 갖고 가련다."

어머니가 벌떡 일어나며 말했다.

"그럼 부족한 셈을 메우기 위해 전 이걸 갖고 갈게요."

이렇게 말하며 나는 방수포 꾸러미를 집어 들었다.

곧이어 우리 두 사람은 빈 궤짝 옆에 촛불도 그냥 둔 채로 계단을 기어 내려왔다. 그리고 곧바로 문을 열고는 재빨리 달아나기 시작했다. 우리가 출발한 시각은 결코 이른 때가 아니었다. 안개는 빠르게 흩어지고 있었고 달은 이미 양쪽 계곡의 위편을 환하게 비추고 있었다. 도망가는 우리의 발걸음을 숨겨 줄 어둠은 오직 계곡 밑바닥과 여인숙 문 근처에만 희미하게 남아 있을 뿐이었다. 언덕 기슭을 막 벗어났을 뿐 이웃 마을에는 절반도 이르지 못한 곳에서 우리는 달빛 아래 모습을 드러내야 했다. 그뿐만이 아니었다. 서너 명이 달려오는 발자국 소리가 들려오기 시작했다. 소리가 나는 방향으로 돌아보니 불빛이 이리저리 흔들리며 빠른 속도로 다가오고 있었다. 누군가 등불을 들고 오는 게 분명했다.

"얘야." 갑자기 어머니가 이렇게 말했다. "이 돈을 들고 계속 뛰어가거라. 난 어지러워서 못 가겠다."

아, 이것으로 우리 두 사람 다 끝이구나 하는 생각이 머리를 스쳤다. 비겁한 이웃 사람들이 너무 미웠다. 어머니의 정직함과 욕심, 과거의 고지식함과 지금의 연약함이 너무 원망스러웠다. 그나마 다행인 건 우리가 있는 곳이 작은 다리 옆이라는 점이었다. 내가 몸을 가누지 못하는 어머니를 간신히 제방으로 데려가자 어머니는 더 이상 버티지 못하고 한숨을 내쉬며 내 어깨 위로 쓰러졌다. 어디서 그런 힘이 났는지는 지금도 모르겠다. 또 솜씨 또한 어설펐다. 하지만 어쨌거나 나는 제방 밑 다리 아래로 어머니를 끌고 갔다. 더 이상 어머니를 옮기는 것은 불가능했다. 다리가 너무 낮아 내가 간신히 기어갈 만한 정도의 공간밖에 없었기 때문이다. 우리는 그렇게 거기에 있어야만 했다. 어머니는 거의 온몸이 드러나 있었고 우리가 있는 곳은 여인숙에서 부르는 소리가 들릴 만큼 가까운 곳이었다.

5장
맹인의 최후

 어찌 보면 나는 두려움보다 호기심이 강했던 듯하다. 나는 거기 그냥 웅크리고 있을 수가 없어서 다시 제방으로 기어 돌아갔다. 수풀 뒤에 머리를 숨기고 여인숙 앞으로 난 길을 바라볼 생각이었다. 내가 자리를 잡자마자 적들이 들이닥치기 시작했다. 일고여덟 명 정도가 길 위에 어지러운 발걸음 소리를 남기며 빠른 속도로 달려오고 있었다. 등불을 든 사람이 다른 사람들보다 서너 걸음 앞서 달려왔다. 세 사람은 서로 손을 잡고 나란히 달려왔다. 안개 속이었지만 나는 그 셋 중 가운데 있는 사람이 맹인이라는 사실을 분간해 낼 수 있었다. 바로 다음 순간 들린 그의 목소리는 내 생각이 옳다는 걸 확인시켜 주었다.
 "문을 부숴!" 그가 소리쳤다.
 "네, 네, 알겠습니다." 두어 명이 대답하자 사람들은 벤보우 제독으로 달려들었다. 등불을 든 사람이 바짝 뒤를 따랐다. 다음 순간 그들이 그 자리에 멈칫하더니 낮은 목소리로 이야기를 나누는 소리가 들렸다. 문이 열려 있는 것을 보고 놀란 모양이었다. 하지만 그들은 순식간에 다시 움직였다. 맹인이 다시 명령을 내렸기 때문이었다. 그의 목소리는 화가 나고 조바심이 난 듯 더 크고 더 날카로워져 있었다.

"안으로, 안으로!" 그가 왜 꾸물대느냐고 화를 내며 소리쳤다.

네댓 명은 즉시 안으로 들어가고 둘은 그 무서운 거지와 함께 길에 남았다. 잠시 정적이 흐르더니 놀라는 소리가 들렸다. 그리고 집 안에서 외침이 들려왔다.

"빌이 죽었어."

하지만 맹인은 그들에게 뭘 하느라 그렇게 꾸물거리느냐며 욕설을 퍼부었다.

"몸을 뒤져봐, 이 느림보 천치들아. 그리고 몇 명은 위로 올라가서 궤짝을 찾아봐." 그가 외쳤다.

온 집 안이 울릴 정도로 요란하게 계단을 올라가는 그들의 발소리가 들려왔다. 조금 뒤, 다시 한 번 놀라는 소리가 들렸다. 무언가 유리 깨지는 것 같은 소리와 함께 선장의 방 창문이 쾅 하고 열리더니 한 남자가 달빛 속으로 상반신을 쑥 내밀고는 아래쪽 길가에 있는 맹인 거지를 찾았다.

"퓨." 그가 외쳤다. "그놈들이 우리보다 한발 빨랐습니다. 어떤 놈이 궤짝을 샅샅이 뒤졌는데요."

"그건 거기 있어?" 퓨가 소리 질렀다.

"돈은 있습니다."

돈이라는 말에 맹인이 욕설을 퍼부었다.

"그거 말고, 플린트의 문서 말이야." 그가 소리쳤다.

"그건 어디에도 보이지 않습니다." 그 사람이 대답했다.

"거기 아래층, 그게 혹시 빌에게 있나?" 맹인이 다시 소리쳤다.

그 말에 다른 사람이 여인숙 문가로 나왔다. 아마도 선장의 시체를 뒤지기 위해 아래층에 남아 있던 사람인 듯했다. "빌도 이미 누가 다 뒤져봤나 본데요. 아무것도 남은 게 없습니다." 그가 말했다.

"분명 이 여인숙 놈들일 거야. 그래, 그 꼬마 녀석이야. 그 녀석 눈깔을 파버렸어야 하는 건데!" 그 맹인, 그러니까 퓨가 소리질렀다. "아직 얼마 안 됐어. 문을 열려고 했을 때 문 안쪽으로 빗장이 걸려 있었거든. 다들 흩어져서 놈들을 찾아."

"맞아, 그놈들 여기에 초도 놓고 갔어." 창문에 있던 사람이 말했다.

"흩어져서 놈들을 찾아! 집 안을 샅샅이 뒤져!" 퓨가 지팡이로 길바닥을 내리치며 자신이 한 말을 반복했다.

그러자 우리 낡은 여인숙이 발칵 뒤집혔다. 여기저기 쿵쾅거리는 발자국 소리, 가구들이 뒤집히는 소리, 문짝을 걷어차는 소리가 들렸다. 이윽고 땅바닥을 두들기는 소리가 들리자 남자들이 하나씩 밖으로 나와 집 안 어디에서도 우리를 찾을 수 없었다고 보고했다. 바로 그 순간 어머니와 내가 죽은 선장의 돈을 셀 때 울렸던 바로 그 휘파람 소리가 밤하늘 사이로 뚜렷하게 울렸다. 다만 전과 다른 게 있다면 이번에는 두 번 울렸다는 점이었다. 처음에 난 그 소리가 맹인이 부하들에게 돌격하라고 명령하는 소리인 줄 알았다. 하지만 이제 보니 그 소리는 언덕 쪽에서 여인숙으로 보내는 신호였고, 해적들의 반응으로 보건대 위험이

다가온다는 경고신호였다.

"더크가 다시 신호를 보냈어." 누군가 말했다. "두 번이야! 이 보게들, 피해야겠어."

"피해? 숨는단 말이야? 더크는 원래 바보에 겁쟁이었어. 신경 쓰지 않아도 돼. 놈들은 분명 가까이 있을 거야. 멀리 갔을 리가 없어. 얼른 시작해. 흩어져서 놈들을 찾으란 말이야, 이 멍청이들아! 오, 정말 갑갑하군. 내가 눈만 있었어도!" 퓨가 이렇게 소리쳤다.

그의 이런 호소가 어느 정도 효과가 있는 듯했다. 왜냐하면 그들 가운데 두어 명이 난장판이 되어 어지러운 곳 여기저기를 뒤지기 시작했기 때문이다. 하지만 내가 보기에 그들에게도 그다지 열의는 없었다. 그리고 한쪽 눈으로는 자신들에게 언제 닥칠지 모를 위험을 날카롭게 살피고 있었다. 나머지 사람들은 그냥 길에 선 채 머뭇거리고 있었다.

"너희들은 지금까지 수천 명을 처리했어, 이 바보들아. 그런데 지금 와서 뭘 머뭇거려? 그것만 찾으면 왕처럼 떵떵거리고 살 만큼 부자가 될 테고, 그게 여기 있다는 걸 너희도 알잖아? 그런데도 거기 서서 숨을 생각만 하고 있다니. 너희 가운데 감히 빌을 상대할 녀석은 하나도 없었어. 그런데 나는 했어. 이 맹인이 말이야! 그런데 지금 네놈들 때문에 기회가 날아가게 생겼잖아! 잘만 하면 마차를 타고 다닐 수 있는데 내가 거지가 되어 길바닥을 굴러다니며 럼이나 얻어먹고 다녀야겠어? 네놈들에게 비스킷 안에 있는 벌레만큼만 용기가 있었어도 놈들을 꼼짝 못하게 잡았겠다."

"그만해, 퓨, 더블룬 금화를 찾았잖아." 한 남자가 투덜거렸다.

"놈들이 물건을 어디다 숨겨 버렸는지도 모르잖아." 다른 남자가 말했다. "금화로 만족해, 퓨. 그렇게 빽빽거리며 서 있지 말라고."

빽빽거린다는 말이 딱 맞았다. 이런 반대 의견에 점점 화가 치솟은 퓨는 마침내 더 이상 감정을 주체하지 못하고 이쪽저쪽 가리지 않고 마구 지팡이를 휘둘러 댔고 적어도 한 명 이상이 심하게 두들겨 맞는 소리가 들렸다.

그러자 이번에는 매 맞은 사람들이 이 앞 못 보는 악당에게 벌컥 화를 내며 지독한 말로 욕설을 해댔다. 그러면서 그의 손에 있는 지팡이를 빼앗으려 했지만 쉽지가 않았다.

우리가 목숨을 건진 건 이 다툼 덕분이었다. 그들이 다투는 동안 오두막집이 있는 언덕 위에서 다시 소리가 들려왔는데, 이번에는 말이 달리는 소리였다. 그와 거의 동시에 산울타리 쪽에서 불빛이 번쩍하더니 총 쏘는 소리와 뭔가 터지는 소리가 들렸다. 위험을 알리는 최종 신호가 분명했다. 해적들은 즉시 몸을 돌려 각자 뿔뿔이 달아나기 시작했다. 어떤 놈은 만을 따라 바다 쪽으로 달아나고 또 어떤 놈은 언덕 너머로 달아났다. 삼십 초도 채 지나지 않아 모두들 달아나 버리고 남은 건 퓨뿐이었다. 그들은 그를 버리고 가버렸다. 그게 순전히 두려움 때문이었는지 아니면 그의 욕설과 난동에 대한 복수였는지는 알 길이 없다. 뒤에 처진 그는 미친 듯이 길바닥을 두드려 더듬더듬 길을 찾으며 애타게 동료들을 불렀다. 길을 잘못 잡은 그는 나와 채 몇 발자국도 떨어지지 않은 곳을 지나 오두막 쪽으로 가면서 "조니, 블랙독, 더크!" 하고 부르더니 그 밖에도 몇 명의 이름을 더 소리쳐 불렀다. 그러고는 이렇게 말했다. "친구들, 이 늙은 퓨를 버리고 가지 마. 이 늙은 퓨를!"

바로 그때 언덕 위에서 말 발자국 소리가 들리더니 달빛 아래로 네댓 명이 말을 타고 전속력으로 언덕을 달려 내려오기 시작했다.

일이 이렇게 되자 퓨는 자신이 실수했음을 깨닫고 소리를 지르며 몸을 틀어 달아났는데 하필 바로 도랑 쪽으로 방향을 잡는 바람에 도랑으로 처박히고 말았다. 하지만 그는 다시 벌떡 일어나 달리기 시작했고, 이제는 정신이 하나도 없는지 달려오는 말을 향해 뛰어들고 말았다.

말을 몰던 사람은 그를 살리기 위해 애를 썼으나 소용없었다. 퓨는 밤하늘 가득히 비명을 지르며 쓰러졌다. 말의 네 다리가 그를 짓밟고 걷어차며 지나갔다. 퓨는 옆으로 넘어져 땅에 살짝 고개를 박더니 더 이상 움직이지 않았다.

나는 얼른 일어나서 말 탄 사람들을 소리쳐 불렀다. 그들은 이미 사고 때문에 놀라서 말을 멈추던 참이었다. 나는 금세 그들이 누군지 알아보았다. 다른 사람들보다 뒤에서 따라오던 사람은 리브지 선생을 데리러 갔던 오두막집 소년이었다. 나머지 사람들은 세관 공무원들이었다. 소년은 도중에 이들을 만났고 현명하게도 얼른 그들을 데리고 돌아왔던 것이다. 그들은 키츠호울에 수상한 작은 배가 나타났다는 소식을 듣고 그날 밤 우리 여인숙 쪽으로 달려오던 댄스 세관장 일행이었다. 나와 어머니가 죽지 않고 목숨을 보전한 건 순전히 그 덕분이었다.

퓨는 죽었다. 확실히 죽었다. 어머니는 오두막집으로 옮긴 후 냉수와 소금을 조금 먹였더니 금세 정신이 되돌아왔다. 아직 두려움에 떨고 있긴 했지만 심각한 정도는 아니었고 다만 돈을 제대로 받지 못한 것을 아쉬워할 따름이었다. 그사이 세관장은 전속력으로 키츠호울을 향해 말을 달렸다. 하지만 그들은 협곡에 다다르자 말에서 내려야 했고 그다음부터는 말을 끌고 길을 더듬어 내려갔다. 혹시 있을지도 모르는 매복에 대해서도 계속 주의해야 했다. 그러니 그들이 키츠호울에 도착했을 때 그 작은 배가 그리 멀리 가지는 못했지만 이미 출범한 뒤라는 사실은 그다지 놀랄 만한 일이 아니었다. 그는 그 배를 소리쳐 불렀다. 그러자 저쪽에서 대답이 들려왔다. 달빛 밖으로 물러나지 않으면 총알 맛을 보여 주겠다는 소리였다. 그와 동시에 총알 하나가 그의 팔을 스치고 지나갔다. 그런 다음 배는 돛을 두 배로 펼치더니 사라져버렸다. 댄스 씨는 그의 표현대로 '물 밖으로 나온 고기처럼' 그 자리에 멍하니 서 있었다. 그가 할 수 있는 일은 B에게 사람을 보내 감시선을 띄우라고 말을 전하는 게 전부였다. 그는 이렇게 말했다. "그건 아무 소용 없는 일이었지. 그들이 완전히 도망가 버린 다음이었으니 그걸로 끝이었어." 그러면서 이렇게 덧붙였다. "그래도 퓨 선장의 콧대를 납작하게 만든 건 정말 흐뭇한 일이야." 이건 내 얘기를 듣고 나서 그가 한 말이었다.

나는 그와 함께 벤보우 제독으로 돌아갔다. 집은 완전히 엉망진창이었다. 그놈들이 어찌나 미친 듯이 나와 어머니를 찾으려 했던지 시계까지 바닥에 나뒹굴고 있을 정도였다. 비록 그들이 가져간 것은 선장의 돈주머니와 계산대에 있던 은화 약간이 전부였지만 우리가 이제 망했다는 것은 분명했다. 댄스 씨는 이런 상황을 전혀 이해하지 못했다.

"그들이 돈을 가져갔다고 했지? 호킨스, 도대체 그들이 찾고 있던 게 뭐니? 더 많은 돈이니?"

"아니에요. 제 생각에 돈은 아닌 것 같아요." 내가 대답했다. "실은 그건 제가 주머니에 갖고 있는 것 같아요. 솔직히 말해 그걸 안전하게 보관해야 할 것 같은 생각이 들어요."

"물론이지. 그래야지." 그가 말했다. "원한다면 내가 보관해 주마."

내가 말을 시작했다. "제 생각에는 리브지 선생님이…."

그러자 그가 가볍게 말을 끊었다. "그게 옳겠지. 그게 옳아. 신사에다 치안판사이기도 하니까. 참, 이제 생각해 보니 나도 리브지 선생이나 지주님께 가서 보고를 해야겠다. 어찌 되었건 퓨 선장이 죽었으니까. 그게 유감이라는 뜻이 아니라는 건 너도 알겠지만, 어쨌건 그가 죽었잖니? 사람들이 누군가의 탓을 하려 들면 세관 관리 탓을 할 게 분명하거든. 자, 호킨스, 원한다면 내가 데려다 주마."

나는 그의 호의에 진심으로 고맙다고 대답했다. 그리고 나서 우리는 걸어서 말이 있는 오두막으로 돌아갔다. 내가 어머니에게 내 의견을 말하는 사이 그들은 모두 말에 올라 있었다.

"도거." 댄스 씨가 말했다. "자네 말이 튼튼하니까 이 애를 자네 뒤에 태우게."

내가 말에 올라 도거의 벨트를 잡자 세관장이 출발 신호를 했다. 그러자 일행은 리브지 선생의 집을 향해 힘차게 달렸다.

6장
선장의 문서

우리는 리브지 선생의 집에 도착할 때까지 전속력으로 말을 달렸다. 집은 온통 어둠에 싸여 있었다.

댄스 씨는 나에게 말에서 내려 문을 두들기라고 말했다. 도거가 내가 내려갈 수 있도록 등자를 내어주었다. 문을 두들기자 바로 하녀가 나와 문을 열었다.

"리브지 선생님 안에 계신가요?" 내가 물었다.

"아니. 오후에 돌아오셨다가 지주 어른 댁에 가셔서 저녁 드시고 늦게 오신댔어." 하녀가 대답했다.

"그러면 우리가 거기로 가자." 댄스 씨가 말했다.

이번에는 그리 멀지 않은 곳이라 말을 타지 않고 도거의 등자 끈을 잡고 달렸다. 저택 정문을 지나자 집 앞까지 긴 길이 나 있었는데, 나무가 없어서 사방에 달빛이 환하게 비추었다. 하얀 선이 빛나는 저택 양쪽으로는 아주 오래된 정원들이 있었다. 그곳에 이르자 댄스 씨가 말에서 내렸다. 그리고 나서 입구에서 한 마디 하자 나와 함께 집 안으로 안내되었다.

우리는 하인을 따라 카펫이 깔려 있는 통로를 지나 마침내 커다란 서재로 들어섰다. 사방이 책장이었고 그 위에는 흉상이 놓여 있었다. 지주 나리와 리브지 선생은 손에 파이프 담배를 들고 난롯가에 앉아 있었다.

그때까지 지주를 그렇게 가까이서 본 적은 한 번도 없었다. 그는 6피트가 넘을 정도로 키가 크고 어깨가 떡 벌어진 사람이었다. 얼굴은 무뚝뚝하지만 유능해 보였고 오랜 여행 탓에 볕에 그을리고 거칠었으며 주름이 깊었다. 그리고 숯처럼 검은 눈썹을 이리저리 실룩거렸는데, 그래서 약간은 성깔 있는, 나쁘진 않지만 불같은 성질을 가진 사람처럼 느껴졌다.

"들어오시오, 댄스 씨." 위엄 있으면서도 아랫사람을 배려하는 듯한 어투로 그가 말했다.

"안녕하시오, 댄스 씨." 의사가 고개를 끄덕이며 인사했다. "우리 꼬마 친구 짐, 너도 잘 있었니? 그래, 오늘은 무슨 바람이 불어서 여기까지 오셨나?"

세관장은 발표하는 학생처럼 딱딱한 자세로 똑바로 서서 자신이 온 이유를 설명했다. 그 두 신사가 얼마나 놀라면서도 흥미롭다는 듯 그의 얘기를 들었는지 여러분도 봤어야 한다. 두 사람은 몸을 앞으로 기울인 채 가끔씩 서로를 바라보며 얘기를 듣느라 담배를 태우는 것도 잊어버렸다. 내 어머니가 여인숙으로 돌아가는 대목을 듣던 리브지 선생은 무릎을 치며 감탄했고, 지주 또한 "잘했어!" 하면서 재떨이에 긴 파이프 담배의 재를 떨었다. 이렇게 하기 한참 전에 이미 트렐로니 씨(여러분도 이것이 지주의 이름이라는 것을 기억할 것이다.)는 자리에서 일어나 방을 이리저리 서성거리고 있었고, 의사 선생도 이야기를 더 잘 들으려는 듯 가발을 벗어버리고 짧게 깎은 검은 머리를 드러낸 채 조금은 이상한 모습으로 앉아 있었다.

마침내 댄스 씨가 이야기를 마쳤다.

"댄스 씨." 지주가 말했다. "당신은 정말 성실한 사람이군요. 그 흉악한 악당을 깔아뭉갠 일은 잘한 일이라고 생각합니다. 바퀴벌레 한 마리를 깔아뭉갠 것이나 마찬가지예요. 내가 보기에 여기 이 호킨스 군은 정말 훌륭한 소년이군요. 호킨스, 거기 벨 좀 울려주겠니? 댄스 씨에게 맥주가 한 잔 필요할 것 같구나."

"그런데 짐." 의사 선생이 말했다. "그놈들이 찾던 물건은 네가 갖고 있지? 그렇지?"

"여기 있어요." 나는 이렇게 대답하며 방수포에 싸인 뭉치를 건넸다.

의사 선생은 그것을 이리저리 살펴보았다. 열어보고 싶어서 손가락이 근질거리는 것 같았다. 하지만 그러는 대신 그는 그것을 조용히 외투 주머니에 집어넣었다.

"지주님." 그가 말했다. "맥주를 다 마시고 나면 댄스는 당연히 일을 하러 돌아가야 할 것입니다. 그럼 짐 호킨스 군은 내 집에서 재워줄까 합니다. 그리고 허락하신다면 저 식은 파이를 데워서 짐에게 먹였으면 좋겠는데 어떻게 생각하십니까?"

"그렇게 하시오, 리브지." 지주가 말했다. "호킨스가 한 일은 저 식은 파이보다 훨씬 나은 대접을 받을 만하니까."

이렇게 해서 비둘기를 넣어 만든 커다란 파이가 새로 들어와 작은 탁자 위에 놓였고 나는 그것을 허겁지겁 먹었다. 정말로 배가 고팠기 때문이었다. 그사이 지주는 댄스 씨에게 몇 마디 칭찬의 말을 더 건네고는 마침내 물러가게 했다.

"그런데 지주님." 의사 선생이 말했다.

"그런데 리브지 선생." 그와 동시에 지주도 말했다.

"아주 똑같네요, 똑같아." 리브지 선생이 웃었다. "지주님께서도 이 플린트 선장 얘기는 들으셨겠죠?"

"듣다마다!" 지주가 소리쳤다. "당연히 들었지! 그놈은 해적 가운데서도 가장 잔혹한 놈이었소. 블랙비어드도 플린트에 비하면 어린애였지. 스페인 사람들이 그를 어찌나 무서워했던지, 솔직히 가끔은 그가 영국인이라는 게 자랑스럽기까지 했소. 나는 언젠가 트리니다드 해안에서 그의 배 꼭대기의 돛을 실제 내 눈으로 직접 본 적도 있었다오. 그때 같이 타고 있던 그 배불뚝이 술통 같은 겁쟁이 선장은 도망치고 말았지. 가까이 있는 스페인 항으로 도망쳐 버렸다니까, 선생."

"저도 영국에서 그의 얘기를 들었습니다." 의사가 말했다. "그런데 제가 묻고 싶은 건 이겁니다. 혹시 그에게 돈이 좀 있었나요?"

"돈이라고?" 지주가 소리쳤다. "지금 무슨 일이 있었는지 들었잖소? 그놈들이 찾고 있던 게 돈이 아니라면 뭐겠소? 돈이 아니라면 그놈들이 신경이나 쓰겠느냔 말이오. 그놈들이 목숨을 걸 만한 게 돈 말고 뭐가 있겠소?"

"그런지 아닌지는 이제 곧 알게 되겠지요." 의사가 대꾸했다. "그런데 지주님이 너무 심하게 열을 내며 흥분을 하시니 도무지 말을 꺼낼 수가 없군요. 제가 알고 싶은 건 이겁니다. 가령 제가 여기 이 주머니 속에 갖고 있는 게 플린트가 자신의 보물을 묻어 둔 곳에 대한 어떤 열쇠라면, 그 보물의 가치가 얼마나 될까요?"

"가치?" 지주가 소리쳤다. "그 가치야 두말할 필요 없지. 만일 선생 말대로 그 열쇠를 우리가 갖고 있다면 나는 브리스틀 항구로 가서 배를 한 척 장만한 다음 선생과 여기 호킨스를 데리고 일 년이 걸리더라도 그 보물을 차지하고 말 거요."

"아주 좋습니다." 의사 선생이 말했다. "자, 그럼, 짐이 동의한다면 꾸러미를 펼쳐보도록 하죠." 그러면서 그는 꾸러미를 자기 앞 책상 위에 올려놓았다.

그 뭉치는 실로 꿰매어져 있었기 때문에 의사 선생은 도구 상자에서 수술용 가위를 꺼내 한 땀씩 잘라야 했다. 안에는 두 가지 물건이 들어 있었다. 하나는 책이고 다른 하나는 봉인된 문서였다.

"우선 책부터 펼쳐봅시다." 의사 선생이 말했다.

지주와 나, 이렇게 둘은 어깨너머로 의사 선생이 책을 펼치는 모습을 보았다. 나는 한쪽 구석에서 식사를 하고 있었는데 리브지 선생이 나를 불러 꾸러미를 개봉하는 흥미진진한 일을 구경할 수 있게 친절을 베풀어주었다. 첫 번째 종이에는 누구든 손에 펜을 쥐면 심심해서 혹은 연습 삼아 써보게 되는 그런 말들뿐이었다. 그중 하나는 문신에 새겨져 있던 것과 같은 '빌리 본즈, 그의 상상'이었다. '항해사 W. 본즈 선생', '술을 끊자', '팜 키 연안에서 당하다' 같은 문구도 있었다. 이것들 외에도 몇 가지가 더 있었는데, 대부분 한 단어이거나 이해할 수 없는 문구들이었다.

나는 마지막 문구가 누구 얘기인지, 또 당했다는 게 뭘 말하는지 무척 궁금했다. 십중팔구 등에 칼을 맞았다는 얘기겠지만 말이다.

"여기에는 별다른 정보가 없군요." 리브지 선생은 이렇게 말하면서 다음으로 넘어갔다.

그다음 열 장인가 열두 장의 종이에는 이상한 내용들이 잔뜩 적혀 있었다. 줄 한쪽 끝에는 날짜가 적혀 있고 다른 쪽 끝에는 금액이 쓰여 있는 게 여느 장부와 비슷했지만 이상한 건 양쪽 사이에 내용 설명 대신 일정치 않은 수의 열십자 표시만 들어 있다는 점이었다. 가령 1745년 6월 12일에는 누군가에게 70파운드를 갚아야 한다고 되어 있는 게 분명한데, 그 이유에 대한 설명은 열십자 여섯 개가 그어져 있는 게 전부였다. 또 어떤 경우는 '카라카스 연안'과 같은 지명, 혹은 '62° 17′20″, 19° 2′40‴'과 같은 위도와 경도 표시만 되어 있기도 했다.

기록은 이십여 년 동안 계속되었는데 시간이 갈수록 금액도 커졌다. 맨 아래에는 대여섯 번이나 계산을 다시 하고서 적은 총계 금액과 함께 "본즈, 그가 모은 것."이라는 글이 쓰여 있었다.

"도무지 무슨 말인지 알 수가 없군요." 리브지 선생이 말했다.

"이건 불을 보듯 분명한 일이오." 지주가 소리쳤다. "이건 그 흉악한 놈의 장부요. 이 열십자들은 그놈들이 침몰시켰거나 약탈한 배 혹은 마을 이름을 뜻하고. 그 금액들은 그 악당 녀석의 몫이겠지. 혹시 헷갈릴 만한 곳에는 보다시피 좀 더 분명하게 내용을 적어놓았군. 여기 '카라카스 연안' 보이지. 여기에서 운 없는 배 한 척이 해적에게 당했군. 그 배에 타고 있던 사람들에게 하느님의 가호가 있기를. 오래전에 산호가 되었겠지만."

"맞습니다!" 의사 선생이 말했다. "계속 여행을 다니다 보면 어떤 신세가 되는지 좀 보세요. 바로 이런 거예요! 그리고 여기, 보시다시피 그의 지위가 높아질수록 금액도 커지고 있군요."

뒤편에 몇몇 지역의 이름과 프랑스, 영국, 스페인 돈을 환산하는 표가 들어 있는 것을 제외하고 그 책에는 더 이상 다른 내용이 없었다.

"정말 알뜰하군!" 의사 선생이 감탄했다. "절대 남에게 속아 넘어갈 사람이 아니었네요."

"자, 그럼 다른 쪽을 볼까?" 지주가 말했다.

그 종이 뭉치 여기저기에는 골무가 끼워져 있었는데 그것들이 봉인 역할을 했다. 아마도 내가 선장의 주머니에서 보았던 바로 그 골무일 것이다. 의사 선생은 아주 조심스럽게 봉인을 벗겨 냈다. 그러자 어떤 섬의 지도가 드러났다. 거기에는 위도와 경도, 바다의 깊이, 언덕과 크고 작은 만(灣)의 이름 등이 상세히 적혀 있어서 어떤 배든 이것만 있으면 해안에 무사히 댈 수 있을 것 같았다. 섬의 크기는 세로 9마일, 가로 5마일 정도였고, 생김새는 이를테면 덩치 좋은 용이 벌떡 일어서 있는 모습이랄까. 섬 안쪽으로 쑥 들어가 있는 항구 두 개가 있었으며 가운데 있는 언덕에는 '망원경'이라고 표시되어 있었다. 나중에 추가된 내용도 몇 가지 있었는데, 무엇보다 빨간 잉크로 세 개의 열십자가 그려져 있는 것이 눈에 띄었다. 두 개는 섬 북쪽에 그리고 다른 하나는 남서쪽에 있었는데, 이 하나의 표시 옆에는 아까와 같은 빨간색 잉크로 선장의 삐뚤거리는 글씨체와는 달리 작고 반듯한 글씨체로 이런 글이 쓰여 있었다. "보물 더미는 여기에."
뒷장에는 같은 글씨체로 다음과 같은 추가 정보가 있었다.

키 큰 나무. 망원경 등성이. 북북동의 북점을 향함.
해골 섬 동남동의 동편.
10피트.
은괴는 북쪽 비밀 창고에. 동쪽 언덕 경사에서 찾을 수 있음.
검은 낭떠러지를 마주 보고 남쪽 60피트.
무기는 쉽게 찾을 수 있음. 모래언덕.
북쪽 후미 입구의 북부. 정동에서 약간 북쪽.

J. F.

이것이 전부였다. 내용이 짧고 또 나로서는 전혀 알아들을 수 없는 말이었지만 지주와 의사 선생은 환희에 휩싸였다.

"리브지 씨." 지주가 말했다. "지금 하고 계신 별 볼 일 없는 의사 생활 당장 접으시오. 나는 내일 브리스틀로 떠나겠소. 삼 주면, 삼 주? 아니 이 주, 아니 열흘이면 영국에서 가장 좋은 배와 가장 뛰어난 선원들을 준비할 수 있을게요. 호킨스는 캐빈 보이로 데려가지. 너는 유명한 캐빈 보이가 될 거다, 호킨스. 리브지 씨, 선생은 선상 의사요. 나는 선주고. 그리고 레드러스, 조이스, 헌터를 데려갈 거요. 우린 순풍을 타고 재빨리 항해해서 손쉽게 그 장소를 찾아내게 될 거요. 그리고 나면 평생 먹고 마시고 흥청망청 써도 남을 정도의 돈을 갖게 되는 거지."

"트렐로니 씨." 의사 선생이 말했다. "나도 함께 가지요. 그건 장담합니다. 호킨스도 그럴 거고요. 여정에 분명 도움이 될 것입니다. 다만 한 사람, 걱정되는 사람이 있습니다."

"그게 누구요?" 지주가 소리쳤다. "어떤 놈인지 말씀만 하시오."

"바로 당신입니다." 의사 선생이 대답했다. "왜냐하면 당신은 입을 다물고 있지 못하기 때문이지요. 이 문서에 대해 알고 있는 건 우리만이 아닙니다. 오늘 밤 여인숙을 습격했던 일당들은 분명 대담하고 필사적인 놈들이지요. 그리고 그 작은 배에 타고 있던 나머지 사람들도 장담컨대 가까운 바다에 있을 겁니다. 이놈들은 너 나 할 것 없이 기어코 그 돈을 차지하겠다고 벼르는 놈들입니다. 바다에 나갈 때까지는 우리는 누구도 혼자 다녀서는 안 됩니다. 앞으로 짐과 나는 함께 행동하겠습니다. 당신은 브리스틀로 갈 때 조이스와 헌터를 데리고 가십시오. 그리고 처음부터 끝까지 어느 누구도 우리가 발견한 것에 대해 입도 벙긋해서는 안 됩니다."

"리브지 씨." 지주가 대꾸했다. "선생이 하는 말은 언제나 지당하군. 죽은 사람처럼 입을 꼭 다물고 있겠소."

2부

배의 요리사

7장
나는 브리스틀로 간다

바다로 나갈 준비를 하는 데에는 지주의 생각보다 훨씬 오랜 시간이 걸렸다. 우리가 세웠던 계획은 하나도, 심지어는 나를 가까운 곳에 두겠다는 리브지 선생의 계획조차 생각한 대로 이루어지지 않았다. 의사 선생은 자신의 일을 대신해 줄 의사를 찾으러 런던으로 가야 했다. 지주는 브리스틀에서 일을 하느라 분주했다. 그리고 나는 사냥터지기인 레드러스에게 맡겨진 채 지주의 저택에서 거의 죄수나 다름없는 시간을 보냈다. 하지만 항해에 대한 꿈, 그리고 낯선 섬들과 모험이 기다리고 있다는 멋진 기대에 내 가슴은 한껏 부풀었다. 나는 몇 시간씩 지도를 보며 생각에 잠기곤 했다. 그리고 세세한 내용들을 머리에 똑똑히 새겨놓았다. 가정부의 방에 있는 난롯가에 앉아 나는 머릿속으로 가능한 모든 방향에서 그 섬에 접근하여 섬 구석구석을 탐험했다. 그들이 '망원경'이라고 부르는 높은 언덕을 수천 번도 넘게 올랐고 그 꼭대기에 앉아 시시각각 변하는 멋진 풍경을 즐겼다.

섬에는 때로는 야만인들이 가득 차 우리와 싸움을 벌였고, 때로는 맹수들이 가득 차 우리를 쫓아왔다. 하지만 그 어떤 상상도 실제로 내게 일어난 모험만큼 이상하고 비극적이지는 않았다.

이렇게 수 주가 지나갔다. 그리고 어느 맑은 하루, 리브지 선생 앞으로 한 통의 편지가 날아왔다. 수신인 아래에는 다음과 같은 글이 덧붙여져 있었다. "부재시에는 톰 레드러스나 호킨스 군이 개봉할 것." 이 지시에 따라 우리는 (아니, 나라고 해야 할지도 모르겠다. 왜냐하면 레드러스는 인쇄된 글 외에는 잘 읽지 못했기 때문이다.) 다음과 같은 중요한 소식을 듣게 되었다.

올드 앵커 여인숙, 브리스틀, 17xx년 3월 1일.
리브지 선생 귀하.
선생이 지금 집에 있는지 아니면 아직도 런던에 있는지 알 수 없어 양쪽으로 동시에 편지를 보내오. 배 구매와 정비가 끝났소. 배는 출항 준비를 마친 채 항구에 정박 중이오. 이처럼 다루기 쉬운 범선은 아마 본 적이 없을 것이오. 어린아이라도 조종할 수 있을 정도요. 무게는 200톤이며 이름은 히스파니올라 호라고 하오. 내가 이 배를 산 건 오랜 친구 블랜들리 덕분인데, 이 친구는 정말 뛰어난 능력을 과시하면서 놀라운 결과를 만들어냈소. 정말 존경할 만한 친구로 나를 위해 말 그대로 헌신적으로 뛰어다녀 주었소. 물론 브리스틀에 있는 사람들 누구나 그랬겠지. 우리가 어느 항구로 가는지 눈치채기만 했다면 말이오. 보물섬, 바로 보물섬 아니겠소?

"레드러스." 편지를 읽다 말고 내가 말했다. "리브지 선생님이 화를 내시겠는데요? 지주 어른이 결국은 떠벌리고 다녔다는 말이잖아요?"

"글쎄, 이런 기회를 그냥 지나치겠어?" 사냥터지기가 투덜거렸다. "지주 어른이 리브지 선생 때문에 말을 하지 않는다면 그거야말로 이상한 일이겠지."

이 말에 나는 더 이상 내 생각을 말하는 걸 포기하고 그냥 편지를 끝까지 읽었다.

히스파니올라 호를 찾아낸 건 바로 블랜들리요. 게다가 이 친구는 뛰어난 수완으로 그 배를 아주 헐값에 구매했소. 브리스틀 사람들 가운데 몇몇은 블랜들리에 대해 아주 어처구니없을 정도의 편견을 가지고 있더군. 그들은 내 친구가 돈이라면 뭐든 할 사람이고, 이 히스파니올라 호도 실은 그의 배인데 내게 터무니없이 높은 가격에 판 것이라고 단언하지만 중상모략이란 게 너무 뻔히 보이지 않소? 그러면서도 그 사람들 가운데 이 배의 장점을 부인하는 사람은 하나도 없었으니 말이오.

지금까지는 모든 일이 잘 진행되었소. 삭구(索具)를 다는 사람뿐 아니라 배를 정비하는 일꾼들이 어찌나 느려터졌는지 복장이 터질 지경이었소만 이 문제도 시간이 지나면서 좋아졌다오. 정작 속을 썩인 건 선원 문제였지.

선원으로는 원주민이나 해적 아니면 지긋지긋한 프랑스 놈들과 만날 경우에 대비해서 꼭 스무 명을 모을 생각이었소. 하지만 대여섯 명 뽑기도 힘들어서 머리가 터질 지경이었다오. 그러다 아주 운 좋게도 나한테 꼭 필요한 사람을 만나면서 문제가 해결되었소.
 어느 날 부두에 서 있다가 아주 우연히도 어떤 사람과 대화를 나누게 되었소. 전에 선원 생활을 하다가 지금은 여인숙을 운영하는 사람인데, 브리스틀에 있는 선원들에 대해서는 아주 환하게 꿰고 있더군. 그 사람은 뭍살이를 했더니 건강이 나빠졌다며 다시 바다로 나갈 수 있게 어디 좋은 요리사 자리가 없을까 하고 알아보고 있다고 했소. 절뚝거리면서도 그날 아침 거기로 나온 건 순전히 바다 냄새를 맡기 위해서라고 하더군. 나는 엄청 감동을 받았소. 선생도 마찬가지였을 거요. 나는 순수한 동정심으로 그 자리에서 그에게 우리 배의 요리사 자리를 약속했소. 그는 키다리 존 실버라 하고 다리가 하나뿐인 사람이오. 하지만 나는 그게 추천장이나 다름없다고 여기오. 왜냐하면 불멸의 영웅 호크 제독을 따라 조국을 위해 전투에 나섰다가 다리를 잃었다니까. 그런데도 그에게는 연금도 없다더군. 리브지 선생, 생각해 보시오. 우리가 살고 있는 시대는 정말 추악하지 않소?
 아무튼 나는 요리사 하나를 건졌다고 생각했소. 그런데 알고 보니 내가 찾아낸 건 선원 전부가 아니었겠소? 실버와 함께 나는 단 며칠 사이에 최고로 노련한 선원들을 모집했소. 겉보기만 그럴듯해 보이는 그런 사람들이 아니라 얼굴에서 절대 굴복하지 않을 기개를 풍기는 친구들이오. 상대가 프리깃 함 같은 쾌속 군함이라도 한번 붙어볼 만하다고 장담하오. 키다리 존은 내가 이미 뽑아놓은 예닐곱 명 가운데 두 명을 탈락시키는 일도 해냈소. 중요한 모험을 떠날 때 반드시 피해야 하는 게 바다에서 쓸모없는 선원인데 실버는 그들이 바로 그런 사람들이란 걸 단번에 내게 증명해 보였지.

나는 지금 정신적으로나 육체적으로나 최상의 상태요. 황소처럼 잘 먹고 통나무처럼 잘 자고 있소. 하지만 우리의 노련한 선원들이 닻감개 주위를 쿵쾅거리며 움직일 때까지는 한순간도 한눈을 팔아선 안 되겠지. 자, 바다로! 보물을 찾아서! 바다의 영광이 나를 완전히 사로잡았소. 그러니 리브지, 얼른 오시오. 나를 생각한다면 한시라도 빨리 오시오. 호킨스 군한테 얼른 어머니에게 가서 작별 인사를 하라고 하시오. 레드러스에게 호킨스를 보호하게 하고. 그런 다음 둘 다 브리스틀로 빨리 가라고 하시오.

존 트렐로니.

추신.

참, 빠뜨린 게 있소. 블랜들리가 항해장으로 아주 적합한 인물을 찾아냈소. (참고로 블랜들리는 8월 말까지 우리가 돌아오지 않으면 우리를 찾기 위해 다른 배를 보내기로 했소.) 좀 딱딱한 게 흠이긴 한데 다른 모든 면에서는 보물 같은 친구라오. 키다리 존 실버는 대단히 유능한 항해사 한 명을 발굴해 냈소. 애로우라는 친구요. 호각을 불어 신호하는 갑판장도 한 명 구해 놓았소. 그러므로 우리의 멋진 배 히스파니올라 호는 전함 방식으로 움직일 것이오. 참, 실버가 대단한 재력가라는 사실을 잊어버릴 뻔했군. 내가 개인적으로 아는 바에 따르면 그는 은행 계좌를 갖고 있는데, 한 번도 잔고가 부족해 본 적이 없다더군. 그리고 그는 여인숙 운영을 부인에게 맡겼다오. 부인이 흑인이라고 하던데 선생이나 나 같은 노총각들이 보기엔 그를 방랑길로 내모는 게 그의 건강뿐 아니라 그의 아내일지도 모른다는 생각이 들지 않소?

J. T.

재추신.
호킨스는 어머니와 함께 하룻밤 묵고 와도 괜찮을 것 같소.

J. T.

그 편지를 읽고 내가 얼마나 흥분했는지 쉽게 상상할 수 있을 것이다. 나는 너무 기뻐서 정신을 차릴 수가 없었다. 다만 내 평생 한 번이라도 누군가를 경멸한 적이 있다면, 그건 바로 톰 레드러스였다. 그는 끊임없이 투덜거리며 탄식만 쏟아냈기 때문이다.

다음 날 아침 나는 레드러스와 함께 벤보우 제독으로 걸어갔다. 어머니는 건강하고 활기차게 지내고 계셨다. 그렇게 오랫동안 우리의 골칫거리였던 선장은 이제 "악한 자가 소요를 그치는 곳"으로 가버렸다. 지주 어른이 모든 것을 수리해 주었고 거실이며 간판도 모두 고쳐주었다. 게다가 가구도 일부 보충해 주었다. 특히 주문대 뒤에 어머니가 앉을 수 있도록 멋진 팔걸이 의자를 놓아주었다. 그리고 내가 없는 동안 일손이 딸리지 않도록 사환으로 부릴 아이도 하나 구해 주셨다.

내 상황에 대해 처음으로 실감이 난 건 바로 그 아이를 본 순간이었다. 나는 그때까지 앞으로의 모험에 대해서만 생각했지

내가 집을 떠난다는 사실은 전혀 생각하지 못하고 있었다. 그런데 이제 일에 서툰 낯선 아이를 대면하고 그 아이가 나 대신 어머니 곁에 머무른다는 데 생각이 미치자 난생 처음으로 눈물이 왈칵 솟구쳤다. 지금 생각해 보면 나는 그 아이에게 너무 모질게 굴었다. 그 아이는 이런 일이 처음이라 가르쳐야 할 것도 많았고 면박을 줄 일도 많았는데, 내가 그런 기회를 하나도 놓치지 않았기 때문이다.

그렇게 하룻밤이 지나고 다음 날 저녁 식사가 끝난 후 레드러스와 나는 집을 나서서 걷기 시작했다. 나는 어머니와 내가 태어나고 자란 포구, 그리고 오랫동안 정든 벤보우 제독에 작별 인사를 했다. 하지만 여인숙을 새로 칠하는 바람에 전처럼 정감이 가지는 않았다. 마지막으로 떠오른 건 늘 해변을 돌아다니던 선장의 모습이었다. 위로 젖혀진 모자. 뺨에 난 칼자국. 낡은 구리 망원경. 하지만 다음 순간 우리는 모퉁이를 돌아갔고, 정든 집은 더 이상 보이지 않았다.

우리가 벌판 한가운데 서 있는 로열 조지 여인숙에서 우편 마차에 오른 것은 어스름 무렵이었다. 나는 레드러스와 어떤 건장한 노신사 사이에 끼어 앉았다. 마차는 빠르게 달리느라 이리저리 흔들리고 밤공기는 차가웠지만 나는 처음부터 졸기 시작했고, 나중에는 역과 역을 지나며 언덕을 오르건 골짜기를 내려가건 상관없이 한참 동안 깊은 잠을 잔 듯했다. 누군가 옆구리를 툭툭 치는 바람에 잠에서 깨보니 우리가 어느새 대도시 어느 거리에 있는 커다란 건물 앞에 있었고 날은 이미 한참 전에 밝아 있었기 때문이다.

"여기가 어디예요?" 내가 물었다.
"브리스틀이다." 톰이 대답했다. "내려라."
트렐로니 씨가 정한 여인숙은 거기서 한참 떨어진 곳에 있었다. 배 수리하는 일을 감독하기 위해 항구 가까운 곳에 자리를 잡았기 때문이었다. 이제 거기까지는 걸어가야 했다. 하지만 길이 항구를 따라 나 있어서 가는 동안 각국에서 온 다양한 형태의 크고 작은 배들을 볼 수 있었다. 나는 무척 즐거웠다. 어떤 배의 선원들은 노래를 부르며 일을 하고 있고, 어떤 배의 선원들은 머리 위 저 높은 곳에서 거미줄만큼이나 가느다란 줄에 매달려 있었다. 나도 평생 바닷가에서 살았지만 지금까지 한 번도 바다 근처에 가보지 못한 것처럼 여겨졌다. 타르와 소금 냄새는 정말 새로운 경험이었다. 뱃머리 장식들 또한 너무 멋졌다. 모두 멀고 먼 바다를 항해한 것들이었다. 게다가 나이 든 선원들도 많이 보였다. 귀고리 장식을 한 선원, 턱수염을 고리 모양으로 만든 선원, 머리를 땋아 타르를 칠한 선원. 그리고 흔들거리며 어색하게 걷는 뱃사람들만의 독특한 걸음걸이. 만일 내가 수많은 왕과 대주교 들을 보았다 해도 이 정도로 기쁘지는 않았을 것이다.
더구나 이제 곧 나 자신이 바다로 나가지 않는가. 스쿠너를 타고 호각을 부는 갑판장과 노래를 부르며 일하는 머리 땋은 선원들과 함께, 바다로, 미지의 섬을 향해, 숨겨진 보물을 찾아서!
이런 즐거운 상상을 하는 사이 우리는 어느새 커다란 여인숙에 도착했고 지주인 트렐로니 씨를 만났다. 그는 해군 장교라도 되는 것처럼 질겨 보이는 청색 옷을 갖춰 입고 만면에 미소를 머금은 채 뱃사람 특유의 걸음걸이를 그럴듯하게 흉내 내면서 걸어 나왔다.
"이제 왔군." 그가 말했다. "의사 선생은 런던을 출발해 어젯밤 여기 도착했다네. 좋았어! 이제 배에 탈 사람들이 다 모였어!"
"지주 어른." 내가 말했다. "언제 출항하죠?"
"출항?" 그가 말했다. "출항은 내일이야!"

8장
'망원경' 여인숙

내가 아침을 먹고 나자 지주는 내게 편지 한 통을 건넸다. '망원경'이라는 여인숙에 있는 존 실버에게 보내는 편지였다. 그는 부두를 따라가면서 커다란 구리 망원경 표지판이 있는 작은 여인숙만 눈여겨보면 쉽게 찾을 수 있다고 덧붙였다. 나는 더 많은 배와 선원들을 볼 기회라는 생각에 들떠서 즉시 출발했다. 부두는 마침 가장 바쁜 시간이라 사람과 손수레, 짐짝들로 붐볐고, 내가 찾는 여인숙은 그 길 끝에 있었다.

그곳은 나름대로 밝고 아담한 여인숙이었다. 간판은 최근에 새로 칠했으며 창문에는 깔끔한 붉은 커튼이 걸려 있었고 바닥도 매끈하게 손질되어 있었다. 담배 연기가 나지막하고 너른 방을 가득 채우고 있었지만 앞뒤로 문이 열려 있어서 안을 들여다보는 일은 그리 어렵지 않았다.

손님들은 대부분 뱃사람이었다. 그들의 시끌벅적한 소리에 놀라 나는 문간에 딱 붙어 선 채 차마 들어가지 못하고 있었다.

그렇게 기다리고 있는 사이 옆방에서 어떤 사람이 모습을 드러냈다. 한눈에 보기에도 그가 '키다리 존'이 분명했다. 그의 왼쪽 다리는 엉덩이 근처에서 잘려 있었고 왼쪽 겨드랑이에 목발을 끼고 있었다. 비록 껑충대며 다니긴 했지만 목발을 어찌나 능숙하게 다루는지 마치 한 마리 새 같았다. 키는 매우 큰 편이고 몸은 건장했다. 돼지 뒷다리만큼이나 넓적한 얼굴은 다소 창백한 듯했지만 지적으로 보였고 웃음을 머금고 있었다. 실제로 그는 대단히 유쾌한 사람인 듯했다. 그는 휘파람을 불며 탁자 사이를 돌아다니면서 반갑게 인사말을 건네었고 더 친근한 손님의 경우에는 어깨를 탁 치곤 했다.

사실 솔직히 말해 지주 트렐로니 씨의 편지에서 키다리 존이라는 이름을 듣는 바로 그 순간부터, 나는 그가 바로 그 사람, 그러니까 우리 여인숙에서 내가 그렇게 오랫동안 눈에 불을 켜고 찾던 바로 그 외다리 선원일지 모른다는 의구심을 갖고 있었다. 하지만 내 앞에 있는 사람을 일단 한번 보자 그걸로 충분했다. 나는 선장도 보았고, 블랙독도 보았고, 맹인 퓨도 보았다. 그러므로 내 나름대로 해적이 어떤 사람들인지 잘 안다고 생각했는데, 내가 생각하는 해적은 지금 내 눈앞에 있는 깔끔하고 쾌활한 집주인하고는 전혀 다른 사람들이었다.

나는 용기를 내어 문턱을 넘었다. 그리고 그가 서 있는 곳으로 똑바로 걸어갔다. 그는 목발을 짚은 채 손님과 얘기를 나누고 있었다.

"당신이 실버 씨죠?" 내가 편지를 내밀며 물었다.

"그렇단다, 꼬마야." 그가 말했다. "그게 내 이름이지. 그런데 너는 누구지?" 그러면서 그는 지주가 보낸 편지를 보았고, 다음 순간 그는 내가 보기에 놀라움에 가까운 어떤 느낌을 드러냈다.

"아!" 그가 손을 내밀며 무척 큰 목소리로 말했다. "이제 알겠군. 네가 내 새로운 캐빈 보이구나. 만나서 반갑다."

그러면서 그는 커다란 손으로 내 손을 힘껏 잡았다.

바로 그때 멀리 떨어진 구석에서 손님 하나가 갑자기 일어서더니 문을 향해 걸어갔다. 문이 가까이 있었기 때문에 그는 눈 깜짝할 사이에 거리로 나가 버렸다. 하지만 서두르는 모습이 이상해 고개를 돌리던 나는 한눈에 그를 알아보았다. 그는 바로 벤보우 제독에 맨 처음 왔던 파리한 안색에 손가락이 두 개 없는 그 사람이었다.

"앗!" 내가 외쳤다. "저 사람을 잡아요. 블랙독이에요!"

"저놈이 누군지야 내가 조금도 상관할 바 아니지." 실버가 소리쳤다. "그런데 술값을 안 냈잖아? 해리, 가서 저놈 잡아 와."

문 가까이 있던 사람들 가운데 한 명이 벌떡 일어나더니 그 사람을 쫓아갔다.

"호크 제독이라 해도 술값은 내야지." 실버가 소리쳤다. 그러고는 내 손을 놓으며 이렇게 물었다. "저놈 이름이 뭐라고? 블랙 뭐?"

"블랙독이오." 내가 말했다. "트렐로니 씨가 해적에 대해 말씀 안 하시던가요? 그 가운데 한 명이에요."

"그래?" 실버가 소리쳤다. "감히 내 집에? 벤, 가서 해리를 도와줘. 그놈들 가운데 한 명이었다 이거지? 그래? 저놈하고 같이 술을 마신 게 당신인가, 모건? 이리로 와봐."

모건이라고 불린 사람이 담배를 질겅질겅 씹으며 순한 양처럼 다가왔다. 늙어서 머리가 희끗희끗하고 얼굴은 숯처럼 검은 뱃사람이었다.

"자, 모건." 키다리 존이 매우 엄격한 어조로 말을 건넸다. "자네 저 블랙 뭐지, 그렇지 블랙독하고 무슨 관계가 있는 건 아니지? 그렇지? 응?"

"네, 그렇습니다." 모건이 경례를 하며 대답했다.

"자네는 그놈 이름도 모르는 거지? 그렇지?"

"네, 맞습니다."

"하늘이 도왔군, 톰 모건, 당신 정말 운이 좋소!" 주인이 탄성을 질렀다. "만약 그런 놈하고 관계가 있었다면 내 장담컨대 다시는 우리 집 문턱도 넘지 못했을 줄 아시오. 근데 그놈이 당신에게 뭐라고 했소?"

"잘 모르겠습니다요." 모건이 대답했다.

"아니, 대체 당신 어깨 위에 달린 건 머리라고 하는 거요, 아니면 세 구멍 도르래요? 잘 모른다니, 그게 무슨 말이오? 그러다 당신이 누구랑 얘기하고 있었는지도 모른다고 하는 거 아니오? 자, 말해 보시오. 그놈이 뭐라고 지껄였소? 항해? 선장? 배? 어서 털어놓으시오. 뭐라고 했소?"

"우린 용골 끌기 벌칙 얘기를 하고 있었습니다요." 모건이 대답했다.

"용골 끌기? 그래? 그거 아주 적절한 얘기군. 내 장담하는데, 아주 적절해. 당신이 있던 그 얼치기들 자리로 돌아가시오, 톰."

모건이 어슬렁거리며 자기 자리로 돌아가자 실버는 이렇게 덧붙였다. "저 톰 모건은 실은 무척 착한 사람이란다. 다만 좀 멍청할 뿐이지." 그가 무슨 비밀이라도 말하듯 속삭이는 이유가 내 기분을 좋게 해주기 위해서라는 생각이 들었지만, 그래도 기분이 우쭐해진 건 사실이었다. 그러고 나서 존은 다시 크게 이렇게 소리쳤다. "어디 보자, 블랙독? 아니지, 난 그 이름을 모르지. 그럼, 난 모르지. 그런데 어디선가 뭐랄까, 그 친구를 한번 본 듯한 느낌이 드는데…. 그 친구 장님 거지하고 같이 여기에 오곤 했어, 그랬었지."

"그래요, 맞을 거예요." 내가 말했다. "저 그 장님 알아요. 그 사람은 이름이 퓨였어요."

"그렇구나!" 무척이나 흥분한 실버가 소리쳤다. "퓨! 분명히 그게 그 친구 이름이었어. 그래, 그 친구는 꼭 상어처럼 생겼었지. 맞아, 그랬어! 우리가 이 블랙독이라는 친구를 붙잡으면 트렐로니 선주님께 좋은 소식이 되겠군. 벤은 달리기를 잘해. 뱃사람들 가운데 벤만큼 잘 달리는 친구가 없지. 벤은 분명 그놈을 끝까지 쫓아가 잡을 거야. 그놈이 용골 끌기 얘기를 했다고? 그래? 내 기필코 그놈을 용골 아래로 끌어주지."

이런 말들을 띄엄띄엄 내뱉으면서 그는 목발을 짚고 여인숙 이곳저곳을 쿵쿵 돌아다니며 손으로 탁자를 두드리기도 하고 흥분한 모습을 보이기도 했다. 올드 베일리에 있는 범죄 담당 판사들이나 강력계 순경들이라도 고개를 끄덕일 수밖에 없었을 것이다. 망원경 여인숙에서 블랙독을 보는 순간 마음에 품었던 의혹이 새삼 떠올랐던 터라 나는 그 요리사를 날카로운 눈으로 관찰하고 있었다. 하지만 그는 내가 알아보기엔 심기가 너무 깊고,

너무 눈치가 빠르고 너무 영리했다. 얼마 후 두 사람이 숨을 헐떡이며 돌아와 사람들이 많아 놓치고 말았다고 말하자 키다리 존 실버는 그들이 마치 도둑이라도 되는 듯 심하게 혼을 냈다. 그걸 보고 나는 내가 나서서 보증도 할 수 있을 정도로 그의 선량함을 믿게 되었다.

"이봐, 호킨스 군." 그가 내게 말했다. "내게 조금 곤란한 일이 생긴 것 같군. 안 그래? 트렐로니 선주님이 도대체 어떻게 생각하시겠어? 바로 여기 내 집에서 그 빌어먹을 놈이 내가 주는 럼을 마시고 앉아 있었다니. 그리고 자네가 와서 그놈이 해적이라는 걸 말해 주었는데도 그놈이 내 집을 무사히 빠져나가다니. 이봐, 호킨스. 선주님께 부디 잘 말씀드려 주게. 자네는 어리긴 하지만 무척이나 영리해. 자네를 처음 보는 순간 알아보았지. 나 좀 보게. 이렇게 목발을 짚고 절뚝거리며 다니는데, 내가 무얼 할 수 있겠나? 상선의 유능한 선장 시절의 나였다면 바람같이 달려가서 그놈을 잡아다가 상어 아가리에 처넣어 버렸을 텐데. 그럼. 그런데 지금은…."

그 순간 갑자기 그가 말을 멈췄다. 그리고 뭔가가 퍼뜩 떠오른 듯 그의 턱이 툭 하고 떨어졌다.

"계산!" 그가 소리 질렀다. "럼 석 잔! 이런 제기랄. 계산을 잊어버리다니!"

그러면서 그는 긴 의자에 털썩 주저앉아 눈물이 나올 정도로 웃어대기 시작했다. 나도 저절로 웃음이 나왔고, 그건 다른 사람들도 마찬가지였다. 여기저기서 웃음이 터지기 시작하자 결국 여인숙 전체가 웃음소리로 들썩거렸다.

마침내 그가 눈물을 닦으며 말했다. "이젠 나도 늙어빠진 뱃놈이 되고 말았어! 호킨스, 너랑 나랑은 사이좋게 지내야겠다. 나도 너와 마찬가지로 캐빈 보이나 되어야 할 것 같으니 말이다. 어쨌거나 나갈 준비를 해라. 이러고 있어선 안 되지. 할 일은 해야지. 내 깃털 모자를 쓰고서 너하고 같이 트렐로니 선주님께 가서 자초지종을 설명해야겠다. 잘 기억해 둬라, 호킨스. 이건 중요한 일이야. 너나 나나 이번 일에서는 잘했다고 내세울 부분이 없어. 너도 똑똑하게 행동하지 못했어. 우리 둘 다 마찬가지야. 제기랄, 또 생각나는군. 술값은 받았어야 했는데."

그러면서 그는 또다시 웃기 시작했다. 그것도 아주 배를 잡고 웃는 바람에 나는 그가 무엇 때문에 그렇게 웃는지 알지도 못하면서 또다시 따라 웃지 않을 수 없었다.

부두를 따라 그와 함께 걷는 잠깐의 시간은 정말 즐거웠다. 그는 우리가 지나치는 여러 종류의 배와 장비들, 흘수, 국적 등을 말해 주었고 지금 어떤 일을 하고 있는지도 설명해 주었다. 어떤 배는 짐을 부리고 있고, 어떤 배는 짐을 싣고 있으며, 또 어떤 배는 출항 준비를 하고 있었다. 그리고 틈틈이 각종 배와 뱃사람들에 관한 사소한 일화들을 얘기해 주고 배에서 쓰는 용어들을 여러 번 반복해 주었기 때문에 나는 그 말들을 완전히 이해할 수 있게 되었다. 나는 지금 내 옆에 있는 사람이 내 주변에서 가장 좋은 동료 선원이라고 믿게 되었다.

여인숙에 도착하자 지주 나리는 리브지 선생과 함께 앉아 있었다. 그들은 가벼운 건배로 맥주 한 잔을 비웠다. 곧 스쿠너를 검사하러 나갈 예정이었다.

키다리 존은 열심히 그리고 하나도 빠뜨리지 않고 자초지종을 상세히 설명했다. 말하는 사이사이 그는 "이렇게 됐습니다. 그렇지, 호킨스?" 하고 물어보았고 그럴 때마다 나는 그의 말이 전적으로 옳다고 대답해 주었다.

  두 신사 양반은 블랙독이 도망친 사실을 안타까워했다. 하지만 더 이상 할 수 있는 일이 없다는 데에 모두가 동의했다. 마지막으로 칭찬 몇 마디를 듣고 나서 키다리 존은 목발을 집어 들고 떠났다.

  "오늘 오후 네 시까지 모든 선원은 선상에 모여야 하네." 지주가 그의 뒤에 대고 외쳤다.

  "네, 네, 알겠습니다." 길을 가던 요리사가 대답했다.

  "지주님." 리브지 선생이 말했다. "대체로 지주님이 찾아낸 것들엔 그다지 신뢰가 가지 않지만 이 존 실버라는 친구만큼은 내 마음에 든다고 해야겠군요."

  "저 친구는 정말 믿음직한 사람이지요." 지주가 단언했다.

  "자, 그런데." 의사가 덧붙였다. "짐도 우리와 함께 배에 올라가 봐도 되지 않을까요?"

  "물론이오." 지주가 대답했다. "모자 써라, 호킨스. 배를 보러 가자."

9장
화약과 무기

 히스파니올라 호는 선창에서 조금 떨어진 곳에 정박해 있었으므로 우리는 다른 배들의 뱃머리 장식 밑을 지나거나 이물을 돌아서 갔다. 정박한 배에서 늘어진 줄들이 때로는 우리 배의 바닥을 긁기도 하고 때로는 머리 위에서 흔들거리기도 했다. 어쨌거나 우리는 마침내 배에 도착했다. 배에 오르자 항해사 애로우 씨가 우리를 기다리고 있다가 경례를 했다. 밤색으로 그을린 피부에 귀고리를 한 데다 눈이 사시인 늙은 선원이었다. 그는 지주와 매우 친한 사이였다. 하지만 트렐로니 씨와 선장의 관계는 그렇지 않다는 게 금세 느껴졌다.
 선장은 날카롭게 생긴 사람이었는데 배와 관련한 모든 것에 불만이 있는 것처럼 보였다. 그리고 우리는 곧 그 이유에 대해 들을 수 있었다. 우리가 선실에 들어오자마자 선원 하나가 들어와서 이렇게 전했기 때문이다.
 "스몰릿 선장님이 여러분과 얘기를 나누고 싶어 하십니다."

"선장이 원하면 언제든 그래야지. 들어오시라고 해." 지주가 말했다.

선장은 말을 전한 선원 바로 뒤에 있다가 즉시 안으로 들어와 문을 잠갔다.

"스몰릿 선장, 할 말이 뭔가요? 뭐든지 좋습니다. 배의 상태에 관해서든 바다에 관해서든."

"알겠습니다." 선장이 말했다. "제 생각에는 혹시 무례하게 보이더라도 솔직히 말씀드리는 게 나을 것 같아서요. 이번 항해가 마음에 들지 않습니다. 선원들도 그렇고 부관도 맘에 들지 않습니다. 이게 간략한 제 요지입니다."

내가 보기에도 대단히 화가 난 지주가 이렇게 물었다. "아마 배도 맘에 들지 않겠지요?"

"거기에 대해서는 뭐라 말씀드릴 수가 없습니다. 아직 배를 움직여 보지 않았으니까요." 선장이 대답했다. "배는 괜찮아 보입니다. 그게 제가 말씀드릴 수 있는 전부입니다."

"그럼 선장을 고용한 사람들이 맘에 들지 않는 건가요?" 지주가 말했다.

"잠깐만." 이때 리브지 선생이 끼어들었다.

"잠깐만. 그런 질문은 반감만 생길 뿐 아무 소용이 없습니다. 선장이 한꺼번에 너무 많은 얘기를 했네요. 아니면 너무 조금만 얘기했거나. 그에게 설명을 요구하지 않을 수 없군요. 선장, 선장은 이 항해가 맘에 들지 않는다고 했는데, 이유가 뭔가요?"

선장이 말했다. "나는 이른바 봉함 명령(항해의 목적을 숨기기 위해 바다에 나간 다음에야 열어볼 수 있는 명령. 옮긴이 주)을 받는 조건으로 고용되었습니다. 저 신사분이 지시하는 곳으로 배를 몰고 가는 것이지요. 그것까지는 좋습니다. 하지만 지금 보니 하급 선원 모두가 저보다 더 많이 알고 있더군요. 이건 공정하지 못하다고 생각합니다. 어떻게 생각하십니까?"

"그렇군요. 공정치 못한 일이네요." 리브지 선생이 말했다.

"다음으로." 선장이 말했다. "우리가 보물을 찾으러 간다는 사실을 알게 되었습니다. 그것도 세상에, 제 부하로부터 말입니다. 어쨌거나 보물은 까다로운 문제입니다. 나는 어떤 종류의 보물 항해도 좋아하지 않습니다. 더군다나 비밀이라고 하면서, 트렐로니 씨에게는 죄송한 얘기지만 앵무새까지도 비밀을 알고 있다면 더더욱 좋아할 수가 없지요."

"실버의 앵무새 말이오?" 지주가 물었다.

"말하자면 그렇다는 얘기입니다." 선장이 대답했다. "제 말은 비밀이 누설되었다는 뜻입니다. 단언컨대, 두 신사분 모두 지금 하려는 일이 어떤 일인지 전혀 모르고 있습니다. 제 생각을 말씀드리자면, 이건 생사가 달린 아주 위험한 항해입니다."

"무슨 생각인지 잘 알겠소. 그리고 충분히 맞는 말이오." 리브지 선생이 대답했다. "우리는 그런 위험을 무릅쓰고 있소. 하지만 당신이 생각하는 것처럼 어리석지는 않소. 믿어보시오. 다음으로 선원들이 맘에 들지 않는다고 했는데, 왜 그렇소? 쓸 만한 선원들이 아닌가요?"

"나는 이 선원들이 맘에 들지 않습니다." 스몰릿 선장이 대답했다. "얘기가 나왔으니 말인데, 제가 쓸 사람들은 제가 뽑았어야 한다고 생각합니다."

"그랬어야 하지요." 의사가 대답했다. "제 친구가 당신을 데리고 다니는 게 맞았겠지요. 하지만 조금 무시된 부분이 있다 해도 일부러 그런 것은 아니오. 애로우 씨도 맘에 들지 않는 거요?"

"그렇습니다. 괜찮은 선원이라고 생각하긴 하지만 그는 좋은 부관치고는 선원들을 너무 풀어놓는 경향이 있습니다. 항해사는 자기 품위를 지켜야지요. 갑판에 나가서 선원들과 술이나 마셔선 안 됩니다."

"그가 술을 마신다는 소리요?" 지주가 소리쳤다.

"아닙니다." 선장이 대답했다. "다만 선원들과 너무 어울려서 문제란 말이지요."

"좋소, 선장. 결론적으로 선장이 원하는 걸 말해 보시오." 의사가 말했다.

"여러분들은 이번 항해를 하겠다고 단단히 작정하신 건가요?"

"금석처럼 단단히!" 지주가 대답했다.

"아주 좋습니다." 선장이 말했다. "근거를 댈 수 없는 제 얘기를 지금까지 참을성 있게 들어주셨으니, 몇 마디만 더 들어주십시오. 지금 화약과 무기들을 앞쪽 선창에 실었습니다. 그런데 여러분이 묵는 일등 선실 밑에도 쓸 만한 공간이 있습니다. 거기에다 두는 게 어떻겠습니까? 이것이 제 첫 번째 요지입니다. 그리고 여러분이 데리고 오신 사람들이 있는데, 그들은 앞쪽 선실에 묵게 되어 있습니다. 그 사람들을 여러분 선실 가까운 곳에 묵게 하는 게 어떻겠습니까? 이게 두 번째입니다."

"더 없소?" 트렐로니 씨가 물었다.

"하나 더 있습니다." 선장이 대답했다. "이미 너무 많은 비밀들이 떠다니고 있습니다."

"많아도 너무 많지요." 의사가 동의했다.

"제가 직접 들은 것을 말씀드리지요." 스몰릿 선장이 말했다. "여러분이 지도 한 장을 갖고 있다고 하더군요. 그 지도에는 보물이 어디 있는지를 보여 주는 표시들이 있는데, 그 섬이 있는 곳은." 이렇게 말하면서 선장은 위도와 경도를 정확히 말했다.

"난 말한 적 없소." 지주가 소리쳤다. "그 누구에게도."

"선원들은 알고 있습니다." 선장이 반박했다.

"리브지, 분명 당신이겠지, 아니면 호킨스거나." 지주가 소리쳤다.

"누가 그랬느냐 하는 것은 그리 중요하지 않습니다." 의사가 대답했다. 이 대목에서 나는 선장이나 의사 둘 다 트렐로니 씨의 주장을 그다지 신뢰하지 않는다는 것을 알 수 있었다. 물론 나도 그랬다. 그는 너무 입이 가벼웠다. 하지만 이번만큼은 그의 말이 옳다고 나는 믿는다. 섬의 위치를 말할 사람은 아무도 없었기 때문이다.

선장이 계속해서 말했다. "여러분, 나는 누가 이 지도를 갖고 있는지 모릅니다. 다만 제 요지는 나나 애로우 씨도 모르게 그 비밀을 지켜달라는 것입니다. 그렇게 하지 않는다면 저는 차라리 그만두겠습니다."

"알겠소." 의사가 말했다. "당신이 원하는 것은 비밀을 유지할 것, 그리고 선실을 지킬 수 있도록 우리가 직접 데려온 사람들을 선미에 배치하고 그들에게 화약과 무기를 제공하는 것이지요? 달리 말해 선장은 선상 반란을 걱정하고 있는 거군요."

스몰릿 선장이 말했다. "조금 무례하게 들릴지 모르겠지만, 제가 말하지 않은 것을 말했다고 하실 권리는 없습니다. 그런 말을 할 근거가 충분한데도 출항을 하는 선장은 결코 정당화될 수 없습니다. 애로우 씨에 대해서는 완전히 정직한 사람이라고 믿습니다. 선원들 몇에 대해서도 마찬가지입니다. 그리고 제가 아는 한, 다른 선원들도 그럴지도 모릅니다. 하지만 저에겐 배의 안전과 승선한 모든 사람들의 생명에 대한 책임이 있습니다. 제가 보기에 약간 이상하게 여겨지는 것들이 눈에 띕니다. 그래서 여러분에게 안전 조치를 하거나 아니면 제가 사임할 수 있게 해달라고 요청하는 것입니다. 이게 전부입니다."

"스몰릿 선장." 의사가 미소를 띠며 입을 열었다. "혹시 태산이 떠나갈 듯 요동치더니 뛰어나온 것은 쥐 한 마리뿐이라는 우화를 들어본 적 있소? 실례일지 모르지만 선장의 얘기를 들으니 갑자기 그 우화가 생각나는군요. 선장이 이 방에 들어왔을 때는 이보다 더 심각한 얘기를 하려던 것 같았는데, 아닌가요?"

"의사 선생님." 선장이 말했다. "눈치가 빠르시군요. 사실 여기 들어올 때는 사임을 고려하고 있었습니다. 트렐로니 씨가 제 말에 조금도 귀 기울이지 않을 것이라 여겼거든요."

"들어주는 건 여기까지요." 지주가 소리쳤다. "리브지만 아니었어도 벌써 당신을 쫓아내 버렸을 것이오. 어쨌거나 기왕 얘기를 들었으니 선장 뜻대로 해주겠소. 다만 이 일로 선장에 대한 인상이 더 나빠졌다는 것만은 알아두시오."

"그거야 뜻대로 하시지요." 선장이 말했다. "제가 해야 할 일을 하고 있다는 사실을 아시게 될 겁니다."

이 말을 끝으로 선장은 방을 나섰다.

"트렐로니 씨." 의사가 말했다. "내 생각과는 달리 당신은 이 배에 정직한 사람을 적어도 두 명은 뽑은 것 같군요. 저 선장과 존 실버 말입니다."

"실버야 당연히 그렇지." 지주가 소리쳤다. "하지만 저 도저히 들어줄 수 없는 허풍선이라면, 남자답지도 않고 선원답지도 않고 또 전혀 영국인답지도 않은 태도를 가졌다고 내 장담하겠네."

그러자 의사가 말했다.

"두고 보면 알게 되겠지요."

갑판으로 나가자 선원들이 벌써 이영차 소리를 내며 무기와 화약을 꺼내고 있었고, 선장과 애로우 씨는 작업을 감독하고 있었다.

나는 새로운 구조가 매우 마음에 들었다. 선박은 전체에 걸쳐 철저히 개조되어 있었다. 고물에는 주 선창의 뒤쪽을 개조해서 여섯 개의 선실을 마련했다. 이 선실은 취사실과 상갑판으로만 연결이 되어 있었는데, 길은 좌현에 있는 둥그런 통로뿐이었다. 원래 이 선실은 선장과 애로우 씨, 헌터, 조이스, 의사 선생, 그리고 지주에게 할당되어 있었다. 그런데 이제 레드러스와 내가 그 가운데 두 개를 사용해야 했기 때문에 선장과 애로우 씨는 승강구 계단 밑 갑판에서 자야 했다. 하지만 양쪽으로 충분히 넓혀 놓았기 때문에 선실이라고 하기에 손색이 없었다. 물론 천장은 매우 낮았다. 그래도 그물 침대 두 개를 매달기에는 충분한 공간이 있었기에 항해사는 그걸로 만족스러워하는 듯했다. 항해사도 선원들에 대해 미심쩍은 구석이 있었던 모양이었다. 하지만 이건 어디까지나 내 추측일 뿐이다. 여러분도 이제 곧 알게 되겠지만, 이제까지는 그의 의견을 들을 기회가 별로 없었기 때문이다.

우리는 모두 화약을 옮기고 선실을 바꾸느라 열심히 움직였다. 그러는 가운데 키다리 존이 마지막 선원 한두 명과 함께 작은 배를 타고 도착했다.

요리사는 원숭이처럼 재빠르게 배에 올랐다. 그러고는 우리가 하는 일을 보자마자 이렇게 말했다. "어이, 친구들. 이게 다 뭔가?"

"화약을 옮기고 있네, 잭." 누군가가 대답했다.

"아니, 이게 무슨 일이야?" 키다리 존이 소리쳤다. "이러고 있다간 아침 물때를 놓치잖아!"

"내 명령이야!" 선장이 짧게 말했다. "자네는 밑으로 내려가게. 선원들에게 저녁을 먹여야지."

"네, 선장님." 요리사가 대답했다. 그는 앞머리를 긁적거리며 즉시 취사실로 향했다.

"저 친구는 괜찮은 친구지요, 선장." 의사가 말했다.

"그래 보이는군요." 스몰릿 선장이 대답했다. "거기, 조심해, 조심." 이렇게 말하며 선장은 화약을 옮기는 선원들에게 달려갔다. 바로 그 순간, 선장이 나를 발견했다. 나는 배 가운데 있는 회전포를 구경하고 있었다. 9파운드 포탄을 쏘는 기다란 구리 대포였다. 선장이 큰 소리로 말했다. "거기, 캐빈 보이. 얼른 물러서지 못해! 그리고 요리사에게 가서 무슨 일이든 해!"
　나는 얼른 움직였다. 그러는 동안 선장이 의사 선생에게 큰 소리로 말하는 소리가 들렸다. "내 배에서는 귀엽다고 봐주는 일은 없습니다."
　솔직히 말해 나는 지주가 선장을 바라보는 것과 비슷한 생각을 갖게 되었다. 선장에 대해 깊은 반감을 갖게 된 것이다.

10장
출항

우리는 물건들을 정리하느라 밤새 부산을 떨었다. 작은 배가 수시로 들락거리며 블랜들리를 비롯한 지주의 친구들을 실어 날랐고 그들은 출항을 축하하며 무사 귀환을 빌어주었다. 벤보우 제독에서 보낸 그 어떤 밤도 지금의 반만큼도 바쁘지 않았다. 나는 완전히 지쳐 떨어졌다. 그러는 가운데 어느새 새벽이 다가왔고 갑판장이 나팔을 불자 선원들이 닻감개에 달라붙기 시작했다. 내가 그때보다 두 배나 더 피곤했다 해도 나는 그 자리를 뜨지 않았을 것이다. 모든 것이 너무 새롭고 신기했다. 짤막한 명령, 날카로운 호각 소리, 선상의 흐릿한 불빛 아래 자기 자리로 가기 위해 바삐 움직이는 선원들.

"어이, 바비큐, 한 곡조 뽑아봐." 누군가가 소리쳤다.

"옛날 그 노래로." 다른 누군가가 또 소리쳤다.

"그래, 좋지." 목발을 짚고 옆에 서 있던 키다리 존이 대답하고는 즉시 노래를 부르기 시작했다. 내 귀에 익숙한 선율과 가사였다.

"사자의 궤짝 위에 열다섯 사람."

그러자 선원들 전부가 후렴을 붙였다.

"요— 호— 호, 또 럼주 한 병."

세 번째 '호' 소리에 맞춰 선원들은 각자 자기 앞에 있는 닻감개의 막대를 힘차게 밀었다.

정말 신 나는 광경이긴 했지만 그 노래를 듣는 순간 나는 벤보우 제독에 있던 시절로 되돌아갔다. 어디선가 사람들의 후렴에 맞추어 핏대를 올리며 노래를 부르는 선장의 목소리가 들리는 것 같았다. 하지만 닻을 끌어올리는 일은 금방 끝이 났고 물이 뚝뚝 떨어지는 닻이 뱃머리에 걸렸다. 이어서 돛이 팽팽하게 바람을 받더니 육지와 다른 배들이 양편으로 휙휙 스쳐 지나갔다. 내가 잠깐 눈을 붙이기 위해 미처 자리를 잡기도 전에 히스파니올라 호는 보물섬으로 가는 항해를 시작했다.

그 항해에 대해 시시콜콜하게 설명하지는 않겠다. 항해는 무척 순조로웠다. 배의 성능은 좋은 것으로 밝혀졌다. 선원들은 능숙했으며 선장은 자신이 해야 할 바를 꼼꼼하게 이행했다. 하지만 보물섬으로 가는 동안 눈여겨봐야 할 일이 두어 가지 일어났다.

우선 애로우 씨는 선장이 염려했던 것보다 더 문제가 심각한 것으로 드러났다. 그는 선원들을 전혀 통솔하지 못했으며 선원들은 그를 가지고 놀았다. 그런데 그게 전부가 아니었다. 항해를 시작하고 하루 이틀 정도 지나자 그는 술에 취한 모습으로 갑판에 나타났다. 눈은 풀리고 얼굴은 붉었으며 혀는 꼬여 있었다. 선실에나 들어가 있으라고 야단을 맞는 일이 반복되었다. 한번은 넘어져서 상처를 입기도 했고 하루 종일 선실 안 조그만 침대에서 뭉그적거리는 날도 있었다. 그러다 가끔 하루 이틀 정도 술에서 깨어 그럭저럭 자신의 역할을 수행하기도 했다.

이런 일이 일어나는 동안 그가 도대체 어디에서 술을 구하는지 아는 사람은 아무도 없었다. 그것은 모든 사람들의 수수께끼였다. 아무리 그를 지켜보아도 그 문제를 해결할 방도는 나오지 않았다. 그에게 직접 물어보기도 했다. 하지만 그는 술에 취해 있을 때에는 그저 웃기만 했고, 맨정신일 때에는 정색을 하고서 자신은 물 말고는 절대 마신 게 없다고 주장했다.

그는 고급 선원으로 아무 쓸모도 없었고 오히려 다른 선원들에게 나쁜 영향을 미칠 뿐이었다. 계속 이렇게 간다면 말 그대로 비명횡사할 것이 뻔했다. 그래서 파도가 몰아치는 어느 캄캄한 밤, 그가 자취를 감추고 영영 사라졌을 때 누구 하나 놀라지도, 그다지 안타까워하지도 않았다.

"파도에 휩쓸린 거야!" 선장이 말했다. "여러분, 이로써 그에게 쇠고랑을 채우는 수고는 덜게 되었군요."

하지만 이제 우리에게는 항해사가 없었다. 당연히 선원 가운데 하나를 승진시킬 수밖에 없었다. 갑판장 잡 앤더슨이 가장 적임자였으므로 호칭은 그냥 둔 채 항해사의 역할을 그에게 맡겼다. 항해 경험이 풍부한 트렐로니 씨는 아는 게 많아서 꽤나 쓸모가 있었다. 날씨가 좋은 날에는 그가 종종 당직을 섰기 때문이다. 늙은 키잡이 이즈리얼 핸즈는 세심하고 요령이 있는 데다 노련한 선원이었으므로 급한 상황에서는 무엇이든 믿고 맡길 수 있었다.

그는 키다리 존 실버를 대단히 신뢰했다. 기왕 이름이 나왔으니 사람들이 흔히 바비큐라고 부르는 우리 배의 요리사에 대해 이야기를 해보겠다.

배에서 그는 목발에 끈을 매달아 목에 걸고 다녔다. 가능하면 양손을 자유롭게 쓰기 위해서였다. 칸막이 틈에 목발을 쑤셔 넣고 거기에 의지해서 배가 이리저리 움직이는데도 불구하고 마치 평지에 있는 사람처럼 요리하는 그의 모습은 정말 볼 만했다. 더 기막힌 것은 날씨가 아주 궂은 날 그가 갑판을 지나는 모습을 보는 것이었다. 그는 아주 넓은 갑판을 지날 때 의지하기 위해 한두 군데 줄을 매어놓았다. 사람들은 이것을 키다리 존의 귀고리라고 불렀다. 그는 그 줄에 의지해서 때로는 목발을 짚고, 때로는 끈으로 목발을 질질 끌며 이쪽에서 저쪽으로 지나다녔는데, 여느 사람들이 걷는 속도에 조금도 뒤지지 않았다. 하지만 전에 그와 함께 배를 탔던 사람들은 그가 이런 처지가 된 것을 안타까워했다.

"저 바비큐는 절대 보통 사람이 아니야." 키잡이가 내게 말했다. "젊었을 때 교육을 제대로 받아서 맘만 먹으면 아주 유식하게 말을 하지. 게다가 얼마나 용감하다고! 사자도 키다리 존에게는 상대가 안 돼! 한번은 사자 네 마리랑 싸우는 것을 봤는데 머리통을 몽땅 부숴놓더라니까. 그것도 맨손으로 말이야."

모든 선원들이 그를 존중했으며 때로 그에게 복종하는 경우도 있었다. 그는 누구에게나 말을 건넸고, 모든 사람에게 서로 다른 방식으로 인사를 했다. 나에게 그는 변함없이 친절했다. 내가 취사실에 들어서면 그는 언제나 반갑게 맞아주었다. 또 취사실을 먼지 하나 없이 깨끗하게 유지했다. 그릇들은 반짝반짝 윤을 내며 걸려 있었고 한쪽 구석에 있는 새장에는 앵무새가 들어 있었다.

"어서 와라, 호킨스." 그는 이렇게 말하곤 했다. "이리 와서 나랑 얘기나 하자, 얘야. 너만큼 반가운 손님도 없지. 여기 앉아서 내 얘기를 들어봐라. 이놈은 플린트 선장이야. 그 유명한 해적 이름을 따서 내 앵무새를 플린트 선장이라고 부른단다. 플린트 선장이 우리 항해는 성공할 거라고 하는구나. 그렇지 않니, 선장?"

그러면 앵무새는 재빨리 이렇게 대답하곤 했다. "여덟 조각 은화! 여덟 조각 은화! 여덟 조각 은화!" 앵무새는 저러다 숨이 막혀 죽지 않을까 걱정될 정도로 계속 그 말을 반복하다가 존이 새장을 손수건으로 덮으면 그제서야 그만두었다.

그리고 나면 존은 이렇게 말하곤 했다. "이 새는 아마 이백 년은 살았을 거야, 호킨스. 이 종류의 새들은 대부분 영원히 살거든. 이놈보다 더 끔찍한 걸 많이 본 놈도 없지. 만일 있다면 그건 분명 악마일 게다. 이놈은 잉글랜드와 함께 항해를 했거든. 해적들 가운데서도 가장 위대한 선장, 잉글랜드 말이다. 마다가스카르에도 갔고 말라바에도 갔고 수리남, 프로비던스, 포르토벨로에도 가봤지. 은화를 가득 실은 채 침몰한 배를 건지는 자리에도 있었어. '여덟 조각 은화'라는 말을 배운 것도 거기였단다. 그럴 만도 했던 것이 호킨스, 그 배에는 여덟 조각 은화가 무려 삼십오만 개나 들어 있었거든! 이놈은 고아 연안에서 인도 총독의 배에 오를 때도 그 자리에 있었어. 생김새는 온순해 보이지만 전투

참가 경험이 상당하지. 그렇지 않니, 선장?"

그러면 앵무새는 이렇게 소리쳤다.

"적선 돌격 준비!"

"그래, 이놈은 정말 잘 빠진 배처럼 멋진 놈이야." 이렇게 말하며 요리사가 주머니에서 설탕을 꺼내 주면 앵무새는 새장을 쪼아대며 갖은 상소리를 퍼부어 댔다. 사악하다는 생각이 절로 들 정도였다. 그러면 요리사는 이렇게 덧붙였다. "꼬마야, 콜타르 찌끼를 만지고도 손이 깨끗할 수는 없는 법이야. 이 새가 딱 그런 경우란다. 나이만 많이 먹은 놈이 불쌍하게도 아무 생각 없이 욕설을 퍼부어 대고 있잖니? 장담하지만 자기가 무슨 말을 하는지 절대 모르고 있을 거다. 아마 신부님 앞에서도 지금과 똑같이 욕을 할 거야." 이 말과 함께 존은 앞머리를 쓸어 넘기며 진지한 태도를 보여 주었다. 그의 이런 모습을 보며 나는 그보다 훌륭한 사람은 없다고 믿게 되었다.

한편 지주와 스몰릿 선장은 여전히 서먹서먹한 사이였다. 지주는 절대 속마음을 털어놓지 않았다. 그는 선장을 경멸했다. 선장은 선장대로 먼저 말을 거는 법이 없었다. 어쩌다 말을 붙여도 무미건조하고 짧게 날카로운 대답만 하고는 한 마디도 더 하지 않았다. 하지만 선원들에 대한 그의 판단에 대해 따지고 들자 그는 마침내 자신의 생각이 틀렸으며 몇몇은 자신의 기대 이상으로 일을 잘하며 다른 선원들도 자신의 역할을 잘하고 있다고 인정했다. 선장은 배에 대해서는 만족스러움을 감추지 않았다. "맞바람이 불어도 아주 살짝 빗기며 바람을 향해 나아가는 게, 남편 품 찾는 아내도 이 배에 비길 바가 못 됩니다. 하지만." 선장이 말을 계속 이었다. "제가 드리고 싶은 말은, 아직 우리는 항해를 마친 게 아니라는 것입니다. 저는 여전히 이 항해가 맘에 들지 않습니다."

이 말에 지주는 휙 돌아서서는 화가 나는 듯 턱을 치켜들고 갑판 위를 서성거렸다.

그러면서 이렇게 말하곤 했다. "저 사람 말을 조금 더 듣다가는 내가 복장이 터져 죽고 말지."

도중에 날씨가 궂은 날도 며칠 있었지만 그건 오히려 히스파니올라 호의 뛰어난 성능을 보여 주는 좋은 기회가 되었다. 선상의 모든 사람들이 만족했다고 나는 생각한다. 만일 그렇지 않았다면 그 사람들 비위를 맞추는 일은 정말 힘들었을 것이다. 노아 이래로 배를 탄 사람들 가운데 이들처럼 호강을 한 사람들은 없을 것이기 때문이다. 아주 사소한 일에도 럼주를 돌렸고 심심치 않게, 예를 들어 지주가 그날이 누구의 생일이라는 얘기를 듣기만 해도 푸딩이 나왔다. 그리고 사과가 담긴 통은 언제나 뚜껑이 열려 있어 먹고 싶은 사람은 언제든 꺼내 먹을 수 있었다.

"여태 이렇게 해서 좋았던 적은 한 번도 없었습니다." 선장이 리브지 선생에게 말했다. "선원을 호강시키면 악마가 튀어나온다. 이것이 제 지론입니다."

하지만, 곧 듣게 되겠지만 사과 통으로부터 결국 좋은 결과가 나왔다. 그게 아니었다면 우리는 아무런 경고도 없이 반란자들의 손에 이슬이 되어버렸을 것이기 때문이다.

일의 전말은 이러했다.

우리는 우리가 찾는 섬에 도달하기 위해 무역풍을 타고 갔다.

더 이상 상세히 말하지 못하는 걸 이해해 주기 바란다. 우리는 희망에 부풀어 밤낮을 가리지 않고 물살을 갈랐다. 대략 우리 항해의 마지막에 가까운 어느 날이었다. 그날 밤 혹은 늦어도 다음 날 정오 이전까지는 보물섬이 시야에 들어와야 하는 시점이었다. 우리는 남남서 방향으로 가고 있었으며 옆바람이 꾸준히 불어주었고 물결은 잠잠했다. 히스파니올라 호는 규칙적으로 출렁거렸다. 가끔 뱃머리가 들렸다가 떨어지면 뱃머리에 있는 돛대에 부딪혀 물보라가 생겼다. 마침내 모든 것이 뱃전으로 다가오고 있었다. 모험의 전반부가 거의 끝나 간다는 생각에 모든 사람이 기대로 부풀어 올랐다.

그날 해가 막 떨어진 시각, 일을 끝내고 선실로 들어가려는데 마침 사과가 하나 먹고 싶다는 생각이 들었다. 나는 갑판으로 뛰어갔다. 당직을 서는 사람들은 모두 혹시라도 섬이 보일까 하는 마음에 앞만 바라보고 있었다. 키잡이는 부풀어 오른 돛을 살피면서 가볍게 휘파람을 불고 있었다. 그것이 뱃머리와 뱃전에 부딪히는 파도 소리를 제외하고 유일하게 들리는 소리였다.

나는 아예 사과 통 안으로 들어갔다. 사과는 거의 남아 있지 않았다. 어두컴컴한 통 안에 앉아서 배의 움직임에 몸을 맡기고 철썩거리는 파도 소리를 듣고 있자니 어느새 졸음이 몰려왔다. 그렇게 잠이 들었거나 거의 잠이 들려는 찰나, 바로 옆에 어떤 육중한 남자가 털썩 소리를 내며 앉았다. 그가 어깨를 기대자 통이 흔들렸다. 얼른 일어서려고 하는데 그 남자가 말을 하기 시작했다. 그것은 실버의 목소리였다. 그리고 채 열 마디도 듣기 전에 일어나려던 생각이 싹 달아나 버렸다. 나는 말할 수 없는 공포와 호기심을 느끼며 거기 누운 채 벌벌 떨면서 그들의 말을 들었다. 이미 들은 몇 마디 말에서 이 배에 탄 무고한 사람들의 목숨이 순전히 내게 달려 있다는 것을 알 수 있었기 때문이다.

11장
사과 통 안에서 이야기를 엿듣다

실버가 말했다. "아냐, 내가 아니야. 플린트가 선장이었어. 난 키잡이였지. 순전히 이 나무다리 때문에 말이야. 그 함포전(艦砲戰)에서 나는 다리 하나를 잃고 퓨는 시력을 잃고 말았지. 내 다리를 자른 건 대학에서 배울 거 다 배우고 입만 열었다 하면 라틴어가 튀어나올 정도로 유식한 고참 의사였어. 하지만 그 양반도 다른 사람들과 마찬가지로 코르소 캐슬에서 나무에 매달려 개처럼 바싹 마르는 신세가 되고 말았지. 그건 로버츠와 그 부하들이었어. 그게 다 배 이름을 바꾼 탓이야. 로열포춘이라나 뭐라나. 내가 늘 말하잖아. 한번 배 이름을 정했으면 그냥 그렇게 놔두라고. 잉글랜드의 카산드라 호는 말라바에서 인도 총독을 공격하고도 우리 모두를 무사히 영국으로 데려다 주었고, 플린트의 낡은 배 월러스 호는 온통 피로 물든 채 곧 침몰할 것 같은 상태에서도 황금을 싣고 무사했어."

그러자 다른 목소리가 소리쳤다. "아!" 배에서 가장 젊은 선원의 목소리였다. 그 목소리는 존경심으로 가득 차 있었다. "해적 중에서도 해적이라는 바로 그 플린트 말이군요!"

"데이비스 또한 멋진 사람이었지. 비록 그와 배를 같이 타본 적은 없지만 말이야." 실버가 말했다. "나는 처음에는 잉글랜드와 그리고 그다음에는 플린트와 배를 탔지. 그리고 지금은 이렇게 내 나름의 길을 가고 있고 말이야. 난 잉글랜드와 배를 타며 9백 파운드, 플린트를 따라다니며 2천 파운드를 모았어. 모두 안전하게 금고에 있고 말이야. 중요한 건 버는 게 아니야. 아끼는 거지. 잘 새겨둬. 잉글랜드의 부하들이 어디 있는지 알아? 아무도 몰라. 플린트의 부하들은? 대부분 이 배에 있지. 푸딩 먹여 주는 것에도 고마워하며 말이야. 여기 오르기 전에 몇 명은 빌어먹고 다녔어. 퓨 노인네는 앞을 못 보게 되자 아마 자존심이 상했나 봐. 그래서인지 한 해에 1200파운드나 써댔지. 의원 나리나 되는 것처럼 말이야. 지금은 어디 있느냐고? 죽어서 땅속에 묻히고 말았지. 제기랄, 그런데 죽기 전 이 년 동안 쫄쫄 굶고 다녔다니까! 빌어먹기도 하고 도둑질도 하고 사람 목을 따기도 했는데, 제기랄, 그러고도 굶었다는 거 아냐!"

"결국 돈을 벌어도 별 소용이 없다는 얘기네요." 젊은 선원이 말했다.

"바보들에게는 별 소용이 없지. 잘 새겨 들어둬. 아무 소용 없는 거야." 실버가 말했다. "하지만 이봐, 자네는 젊은 친구야. 상당히 젊지. 그런데도 머리가 빨리 돌아가더군. 자네를 지켜보니까 그렇다는 걸 알 수 있었어. 그래서 이렇게 남자답게 얘기하는 거 아니겠나."

이 밥맛 떨어지는 늙은 악당이 나에게 했던 것과 똑같은 아부의 말을 다른 사람에게 하는 걸 들었을 때 내 느낌이 어땠을지 여러분도 충분히 상상이 될 것이다. 정말 할 수만 있다면 칼로 통을 꿰뚫어서라도 당장 그를 없애 버리고 싶었다. 이런 생각을 하는 사이, 그는 엿듣는 사람이 있는 줄은 꿈에도 생각지 못한 채 이야기를 계속했다.

"이제 부자 신사분들 얘기를 좀 해볼까? 이 사람들은 말이야, 떠돌아다니며 살고 때로는 교수형도 마다하지 않지. 하지만 먹고 마시는 건 정말 남부럽지 않아. 항해를 한번 끝내고 나면 주머니에 수백 파운드가 생기거든. 시시하게 동전 몇백 개 정도가 아니야. 그런데 그중 대부분은 럼주를 마시거나 기분 내는 데 가진 걸 몽땅 쏟아붓고는 다시 빈털터리가 되어 바다로 나가지. 하지만 나는 그렇게 살지 않아. 나는 돈을 다 모아두지. 조금은 여기, 조금은 저기, 이런 식으로. 절대 한곳에 몰아두지는 않아. 의심이 많은 편이라서 말이야. 자네도 알겠지만 내 나이가 벌써 쉰이야. 나는 이번 항해만 끝나면 진짜배기 신사가 될 거야. 정말 오랜 세월이었지. 하지만 그간 편하게 살긴 했어. 마음 내키는 대로 하고 싶은 일은 다 하고, 편히 자고, 바다에 나갈 때 빼고는 하루 종일 맛있는 것만 먹고 말이지. 내가 어떻게 시작했는지 알아? 하급선원부터였어, 딱 자네처럼 말이야!"

"그렇군요." 다른 목소리가 말했다. "하지만 이제는 모아놓은 돈이 몽땅 날아간 것 아니에요? 이 일이 끝나고 다시 브리스틀에 얼굴을 내밀 생각은 아니겠죠?"

"왜 그렇게 생각하지? 내가 돈을 어디에 두었을 것 같은데?"

실버가 놀리듯 물었다.

"브리스틀에 있는 은행이나 뭐 그런 곳에요." 상대방이 대답했다.

"그랬지." 요리사가 다시 말했다. "처음 육지에 올랐을 때는 그랬지. 하지만 지금은 내 늙은 여편네가 전부 가지고 있어. 망원경 술집도 팔았고. 땅, 권리금, 시설까지 몽땅 포함해서 말이야. 그 늙은 여편네는 나와 만나기로 되어 있어. 어디서 만날 건지도 얘기해 줄 수 있어. 자네를 믿으니까 말이야. 하지만 그러면 다른 선원들이 자네를 시기할 거야."

"그 여자는 믿을 수 있나요?" 상대가 물었다.

그러자 요리사가 이렇게 대꾸했다. "부자 신사들은 말이야, 자기들끼리는 절대 믿는 법이 없어. 또 그러는 게 옳고. 당연해. 나는 나만의 방식이 있지. 나만의 방식 말이야. 예를 들어 내가 어떤 사람인지 아는 녀석이 닻줄을 감다 실수한다고 쳐. 그건 이 존의 세상에선 용납이 안 돼. 누구는 퓨를 무서워하고 누구는 플린트를 무서워했지만, 정작 플린트는 나를 무서워했어. 플린트는 나를 무서워하면서도 자랑스러워했지. 플린트의 부하들은 그 누구보다도 거친 놈들이었어. 악마라 하더라도 그놈들과 함께 배를 타는 건 꺼렸을 거야. 이봐, 난 절대 허풍이나 떠는 사람이 아니야. 자네도 봤지? 내가 얼마나 사람들과 편하게 지내는지. 하지만 내가 키를 잡던 시절에는 플린트 밑에 있던 해적 놈들도 양보다 더 순해질 수밖에 없었어. 자네라면 이 늙은 존의 배에서 마음 푹 놔도 돼."

"솔직히 말해서." 젊은 목소리가 대답했다. "존 당신하고 이렇게 얘기를 나누기 전에는 이런 일에 대해서는 눈곱만치도 생각이 없었어요. 하지만 이제 저도 끼겠습니다."

"정말 용감한 젊은이야. 똑똑하기도 하고." 이렇게 대답하며 실버는 아주 힘차게 악수를 했고, 그 바람에 사과 통이 다 흔들렸다. "그리고 부자 신사 가운데 이렇게 잘생긴 사람은 내 생전 본 적이 없어."

이때쯤 되자 나는 그들이 사용하는 용어를 이해하게 되었다. '부자 신사'라는 그들의 말은 다름 아닌 해적을 의미했다. 그리고 내가 엿본 그 짧은 장면은 배에 오른 선원 가운데 마지막 사람이 해적으로 변하려는 순간이었다. 어쩌면 배 안에 남은 마지막 사람이 넘어가는 순간일지도 몰랐다. 하지만 바로 그 순간, 나는 숨을 골라야 했다. 실버가 가볍게 휘파람을 불자 세 번째 남자가 어슬렁거리며 나타나서 두 사람 곁에 자리를 잡고 앉았기 때문이었다.

"딕은 이제 해결됐어." 실버가 말했다.

"그렇군. 난 딕이 해결될 줄 알았어." 키잡이 이즈리얼 핸즈의 목소리가 대답했다. "딕은 바보가 아니거든." 그는 담배를 한 번 우물거리고 씹더니 퉤하고 뱉었다. 그러더니 이렇게 말했다. "그런데 말이야 바비큐, 내가 묻고 싶은 건 그게 아니야. 우리 언제까지 이렇게 빌어먹을 상선처럼 육지 연안에서 꾸물거릴 거요? 이제 스몰릿 선장은 지겨워 죽겠어. 왜 나를 잡아먹지 못해 그렇게 안달이지? 당장이라도 선실로 쳐들어가고 싶어, 정말로. 그놈들이 먹는 피클과 포도주 같은 걸 나도 먹고 싶다고."

"이즈리얼." 실버가 말했다. "너 정말 머리가 안 돌아가는구

나. 예전하고 조금도 달라진 게 없어. 그래도 뚫린 귀니까 알아듣기는 하겠지? 어쨌거나 그나마 귀는 큰 편이니까. 자, 잘 들어. 너는 앞으로도 계속 앞쪽 선원 침실에서 잘 거야. 열심히 일하고 말도 공손히 하고. 그리고 내가 명령을 내릴 때까지 술도 마시지 마. 알았어? 그럴 수 있겠지?"

"안 그러겠다는 말이 아니잖아. 안 그래?" 키잡이가 투덜거렸다. "다만 내가 알고 싶은 건 언제 할 거냐 이거지. 난 그걸 묻고 있을 뿐이야."

"언제냐고? 제기랄!" 실버가 소리쳤다. "그래, 알고 싶다면 언제인지 말해 주지. 될 수 있는 한 늦게 할 거야. 알았어? 지금은 최고의 뱃사람인 스몰릿 선장이 우리를 위해 이 배를 몰고 있어. 그리고 지도인지 뭔지는 지주와 의사가 가지고 있고, 난 그게 어디 있는지도 몰라. 그렇지 않아? 분명 자네도 모를 거야. 그렇다면 이 지주와 의사가 물건을 발견한 다음 우리를 도와 배에 실을 때까지 놔둬야지. 그 이후에 해야지. 내가 너희같이 지독한 해적 놈들 전부를 믿을 수만 있다면 그 후에도 스몰릿 선장이 계속 배를 움직이게 놔두었다가 절반 정도 돌아간 다음에 들이치고 싶은 생각이 굴뚝같다."

"이 배에 탄 사람들도 다 선원들이잖아요." 젊은 딕이 말했다.

"자네 말은 우리 모두 앞 갑판에서 일하는 하급선원이란 말이겠지." 실버가 면박을 주었다. "우리도 항로를 따라갈 수야 있지. 하지만 누가 항로를 정할 건데? 결국 너희들에게 문제가 되는 건 바로 이거야. 내 생각대로 하라면 난 적어도 무역풍이 부는 곳까지는 스몰릿 선장이 배를 몰게 할 거야. 거기까지만 가면

재수 없게 항로를 잘못 계산해서 하루에 물 한 모금도 제대로 못 마시는 일은 생기지 않을 테니까 말이야. 하지만 너희가 어떤 놈들인지는 내가 알지. 섬에서 저놈들을 없애자. 보물을 챙긴 다음 바로. 아쉽긴 하지만 말이야. 네놈들은 술이 목구멍으로 넘어가야 행복해지는 놈들이지. 하지만 내 속을 열어봐라. 너희 같은 놈들을 데리고 항해를 해야 한다고 생각하니 속이 새까맣게 탄다, 타."

"너무 화내지 맙시다, 키다리 존." 이즈리얼이 외쳤다. "누가 그 말이 틀렸답니까?"

"내가 대형 범선들이 버려진 채 떠다니는 걸 얼마나 많이 봤는지 알아? 원기 왕성한 젊은 친구들이 해적 처형장 땡볕 아래 나뒹구는 걸 얼마나 많이 봤는지 상상이나 돼?" 실버가 소리쳤다. "그게 다 지금처럼 앞뒤 가리지 않고 서둘렀기 때문이야. 알아듣겠어? 바다에 대해서는 내가 좀 안다고 할 수 있지. 만약 너희들이 항로를 잘 지키고 바람 부는 쪽만 잘 보고 있어도 나중에 마차를 타고 다니게 될 거야. 내 장담하지. 하지만 너희들은 절대 그렇게 못해. 내 잘 알지. 너희들은 당장 내일이라도 럼주를 부어댈 거야. 그러고는 교수대에 매달리겠지."

"존, 당신이 잔소리가 심하다는 건 세상이 다 알아요. 하지만 배를 당신만큼 잘 모는 사람이 없는 건 아니야." 이즈리얼이 말했다. "그래, 그놈들은 좀 즐기며 살았지. 절대로 누구처럼 뻣뻣하게 고집만 부리는 사람이 아니었어. 다른 사람들처럼 기분도 좀 낼 줄 알았단 말이야."

"그래서?" 실버가 말했다. "그 친구들 다 지금 어디 있지? 퓨가 그런 친구였는데, 그 친구는 거지 생활을 하다 죽었어. 플린트도 그랬는데, 사반나에서 럼을 마시다 죽었지. 그래, 그 친구들 다 괜찮은 녀석들이었어. 하지만 지금 어디 있느냐고?"

이때 딕이 물었다.

"그런데요, 저쪽 사람들을 치고 나면 어떻게 처리하실 생각인가요?"

"이 친구, 뭐 좀 아는군." 요리사가 감탄사를 터뜨렸다. "이런 게 비즈니스지. 그래, 어떻게 하는 게 좋겠나? 섬에 버리고 갈까? 잉글랜드라면 그렇게 했을 거야. 아니면 돼지 잡듯 칼질을 해? 플린트나 빌리 본즈라면 그렇게 했겠지."

그러자 이즈리얼이 말했다.

"빌리라면 그렇게 했을 테죠. 늘 '죽은 자는 물지 않는다'는 말을 입에 달고 다녔으니까. 이제는 자기도 죽었으니 죽는 게 어떤 건지는 잘 알겠네요. 부두에 거친 놈이 떴다는 말이 들리면 그건 십중팔구 빌리였죠."

실버가 말했다.

"자네 말이 맞아. 거칠고 성미도 급했지. 하지만 자네도 알듯이 난 부드러운 사람이야. 거의 신사라 할 수 있지. 그래도 이번엔 중대한 사안이 걸린 문제니까 할 일은 해야겠지. 안 그래? 난 죽인다에 한 표. 나중에 내가 의회에 들어가서 마차를 타고 다니는데 이 선실에 있는 말 잘하는 양반들이 돌아오는 걸 보는 건 전혀 반갑지 않은 일이지. 마치 예배 시간에 악마가 찾아오는 것처럼 말이야. 일단은 기다려. 하지만 때가 되면 목숨을 거두어야지."

"존." 키잡이가 소리쳤다. "당신 진짜 화끈하네요!"

그러자 실버가 대답했다. "이즈리얼, 아마 두고 보면 분명 그렇게 말하게 될 거야. 한 가지는 내게 맡겨 줘. 저 트렐로니 말이야, 그놈의 모가지는 반드시 내 손으로 뽑아버리고 말 테니까." 여기에서 잠깐 멈추더니 그는 이렇게 덧붙였다. "딕! 예의 바른 젊은이답게 얼른 일어나서 사과 하나만 갖다 주게. 목 좀 축이게 말이야."

순간 내가 얼마나 큰 두려움에 휩싸였는지 여러분도 충분히 상상이 될 것이다. 나는 얼른 통 밖으로 뛰쳐나가 도망치려고 했다. 하지만 조금도 힘을 쓸 수가 없었다. 오금이 저리고 가슴이 졸아들어 도무지 꼼짝도 할 수가 없었다. 딕이 몸을 일으키는 소리가 들렸다. 그런데 다음 순간, 누군가 딕을 제지하는 듯하더니 핸즈의 목소리가 들렸다. "어이, 기다려봐. 존, 저 시궁창 물 같은 거나 빨아 먹을 생각이야? 그러지 말고 럼주나 한잔 하자고."

그러자 실버가 말했다.

"딕, 믿어도 되겠지? 술통에 계량기를 달아놨으니 딴 생각 마. 자, 여기 열쇠. 작은 잔 하나만 채워 갖고 와."

두려움에 떨면서도 애로우 씨가 이런 식으로 독주를 구하고 파멸에 이르렀구나 하는 생각이 퍼뜩 들었다.

딕이 자리를 비운 건 아주 잠깐 동안이었다. 하지만 그사이 이즈리얼은 요리사의 귀에 대고 무언가 소곤소곤 말을 했다. 간간이 한두 마디가 들릴 뿐이었다. 하지만 그런 와중에도 나는 중요한 정보를 얻을 수 있었다. 흐릿하게 들리는 여러 말들 가운데 다음과 같은 구절이 통째로 들렸기 때문이다. "이제 더 이상 넘어올 녀석은 없는 것 같습니다." 결국 이 배 안에 아직은 믿을 만한 사람들이 남아 있다는 뜻이었다.
  딕이 돌아오자 세 사람은 한 모금씩 술을 나눠 마셨다. 한 사람이 "행운을 위하여."라고 외치자 다른 사람이 "플린트의 명복을 빌며." 하고 받았다. 실버는 일종의 노래 한 구절을 읊었다.
  "우리들에게 행운이 있기를. 자, 돛을 펼쳐라.
  금은보화, 산해진미가 우리를 기다린다."
  바로 그때 통 안이 환해지는 느낌이 들었고 나는 눈을 들어 위를 보았다. 이미 높이 뜬 달이 뒤쪽 돛대 꼭대기에 은빛으로 걸려 앞쪽 돛폭 가장자리에 하얗게 달빛을 반사하고 있었다. 그와 동시에 파수꾼이 외치는 소리가 들려왔다. "육지다!"

12장
작전 회의

사람들이 급하게 갑판을 가로질러 달리는 소리가 들렸다. 뱃머리의 선원실과 배 뒤쪽에 있는 일등 선실에서 우당탕거리며 올라오는 소리도 들을 수 있었다. 나는 눈 깜짝할 사이에 사과 통에서 빠져나와 앞 돛 뒤로 숨었다. 그런 다음 방향을 틀어 선미 쪽으로 움직였다. 마침 갑판에 나타난 헌터와 리브지 선생이 맞바람 부는 뱃머리로 향했고, 나는 그 틈에 낄 수 있었다.

뱃머리에는 이미 모든 선원들이 모여 있었다. 가라앉아 있던 안개 띠는 달이 떠오르는 것과 거의 동시에 흩어져 버렸다. 우리가 있는 곳에서 남서쪽으로 2~3마일 되는 지점에 두 개의 야트막한 언덕이 보였다. 그리고 그 뒤로 조금 더 높은 세 번째 언덕이 모습을 드러냈는데, 그 정상 부근은 아직도 안개에 싸여 있었다. 세 언덕 모두 뾰족하고 가파른 모습을 하고 있었다.

나는 마치 꿈이라도 꾸는 듯 이 광경을 보고 있었다. 바로 조금 전 느꼈던 공포가 아직 다 가시지 않은 탓이었다. 다음 순간,

스몰릿 선장이 명령을 내리는 소리가 들렸다. 히스파니올라 호는 조금 더 정면으로 맞바람을 받을 수 있도록 움직였다. 섬을 동쪽에 두고 살짝 빗겨 가는 항로였다.

돛을 조정하는 일이 끝나자 선장이 말했다.

"혹시 여러분 가운데 이 섬을 전에 본 적이 있는 사람 있나?"

그러자 실버가 대답했다.

"제가 와봤습니다. 전에 제가 주방을 맡았던 상선이 저 섬에서 물을 길어 온 적이 있습니다."

"배는 남쪽에 있는 작은 섬 옆에 정박했을 것 같은데, 맞나?" 선장이 물었다.

"맞습니다, 선장님. 그 섬은 해골 섬이라고 합니다. 한때 해적들의 본거지였는데, 전에 같이 탔던 선원 하나가 그 섬 구석구석의 이름까지 다 알고 있었습니다. 북쪽으로 보이는 언덕은 앞 돛대 언덕이라고 하고요, 거기서부터 남쪽으로 나란히 있는 세 개의 언덕은 각각 앞 돛대, 주 돛대, 뒤 돛대라고 부릅니다. 하지만 정상에 구름이 끼어 있는 가장 큰 섬, 그러니까 주 돛대 섬은 대개 망원경 섬이라고 부릅니다. 해적들이 주로 거기서 배를 정리하고 망을 보았거든요. 말을 너무 길게 해서 죄송합니다, 선장님."

"여기 지도가 하나 있네." 스몰릿 선장이 말했다. "여기가 그곳인지 한번 봐주게."

지도를 받아 드는 키다리 실버의 눈이 이글거렸다. 하지만 지도를 그린 종이가 새 종이였으므로 나는 실버가 실망하리라는 것을 알 수 있었다. 그것은 빌리 본즈의 궤짝에서 발견된 지도가 아니라 정밀한 사본이었다. 이름, 고도, 수심 등 모든 내용이 완벽했지만 단 한 가지, 빨간 십자 표시와 메모는 빠져 있었다. 안타깝기 그지없었겠지만 실버는 그런 마음을 숨길 수 있을 정도로 심계가 깊은 사람이었다.

실버는 이렇게 말했다. "맞습니다, 선장님. 틀림없이 이 지점입니다. 아, 이 지도 정말 깔끔하게 그렸는데 누구 솜씨인지 궁금하네요. 제가 알기로 해적들은 무식하기 짝이 없거든요. 아, 여기 있습니다. '키드 선장 정박지.' 내 동료가 얘기했던 바로 그 이름입니다. 여기는 강한 해류가 남쪽으로 흐르다가 다시 서쪽 해안을 따라 북쪽으로 흘러갑니다." 그는 계속해서 이렇게 말했다. "선장님 말씀이 맞습니다. 좀 더 바람을 거슬러 가다가 바람을 타고 섬으로 가야 합니다. 적어도 선장님께서 배를 대실 생각이라면 이런 흐름에서는 저만한 곳이 없습니다."

그러자 스몰릿 선장이 말했다.

"고맙네. 나중에 다시 도움을 청하겠네. 이제 그만 가봐."

나는 존이 시치미를 뚝 떼고 섬에 대해 자신이 아는 것을 털어놓는 것을 보고 깜짝 놀랐다. 그리고 솔직히 말해 그가 내 쪽으로 다가오는 것을 보고는 가슴이 철렁했다. 물론 그는 내가 사과통 안에서 그의 말을 엿들었다는 사실을 모르고 있겠지만 그의 잔인함과 이중성, 그리고 힘에 대해 두려움을 가지게 되었기 때문에 그가 내 어깨에 손을 얹자 절로 몸이 움찔거렸다.

그가 말했다.

"아, 이 섬은 멋진 곳이야. 자네 같은 젊은이가 꼭 가볼 만한 곳이지. 해수욕도 하고, 나무도 타고, 염소를 사냥하기도 하고 말이야. 그리고 염소처럼 저 언덕 위에 오르기도 할 테지. 생각만 해도 내가 젊어지는 것 같군. 옛날로 돌아가면 이 나무다리도 잊게 되겠지. 아, 다시 젊어져서 발가락 열 개를 다 가지게 된다면 정말 좋을 텐데. 가까운 데 탐험이라도 가고 싶으면 언제든지 이 존에게 말해. 기꺼이 간식거리를 챙겨줄 테니까 말이야."

그러고는 정답기 그지없는 태도로 내 어깨를 두드리고 나서 절룩거리며 선창이 있는 밑으로 내려갔다.

스몰릿 선장과 지주, 리브지 선생은 후갑판에서 이야기를 나누고 있었다. 나는 그들에게 내가 들은 얘기를 얼른 해주고 싶었지만 남들이 보는 앞에서 얘기 중간에 불쑥 끼어들 수는 없었다. 어떤 구실로 말을 붙일까 궁리를 하고 있는데 마침 리브지 선생이 나를 곁으로 불렀다. 골초인 그는 파이프를 선실에 두고 왔는지 내게 파이프를 갖다 달라고 할 모양이었다. 하지만 나는 다른 사람이 내 말을 듣지 못할 정도로 그들 가까이 가자 곧바로 이렇게 말했다. "의사 선생님, 드릴 말씀이 있습니다. 선장님과 지주 어른을 선실로 모시고 가신 다음 적당한 구실을 대고 저를 불러주십시오. 엄청난 일이 생겼습니다."

순간적으로 의사 선생의 안색이 달라졌다. 하지만 그는 곧 안정을 되찾았다.

"고맙다, 짐." 그가 큰 소리로 대답했다. 그는 마치 내게 질문을 했던 것처럼 이렇게 말했다.

"내가 알고 싶었던 게 바로 그거였어."

그 말을 끝으로 그는 몸을 돌려서 다른 두 사람과 다시 대화를 시작했다. 그들은 얼마간 대화를 계속했다. 그리고 놀라는 표시도 없고 목청이 높아지지도 않고 웬일이냐며 휘파람을 부는 일도 없었지만, 나는 리브지 선생이 내 얘기를 전달했다는 것을 분명히 알 수 있었다. 바로 그다음에 선장이 앤더슨에게 모든 선원들을 갑판으로 모으라고 명령하는 소리가 들렸기 때문이다.

스몰릿 선장이 말했다.

"선원 여러분, 여러분에게 알려 줄 일이 있습니다. 우리가 발견한 이 섬이 우리 항해의 최종 목적지였습니다. 그리고 여러분 모두는 자신의 임무를 충실히 수행해 주었습니다. 그것은 내가 기대한 바 이상이었습니다. 그러므로 여러분도 잘 아시겠지만 인심이 후한 트렐로니 씨의 요청에 따라 나와 의사 선생, 그리고 트렐로니 씨 이렇게 세 사람은 이제 선실로 내려가 여러분의 건강과 행운을 위해 축배를 들기로 했습니다. 또한 우리 세 사람의 건강과 행운을 위해 축배를 들 수 있도록 여러분에게도 술이 돌아갈 것입니다. 제가 보기에 이건 상당히 후한 조치입니다. 만일 여러분도 저와 똑같이 생각한다면 이런 자리를 마련한 신사분에게 커다란 환호를 보내주시기 바랍니다."

환호가 터져 나왔다. 당연한 일이었다. 다만 진심에서 우러나오는 진정한 환호를 지르고 있는 이 사람들이 우리의 피를 보기 위해 모의를 하고 있다는 사실을 믿기 힘들 뿐이었다.

첫 번째 환호가 잦아들자 키다리 존이 이렇게 외쳤다.

"스몰릿 선장님을 위해 다시 한 번 환호합시다."

이번 환호 또한 진심에서 우러나오는 것이었다.

환호성을 뒤로하고 세 명의 신사는 선실로 내려갔다. 그리고 얼마 지나지 않아 선실에서 짐 호킨스를 찾는다는 전갈이 왔다.

세 사람은 둥근 탁자 주위에 앉아 있었다. 탁자 위에는 스페인 산 포도주와 약간의 건포도가 놓여 있었다. 의사 선생은 가발을 벗어 무릎 위에 올려놓은 채 연방 담배를 태우고 있었다. 내가 알기로 그건 그가 긴장했다는 표시였다. 따뜻한 밤이었으므로 선미의 창문은 열려 있었다. 배가 지난 자리에는 달빛을 받아 은빛 포말이 일렁이고 있었다.

지주가 말했다.

"그래, 호킨스, 뭔가 할 말이 있는 것 같은데, 말해 보아라."

나는 시키는 대로 말을 시작했다. 그리고 가능한 한 간단하게 말하면서도 실버가 나눈 대화를 남김 없이 전달했다. 그 세 사람은 내가 말을 마칠 때까지 입도 벙긋하지 않았다. 심지어는 손가락 하나도 까딱하지 않고 말을 시작할 때부터 끝마칠 때까지 내 얼굴만 바라보았다.

마침내 리브지 선생이 입을 열었다.

"짐, 이리 와서 앉거라."

그들은 자신들이 앉은 탁자에 나를 앉게 했다. 그리고 내게 포도주 한 잔을 따라 주고 손에는 건포도를 쥐어 주었다. 그들은 한 사람씩 잔을 들어 내게 목례를 하고 내 건강을 빌며 술을 마셨다. 그리고 내 행운과 용기에 경의를 표했다.

그런 다음 지주가 입을 열었다.

"선장, 당신 말이 옳았구려. 내가 틀렸소. 난 참 미련하기 짝이 없는 놈이오. 당신 처분대로 따르겠소."

"미련하기는 저도 마찬가지입니다." 선장이 대답했다. "반란을 도모하는 놈들은 반드시 그런 표시를 내기 마련이라고 믿고 있었습니다. 머리에 제대로 눈이 박혀 있는 사람이라면 그런 못된 뜻을 알아차릴 수 있을 테니 적절하게 대응만 하면 된다고 말입니다. 하지만 이놈들에게는 제가 당한 것 같군요."

그러자 의사 선생이 말했다.

"선장, 제가 한 마디 해도 된다면 문제는 실버입니다. 아주 눈여겨봐야 할 놈이에요."

"활대에 매달면 정말 보기 좋겠군요." (당시는 선상 반란을 일으킨 선원을 활대에 매달아 처형했다.—옮긴이 주) 선장이 대답했다. "하지만 이런 건 단지 말에 불과합니다. 말만으로는 아무것도 하지 못합니다. 트렐로니 씨께서 양해를 해주신다면 점검해야 할 사항 서너 가지를 말씀드리고자 합니다."

그러자 트렐로니 씨가 정중히 대답했다.

"당신이 선장이시오. 당연히 선장께서 말씀하셔야지."

선장이 이야기를 시작했다.

"첫째, 우리는 계속 앞으로 가야 합니다. 돌아갈 수 없으니까요. 돌아간다는 명령을 내린다면 저놈들은 당장 반란을 일으킬 것입니다. 둘째, 우리에게는 아직 시간 여유가 있습니다. 적어도 보물을 발견할 때까지는 말이지요. 셋째, 아직 믿을 만한 선원들이 있습니다. 언제든 싸움이 시작될 거라는 건 기정사실인 만큼 제 생각은 옛말처럼 시간의 앞머리를 잡아야 한다는 것입니다. 어느 날 갑자기 저놈들이 전혀 예상치 못하고 있을 때 한 방 먹이는 것이지요. 트렐로니 씨가 데리고 온 하인들은 믿을 수 있다고 생각하는데, 맞습니까?"

"나만큼 믿어도 될 거요." 지주가 단언했다.

"셋." 선장이 수를 셌다. "여기 호킨스까지 포함해서 우리 편은 일곱. 믿을 만한 다른 친구는 없나요?"

그러자 의사 선생이 말했다. "트렐로니가 직접 뽑은 사람들, 그러니까 실버를 만나기 전에 뽑은 선원들은 믿을 수 있지 않을까요?"

"그렇지 않소." 지주가 대답했다. "핸즈도 제가 뽑은 사람이었으니까요."

"핸즈라면 신뢰할 수 있다고 믿었는데…." 선장이 아쉬운 듯 덧붙였다.

"이런 놈들이 영국인이라니!" 지주가 벌컥 화를 냈다. "생각 같아서는 이 배를 확 폭파해 버렸으면 좋겠소."

선장이 말했다.

"여러분, 제가 말씀드리는 최선책은 별게 아닙니다. 죄송한 말씀이지만, 모든 행동을 멈추고 상황을 날카롭게 지켜보는 수밖에 없습니다. 남자로서 이렇게 하는 게 힘든 일이라는 건 저도 압니다. 당장 한판 붙는 게 훨씬 속이 편하죠. 하지만 누가 우리 편인지 확인할 때까지는 다른 방법이 없습니다. 멈춘다. 그리고 기회가 오기를 기다린다. 이것이 제 생각입니다."

그러자 의사 선생이 말했다.

"여기 있는 짐이 다른 누구보다도 더 큰 도움이 되겠구려. 선원들이 짐과는 편하게 이야기를 하는 데다 이 녀석이 눈치가 빠르니까요."

지주가 이렇게 덧붙였다.

"호킨스, 너만 믿으마."

사실 이런 상황에 나는 커다란 낭패감을 느끼고 있었다. 내 생각에 나는 아무런 힘이 없었기 때문이다. 하지만 일이 이상하게 돌아가면서 우리 편 사람들의 안전은 실제로 나를 통해 왔다. 여러 이야기들을 했지만, 현실을 보면 스물여섯 명 가운데 우리가 믿을 수 있는 건 단 일곱 명뿐이었다. 그 일곱 가운데 하나는 아직 어렸으므로 우리 편에 있는 성인은 여섯 명뿐이었고, 그에 비해 저쪽은 열아홉 명이었다.

3부

해변의 모험

13장
해변의 모험이 시작되다

 다음 날 아침 갑판에 올라보니 섬은 전과는 전혀 다른 모습이었다. 그동안 불어주던 약간의 바람조차 이제는 완전히 그치고 배는 그냥 한자리에 서 있었다. 하지만 밤사이 배는 상당한 거리를 접근해서 동쪽 평평한 해안에서 남동 방향으로 1마일 정도밖에 떨어지지 않은 곳이었다. 섬은 대부분의 지역이 회색 숲으로 뒤덮여 있었다. 섬 전체가 고른 색을 띠고 있었는데, 낮은 지역에 길게 나 있는 모래 더미와 군데군데 서 있는 커다란 소나무들만이 다른 색을 띠었다. 소나무들은 때로는 외로이 때로는 군락을 이루고 있었고 다른 나무들보다 훨씬 높은 키를 뽐내었다. 하지만 섬의 전반적인 색조는 일정했으며 무언가 처량한 느낌을 주었다. 나무 꼭대기 위로 우뚝 솟은 언덕에는 삐죽삐죽 암석들이 박혀 있었다. 언덕들은 모두 생김새가 기이했지만 망원경 언덕이 다른 언덕들보다 3~4백 피트 더 높을 뿐 아니라 생김새도 가장 독특했다. 사방이 깎아지른 듯한 절벽인 데다 꼭대기는 칼로 자른 듯 평평해서 마치 조각상을 올려놓기 위해 세워둔 받침대 같았다.

히스파니올라 호는 연방 좌우로 기우뚱거렸고, 그럴 때마다 솟구치는 파도는 배수구 위까지 넘실거렸다. 돛의 아래 활대는 연방 도르래에 부딪히고 키는 끊임없이 이리 좌르르 저리 좌르르 제멋대로 돌아갔다. 배 전체가 삐걱거리고 그르렁대고 들썩거리는 게 꼭 무슨 공장처럼 느껴졌다. 나는 돛대 버팀줄을 꼭 붙들고 매달려야 했다. 세상이 눈앞에서 빙글빙글 돌았다. 배가 어느 방향으로든 움직이고 있을 때는 나도 그런대로 괜찮은 선원이었지만 가만히 멈춰 선 채 병이 구르듯 옆으로 흔들거리는 건 난생 처음이라 뱃멀미를 하지 않고 배길 수가 없었다. 더구나 아직 아침도 먹기 전의 빈속이니 더 말해 무엇하겠는가.

아마 이것 때문이었을 것이다. 아마도 그 섬의 풍경과 음울한 회색 숲, 뾰족하게 솟은 거친 암석들, 가파른 해안 절벽 아래 하얀 거품을 뿜으며 철썩거리는 파도 때문이었을 것이다. 햇빛은 따사롭고 날은 화창했다. 물새들이 우리 주위에서 끼룩거리며 물고기를 잡았다. 그렇게 오랫동안 바다에 있었으니 누구라도 얼른 뭍에 오르고 싶을 거라고 생각할 만도 했다. 하지만 내 기분은 깊숙이, 말 그대로 발바닥 밑까지 가라앉았다. 섬을 처음 본 바로 그 순간 이후로 내내 보물섬이라는 생각 자체에 진절머리가 났다.

그날 아침엔 지겨운 작업이 우리를 기다리고 있었다. 바람이 불 기미가 보이지 않았기 때문에 선원들이 보트를 타고 내려가 배를 끌어야 했다. 3~4마일 정도 섬 모퉁이를 돌아간 다음 해골 섬 뒤에 있는 정박지까지 좁은 뱃길을 따라 올라가야 했다. 나는 보트에 타겠다고 자원했지만 물론 거기서 내가 할 수 있는 일은 없었다. 날이 찌는 듯이 무더웠기 때문에 선원들은 그 일에 대해 거친 불평불만을 퍼부었다. 내가 탄 보트의 지휘자는 앤더슨이었는데 그는 선원들을 제지하기는커녕 자신이 나서서 가장 심하게 불평을 늘어놓았다.

그는 욕설을 퍼부으며 이렇게 말했다.

"어디 얼마나 가나 보자."

내가 보기에 그것은 매우 나쁜 징조였다. 그 전까지만 해도 선원들은 자기가 맡은 일은 스스로 알아서 척척 잘해 왔기 때문이다. 하지만 섬을 보는 순간 그들을 통제하던 구속의 끈이 느슨해져 버렸다.

배가 움직이는 동안 키다리 존은 키잡이 옆에 서서 배가 나아갈 방향을 지시했다. 그는 손바닥 들여다보듯 뱃길을 훤히 알고 있었다. 수심을 재는 선원이 여러 지점에서 지도에 적힌 것보다 수심이 깊다고 얘기했지만 존은 결코 망설이는 법이 없었다.

그는 이렇게 말했다.

"여기는 썰물 때 모래가 많이 쓸려 나가지. 그래서 바닥이 삽으로 파낸 것처럼 파여 있어."

우리는 정확히 지도에 닻이 표시되어 있는 지점에 도착했다. 큰 섬과 해골 섬 양쪽에서 똑같이 3분의 1마일쯤 떨어진 곳이었다. 바닥은 순전히 모래뿐이었다. 닻을 던지자 숲에서 새들이 구름처럼 날아올라 하늘을 맴돌며 울어댔다. 하지만 채 일 분도 지나지 않아 새들은 내려앉았고 숲은 다시 조용해졌다.

그곳은 완전히 육지로 둘러싸인 곳이었다. 사방이 숲으로 에워싸이고 나무들은 만조에 물이 차는 곳 바로 위부터 자라고 있었다. 해변은 대부분의 지역이 평평한 데다 저 멀리로 언덕들이 빙 둘러서 있는 게 마치 원형극장을 보는 듯했다. 늪이라고 불러도 좋을 두 개의 작은 강이 작은 연못 같은 이 정박지로 흘러들고 있었다. 주변의 나뭇잎은 독풀들이 흔히 그렇듯 색이 선명했다. 배에서는 집이나 울타리 같은 것이 보이지 않았다. 그것들은 거의 나무 사이에 파묻혀 있었기 때문이다. 사실 선실에서 미리 지도를 보지 않았더라면 그 섬이 바다에서 솟아오른 이래로 거기에 닻을 내린 건 우리가 처음이라고 생각했을지도 모를 일이었다.

바람 한 점 불지 않고 개미 소리 하나 들리지 않았다. 들리는 거라고는 오직 반 마일가량 떨어진 바다에서 안으로 밀려드는 파도가 바위에 부딪히는 철썩 쏴 하는 소리뿐이었다. 정박지 주위로 무언가 한곳에 고여 썩어갈 때 나는 독특한 냄새가 풍겼다. 물에 잠긴 나뭇잎이나 썩은 나무줄기에서 풍기는 냄새였다. 의사가 썩은 달걀 맛을 보듯 코를 킁킁거리는 모습이 눈에 들어왔다.

"보물은 어떨지 모르겠지만 여기에 열병이 있다는 데 내 가발을 걸지."

선원들이 보트에서 보여 준 행동이 놀라운 정도였다면 배로 돌아온 다음 한 행동들은 정말 위협적이라고 할 만했다. 그들은 갑판 여기저기에 모여 앉아 큰 소리로 불평을 늘어놓았다. 아주 사소한 지시에도 눈살을 찌푸리며 마지못해 하는 시늉만 했다.

아무리 순진한 선원이라도 그 분위기에 물들 수밖에 없었다. 그들의 버릇을 고칠 수 있는 사람이 아무도 없었기 때문이다. 먹구름이 몰려오면 비가 오듯 반란이 임박한 게 분명했다.

이런 위험을 감지한 것은 일등 선실에 있던 우리들만이 아니었다. 키다리 존은 선원들이 모여 있는 곳마다 쫓아다니며 그들을 달래려고 애를 썼다. 그처럼 잘하는 사람은 본 적이 없다고 해야 할 정도였다. 그는 전보다 더 자발적으로 겸손하게 움직였다. 그리고 누구에게나 웃는 얼굴로 대했다. 어떤 지시를 내리건 그는 세상에서 가장 유쾌하게 "네, 알겠습니다, 선장님." 하고 대답하면서 즉시 목발을 짚고 움직였다. 그리고 할 일이 없을 때에는 노래를 연달아 불러댔다. 마치 다른 사람들의 불만을 숨기기라도 하려는 듯했다.

그 음울한 오후, 온갖 음울한 모습들 중에서도 가장 심각한 것은 키다리 존이 눈에 띌 정도로 걱정하는 모습을 보인다는 점이었다.

우리는 선실에서 회의를 가졌다.

선장이 말했다.

"제가 지시 하나만 더 내려도 배 전체의 위계질서가 순식간에 무너지고 말 것입니다. 여러분도 보셨을 것입니다. 선원들의 대답이 거칠지 않습니까? 제가 호통이라도 치는 날엔 선원들이 당장 들고 일어날 것입니다. 그렇다고 가만히 있으면 실버가 눈치를 채게 됩니다. 그럼 게임은 끝나는 거지요. 이 상황에서 우리가 의지할 수 있는 사람은 단 한 사람밖에 없습니다."

그러자 지주가 물었다.

"그게 누구요?"

그러자 다시 선장이 말했다.

"실버입니다. 나나 여러분과 마찬가지로 실버는 상황이 진정되기를 바라고 있습니다. 아직은 불평하는 단계일 뿐입니다. 기회가 생기면 실버는 쉽게 그들을 진정시킬 것입니다. 그래서 제가 드리고 싶은 얘기는, 실버에게 기회를 주자는 겁니다. 선원들이 오후를 해안에서 보내도록 허락하는 거예요. 모든 선원들이 가겠다고 하면 우리가 배를 차지하면 됩니다. 만일 아무도 가지 않는다면 그때는 선실을 지켜야죠. 그때는 하느님이 정의의 편을 들어주실 겁니다. 만일 일부만 간다면 제가 말씀드린 대로 실버가 선원들을 순한 양처럼 만들어서 돌아올 것입니다."

우리는 그렇게 하기로 결정했다. 확실히 우리 편이라고 믿을 수 있는 사람들에게는 총알이 든 권총이 지급되었다. 헌터와 조이스, 레드러스는 믿을 수 있었다. 그들은 상황을 듣고도 예상과 달리 그다지 놀라지 않고 담담하게 받아들였다. 그런 다음 선장은 갑판으로 나갔다. 그리고 선원들에게 다음과 같이 말했다.

"선원 여러분, 오늘은 무척 더운 날이었습니다. 모두들 피곤하기도 하고 기분도 가라앉아 있을 겁니다. 그러니 잠깐 뭍에 올라 기분 전환을 하는 것도 좋을 것 같습니다. 보트가 내려져 있긴 하지만 필요하다면 더 내려도 좋습니다. 오후 동안 뭍에 가 있고 싶은 사람은 누구든 가도 좋습니다. 해 지기 삼십 분 전에 화포를 쏘겠습니다."

내 생각에 선원들은 미련하게도 섬에 오르기만 하면 보물이 발에 차일 것이라고 믿었던 게 분명하다. 투덜거리던 선원들의 얼굴이 순식간에 밝아지면서 기쁨에 찬 함성을 질러댔기 때문이다. 그 소리는 멀리 떨어진 언덕에 부딪혀 되돌아왔다. 새들이 다시 한 번 날아올라 정박지 주변을 끼룩거리며 날아다녔다.

선장은 영리한 사람이라 자신이 있어봐야 거치적거리기만 한다는 사실을 잘 알고 있었다. 그는 재빨리 자리를 벗어났고 남아 있던 실버가 일당을 지휘했다. 나는 선장이 현명하게 행동했다고 생각한다. 그가 갑판에서 미적거렸다면 상황에 대해 모르는 체하는 것도 어려웠을 테니까 말이다. 모든 일이 훤히 드러났다. 실버를 선장으로 해서 그가 데리고 있는 억센 선원들은 반란을 노리고 있었다. 그 직후에 일어난 일을 보면 정직한 선원들이 아예 없지는 않았다는 것을 알 수 있지만 그들은 정말로 미련한 사람들이었다. 아니, 어쩌면 그들 모두가 주모자의 행동에 영향을 받아 많건 적건 조금씩 불만을 품고 있었다고 하는 게 더 정확한 표현인지도 모르겠다. 그리고 개중에는 근본이 워낙 선량해서 유혹하기도 힘들고 억지로 시키기도 어려운 사람들도 있었다. 그들에게 빈둥거리며 몰려다니는 것과 죄 없는 사람들을 죽여가며 배를 차지하는 것은 전혀 다른 일이었다.

어쨌거나 마침내 인원 구성이 끝이 났다. 여섯 명을 배에 남기고 실버를 포함해 나머지 열세 명은 상륙할 준비를 했다.

바로 그때 내게 아주 엉뚱한 생각이 떠올랐다. 엉뚱하긴 했지만 결국엔 이 생각이 우리 목숨을 구하는 데 큰 역할을 했다. 실버가 여섯 명을 남겼으므로 우리 편이 싸워서 배를 차지하기 어렵다는 것은 명백했다. 또한 딱 여섯 명뿐이었으므로 선실에서 특별히 내 도움을 필요로 하지 않는다는 점 또한 분명했다. 그러자 번뜩 뭍으로 가자는 생각이 떠올랐다. 조금도 머뭇거리지 않고 나는 몸을 빼내어 가장 가까이 있는 보트의 뱃머리 좌석으로 기어 들어갔다. 그리고 바로 다음 순간 보트가 움직이기 시작했다.

나를 본 사람은 아무도 없었다. 다만 앞쪽 노를 젓는 사람이 내가 탄 걸 알아채고 이렇게 말했을 뿐이다. "짐, 너냐? 머리를 숙이고 있거라." 하지만 다른 보트에 타고 있다가 예리한 눈으로 이 광경을 지켜보던 실버가 내가 탔는지 소리쳐 물었다. 그 순간부터 나는 왜 이런 짓을 했는지 후회하기 시작했다.

선원들은 해안을 향해 경주하듯 나아갔다. 하지만 내가 타고 있던 보트는 조금 먼저 출발한 데다 가볍고 인원 구성이 좋아서 다른 보트들을 멀찌감치 따돌리고 먼저 해안에 도착했다. 뱃머리가 해안가 나무에 닿자 나는 나뭇가지를 잡고 배에서 내려 가까운 덤불 속으로 도망쳐 들어갔다. 이때까지도 실버와 그 일당은 100야드 정도 뒤에서 따라오고 있었다.

"짐! 짐!" 실버가 소리쳐 부르는 소리가 들렸다.

하지만 여러분이 짐작하는 바대로 나는 전혀 개의치 않고 펄쩍 뛰거나 웅크린 채 숲을 헤치면서 더 이상 달릴 수 없을 때까지 무조건 앞으로 달렸다.

14장
첫 공격

키다리 존을 따돌렸다는 생각에 나는 무척 기뻤다. 그래서 느긋한 마음으로 내가 와 있는 이 이상한 섬이 어떤 곳인지 관심을 가지고 둘러보기 시작했다.

나는 늪을 가로질러 갔다. 늪에는 버드나무와 갈대, 그리고 이상하고 이국적인 늪지 나무들이 무성했다. 곧이어 넓은 개활지가 눈앞에 펼쳐졌다. 야트막한 모래 구릉이 기복을 이루며 1마일 정도 이어졌다. 중간 중간 소나무 몇 그루와 함께 뒤틀린 모양의 나무가 아주 많았는데, 크기는 참나무와 비슷했지만 잎은 버드나무처럼 연한 색이었다. 개활지 맞은편에는 언덕이 하나 우뚝 솟아 있었는데 기묘하게 생긴 바위투성이 봉우리가 햇살을 받아 환하게 빛나고 있었다.

그 순간 나는 생애 처음으로 탐험의 즐거움을 느꼈다. 그 섬은 무인도였다. 선원들을 뒤에 따돌리고 왔으니 내 앞에는 말 못하는 짐승과 새들 외에 사람이라고는 하나도 없었다. 나는 나무 사이를 여기저기 헤매고 다녔다. 곳곳에 이름 모를 식물들이 꽃을 피우고 있었다. 여기저기서 뱀이 모습을 드러냈다. 한 놈은 툭 튀어나온 바위 위에 있다가 나를 보고는 머리를 꼿꼿이 세우고 혓바닥을 날름거리며 마치 팽이가 돌아갈 때 나는 것과 같은 소리를 냈다. 그게 치명적인 독사이고 그 소리가 저 유명한 방울 소리라는 것을 나는 꿈에도 생각지 못했다.

그곳을 지나자 이번에는 위에서 말한 참나무 비슷한 나무가 우거진 숲이 나왔다. 나중에 알고 보니 그것들은 리브참나무 혹은 상록 참나무라 불리는 나무들이었다. 이 나무들은 모래땅을 따라 가시나무처럼 낮게 자라 있었다. 가지가 아주 묘하게 뒤틀려 있고 잎이 무성해서 마치 초가집을 보는 듯했다. 덤불은 모래 둔덕에서 시작해 아래로 내려올수록 점점 키가 커지면서 너른 갈대 습지 입구까지 이어졌다. 작은 강들 가운데 가장 가까이 있는 강이 그 습지를 가로질러 흐르다 정박지로 들어갔다. 늪은 강렬한 태양 아래서 뜨거운 열기를 내뿜었다. 망원경 언덕의 모습이 아지랑이 너머로 어른거렸다.

갑자기 갈대 사이로 부스럭거리는 듯한 소리가 들려오기 시작했다. 들오리 한 마리가 꽉꽉 소리를 지르며 날아오르고 또 한 마리가 날아오르더니 곧이어 새들이 떼를 지어 날아올랐다. 늪지 위를 빙빙 돌며 울어대는 새들 때문에 시커먼 구름이 낀 듯했다. 순간적으로 나는 선원 몇 명이 늪지 근처로 접근하고 있다는 생각이 들었다. 그것은 오해가 아니었다. 바로 다음 순간 먼 곳에서 아주 나지막하지만 사람 말소리가 들려왔기 때문이다. 귀를 기울여 보니 목소리가 점점 커지는 게 그들이 내 쪽으로 다가

오고 있는 게 분명했다.

　나는 더럭 겁이 났다. 나는 가장 가까운 상록 참나무 아래로 기어 들어가 숨을 죽인 채 꼼짝도 않고 엎드려서 들려오는 소리에 귀를 기울였다.

　누군가의 목소리가 응답을 하자 첫 번째 목소리가 다시 얘기를 시작했다. 그게 실버의 목소리라는 것을 알 수 있었다. 그는 아주 오랫동안 이야기를 계속했고 다른 사람의 목소리는 간간이 들릴 뿐이었다. 들리는 소리로 판단하건대 그들은 분명 대단히 진지하게, 거의 격정적이라고 할 수 있을 정도로 이야기를 나누고 있는 것 같았다. 하지만 내용을 알아들을 수는 없었다.

　마침내 대화를 나누던 사람들이 말을 멈추었다. 아마도 자리를 잡고 앉은 것 같았다. 말소리가 더 이상 가까워지지 않았을 뿐 아니라 새들도 조용해지면서 다시 늪지에 내려앉았기 때문이다.

　문득 내가 해야 할 일을 다하지 못하고 있다는 생각이 들었다. 내가 무작정 이 악당들과 함께 해안으로 온 것은 그들이 모의하는 일을 엿듣기 위해서였다. 그러므로 나의 분명하고도 뚜렷한 임무는 우거진 나무 그늘을 이용해 가능한 한 가까이 다가가는 것이었다.

　나는 말을 하는 사람들의 방향을 어느 정도 정확히 분간할 수 있었다. 그들의 목소리도 목소리거니와 그 침입자들의 머리 위로 놀란 새들 몇 마리가 아직도 날고 있는 게 보였기 때문이다.

　나는 바짝 엎드린 채 천천히, 하지만 꾸준히 그들 쪽으로 다가갔다. 그리고 마침내 고개를 들어보니 잎사귀 사이로 늪지 한쪽에 초목이 우거진 작은 골짜기가 있는 게 눈에 들어왔다. 바로 거기에 키다리 실버가 어떤 선원 하나와 얼굴을 맞대고 서서 얘기를 나누고 있었다.

그들 위로 햇살이 환하게 비추고 있었다. 실버가 모자를 바닥에 버려둔 탓에 그의 희고 부드러우며 큰 얼굴이 열기를 받아 반짝거렸다. 그는 그런 자신의 얼굴을 상대방 앞으로 바짝 들이밀고 상대를 설득하고 있었다.

"이봐." 실버가 말했다. "내가 이러는 건 자네를 소중하게 생각하기 때문이야. 소중하게 말이야. 이건 믿어도 돼. 내가 자네를 정말로 좋아하지 않았다면 여기서 이렇게 자네에게 경고를 하고 있을 것 같은가? 일은 이미 끝났어. 자네가 어떻게 할 수 있는 게 아니야. 내 말은 자네 목숨을 아끼라는 거지. 저기 거친 놈들에게 걸리면, 생각해 보게, 톰, 내가 여기서 이러고 있을 것 같은가?"

그러자 다른 사람이 말했다. 그의 얼굴은 벌게져 있었으며 까마귀처럼 거친 목소리가 팽팽하게 잡아당긴 밧줄처럼 떨리고 있었다. "실버, 당신은 나이도 들었고 정직해요. 적어도 그렇게 알려져 있지요. 또 대부분의 불쌍한 뱃놈들과는 달리 돈도 가지고 있어요. 대담하기도 하죠. 적어도 내가 아는 한에서는요. 그런데도 무턱대고 저런 얼간이들이 하자는 대로 하겠다는 얘기예요? 당신은 절대 그럴 사람이 아니에요. 하느님도 아시겠지만 차라리 내 손을 자르고 말지. 만일 내가 반란을…."

그가 말을 멈추었다. 갑자기 시끄러운 소리가 들려왔기 때문이다. 여기 정직한 선원 하나를 발견했는데, 그 순간 또 다른 정직한 선원의 소식이 들려왔다고나 할까. 한참 떨어진 늪지 쪽에서 벌컥 화를 내는 듯한 소리가 들리더니 바로 이어 또 다른 화내는 소리가 들렸다. 그러고는 아주 길고도 끔찍한 비명 소리가 터져 나왔다. 그 소리는 망원경 언덕의 바위에 반사되어 수십 번이나 되울렸다. 늪지의 새들 전부가 다시 날아올라 주위를 빙빙 도는 바람에 하늘이 다시 어두워졌다. 한참이 지나도록, 사방이 조용해지고 새들이 다시 내려앉아 부스럭거리는 소리와 멀리서 들리는 파도 소리만이 오후의 나른함을 방해하는 시간이 될 때까지도 그 죽음의 비명 소리는 내 머릿속에서 여전히 윙윙거렸다.

선원은 그 소리를 듣자 박차를 가한 말처럼 자리에서 벌떡 일어났다. 하지만 실버는 눈도 깜짝하지 않았다. 그는 가볍게 목발을 짚은 채 쥐를 채려고 노리고 있는 뱀처럼 옆에 서 있는 상대방을 노려보며 서 있었다.

"존!" 선원이 손을 내밀며 말했다.

"손 치워!" 실버는 이렇게 소리치며 한 걸음 뒤로 물러섰다. 잘 훈련받은 체조 선수가 아닌가 여겨질 정도로 빠르고 안정감 있는 동작이었다.

상대방이 말했다. "손 치우라면 치우지요, 존 실버. 나를 두려워한다면 그건 도둑이 제 발 저리는 꼴일 뿐이에요. 그런데 저 소리가 도대체 무슨 소린가요?"

"저거?" 실버가 입꼬리에 미소를 흘리며 대답했다. 하지만 커다란 얼굴에 박힌 두 눈이 가느다란 바늘구멍처럼 얇아져서 유리 조각처럼 반짝거리는 게 조금 전보다 더 신경이 곤두선 모습이었다. "저거? 아, 아마 앨런일 거야."
그러자 톰이 마치 영웅이나 되는 것처럼 분개하며 이렇게 소리쳤다.
"앨런이라고? 아, 진정한 선원인 그의 영혼이 안식을 찾기를. 그리고 당신, 존 실버, 당신은 오랫동안 내 친구였지만 이제부터는 아니야. 내가 개죽음을 당한다 해도 당당하게 내 자리를 지키겠어. 당신이 앨런을 죽인 거지? 그렇지 않나? 어디 나도 죽여 봐. 할 수 있다면 말이야. 당신 뜻대로는 안 될 거야."
이 말을 끝으로 이 용감한 친구는 요리사에게 등을 홱 돌리고 해안을 향해 걸어가기 시작했다. 하지만 그는 그리 멀리 가지 못했다. 끙 하는 소리와 함께 나뭇가지를 잡은 실버가 겨드랑이에 끼고 있던 목발을 재빨리 빼내서는 톰에게 집어 던졌다. 이 무식한 무기는 휙 소리를 내며 공중을 날아가 끝 부분으로 톰의 등 한복판 양어깨 사이를 강타했다. 톰이 컥 소리를 내더니 손을 허우적거리며 땅에 쓰러졌다.
그가 얼마나 심하게 다쳤는지 알 길은 없었다. 그가 낸 소리로 보아 아마도 그의 등뼈가 그 자리에서 부러진 게 아닌가 짐작할 뿐이었다. 하지만 그에게는 회복할 수 있는 시간이 주어지지 않았다. 바로 다음 순간 한쪽 다리도 없고 목발도 없었지만 실버가 원숭이처럼 재빨리 그에게 달려들었던 것이다. 그러고는 무방비 상태인 그의 몸에 칼을 두 번이나 깊숙이 찔러 넣었다. 그가 칼을 꽂으며 내뿜는 거친 숨소리가 내가 숨어 있는 곳에서도 들렸다.
나는 기절한다는 게 어떤 것인지 정확히 알지 못한다. 하지만 그때 잠깐 동안 내 앞에 있는 온 세상이 마치 안개의 소용돌이처럼 빙글빙글 돌았다는 사실은 안다. 실버와 새들과 높다란 망원경 언덕이 내 눈앞에서 빙글빙글 돌았다. 온갖 종류의 종들이 머릿속에서 뎅뎅거리고 어디에서 들리는지 알 수 없는 외침들이 귓가를 맴돌았다.

다시 정신을 차려보니 그 악마는 이미 몸을 추스른 후였다. 겨드랑이에는 목발을 끼고 머리에는 모자를 쓰고 있었다. 그의 앞쪽 풀밭 위에 톰이 아무런 움직임도 없이 쓰러져 있었다. 하지만 그 살인자는 눈 하나 깜짝하지 않고 피 묻은 칼을 풀잎에 슥슥 문질러 닦았다. 달라진 건 하나도 없었다. 무심한 태양은 여전히 찌는 듯한 늪지와 높다란 언덕 꼭대기를 비추고 있었다. 바로 조금 전 내 눈앞에서 살인이 자행되었고 무고한 한 사람이 짧은 생을 마감했다는 사실이 도무지 믿어지지가 않았다.

그때 존이 주머니에 손을 넣어 피리를 하나 꺼내더니 일정한 음률로 서너 번 불었다. 그 소리는 뜨거운 대기를 뚫고 멀리까지 퍼져 나갔다. 물론 나는 그 신호의 의미를 몰랐지만 그 소리에 퍼뜩 두려움이 되살아났다. 더 많은 사람들이 몰려올 것이다. 그러면 발각될지도 모른다. 저들은 이미 무고한 사람 둘을 죽였다. 톰과 앨런. 그다음이 나라면 어떡하지?

나는 즉시 그 자리를 벗어나기 위해 최대한 빨리 그리고 최대한 조용히 장애물이 적은 쪽을 향해 뒤쪽으로 기어가기 시작했다. 그러는 사이 늙은 해적과 그의 동료들이 서로 부르는 소리가 들렸고, 위험을 느낀 나는 바람처럼 빨리 움직였다. 덤불에서 빠져나오자마자 나는 죽을 힘을 다해 달렸다. 저 살인자들에게서 멀어질 수만 있다면 방향은 아무 상관 없었다. 달리면 달릴수록 두려움이 점점 더 커져서 나는 거의 미치기 일보 직전이었다.

  사실 당시의 나보다 더 혼란스러운 상황이 어디 있겠는가? 만일 배에서 총을 쏴서 돌아오라는 신호를 한다 해도 내가 감히 저 악마 같은 놈들과 함께 배를 탈 엄두를 낼 수 있을까? 저놈들 가운데 누구든 나를 보기만 하면 내 목을 가볍게 비틀어버리지 않을까? 저놈들은 내가 보이지 않는다는 사실 자체를 내가 그들을 경계하고 있다거나 뭔가를 알고 있다는 증거로 여기지 않을까? 이제 모든 게 끝장이라는 생각이 들었다. 히스파니올라 호도, 지주 어른도, 의사 선생도, 선장님도, 이제 더 이상 볼 수 없을 것이다. 이제 내게 남은 건 굶어 죽거나 반란자들의 손에 죽는 것뿐이었다.

  이런 생각을 하는 와중에도 나는 계속 달리고 있었고 그러다 보니 나도 모르는 사이 두 개의 봉우리가 있는 작은 언덕 밑에 와 있었다. 이곳의 리브참나무들은 다른 곳보다 더 띄엄띄엄 서 있고 좀 더 숲에 어울리는 크기와 형태를 갖추고 있었다. 그 사이사이에 50피트 혹은 70피트 높이의 소나무들이 섞여 있었다. 공기도 저 아래쪽 늪지보다 훨씬 상쾌했다.

  그리고 바로 그곳에서 내 심장을 쿵쾅거리게 하고 나를 얼어붙게 한 새로운 사건이 기다리고 있었다.

15장
무인도의 한 남자

이쪽 언덕은 가파른 돌투성이였다. 갑자기 언덕 중턱에서 돌 한 무더기가 와르르 쏟아져 내리며 나무를 덮쳤다. 반사적으로 그쪽으로 눈길을 돌렸더니 어떤 물체 하나가 소나무 뒤로 잽싸게 숨는 게 보였다. 그게 곰인지 사람인지 아니면 원숭이인지는 전혀 분간되지 않았다. 단지 검은색에 털이 수북하게 자랐다는 것만 알아볼 수 있었다. 하지만 유령 같은 이 새로운 존재가 주는 공포로 나는 멈춰 서지 않을 수 없었다.

나는 이제 양쪽으로 포위돼 버린 것만 같았다. 뒤에서는 살인자들이 쫓아오고 앞에는 알 수 없는 무언가가 웅크리고 있었다. 하지만 나는 즉시 모르는 위험보다 아는 위험을 선택했다. 앞쪽 숲에 숨어 있는 존재보다는 실버가 차라리 덜 위험하게 여겨졌다. 그래서 나는 발길을 돌려 보트가 있는 방향으로 오던 길을 되돌아가기 시작했다. 하지만 등 뒤편을 예리하게 살펴보는 것도 잊지 않았다.

그 물체는 즉시 모습을 다시 드러냈다. 그것은 커다란 원을 그리며 내가 가는 길을 막아서기 위해 움직였다. 나는 완전히 기진맥진한 상태였다. 그리고 아주 쌩쌩한 상태였다 하더라도 저런 상대보다 빨리 움직이려고 하는 것이 얼마나 부질없는 일인지 깨닫게 될 뿐이었을 것이다. 나무에서 나무로 그것은 마치 사슴처럼 날쌔게 움직였다. 두 다리로 달리는 걸 보면 사람 같기도 하지만 달릴 때 몸을 거의 절반 정도 구부리는 것을 보면 이제껏 내가 보아온 사람의 모습과는 전혀 달랐다. 하지만 그럼에도 그것은 사람이 분명했다. 여기에 대해서는 의심의 여지가 없었다.

갑자기 사람을 먹는다는 식인종 얘기가 떠올랐다. 살려 달라고 외치고 싶은 생각이 굴뚝같았다. 하지만 아무리 야만적이라 해도 저건 사람이라는 바로 그 사실이 나를 어느 정도 안심시켰고, 그에 비례해서 실버에 대한 두려움은 커지기 시작했다. 그래서 나는 그 자리에 가만히 서서 어떻게 도망칠까 궁리하기 시작했다. 그렇게 생각하던 중 문득 내게 권총이 있다는 사실이 떠올랐다. 내가 완전히 무방비 상태가 아님을 깨닫자마자 마음속에 용기가 솟아났다. 나는 대담하게 그 섬 남자를 똑바로 쳐다보며 뚜벅뚜벅 걸어갔다.

그는 이번에는 어떤 나무둥치 뒤에 숨어 있었다. 하지만 나를 자세히 지켜보고 있는 게 틀림없었다. 내가 그를 향해 걷기 시작하자 바로 모습을 드러내고 나를 향해 걸어왔기 때문이다. 하지만 그는 머뭇거리며 뒤로 물러서다가 다시 앞으로 나왔다. 그러더니 너무나 놀랍고 당황스럽게도 갑자기 털썩 무릎을 꿇더니 애원하듯이 맞잡은 손을 앞으로 내밀었다.

이런 행동에 나는 걸음을 멈추었다.

"당신은 누구세요?" 내가 물었다.

"벤 건." 그가 대답했다. 그의 목소리는 거칠고 이상하기까지 해서 마치 녹슨 자물쇠에서 나는 소리 같았다. "나는 불쌍한 벤 건이야. 벤 건. 마지막으로 사람과 말을 나누어본 게 벌써 삼 년 전이야."

그제서야 나는 그가 나와 마찬가지로 백인이란 걸 알 수 있었다. 그러자 그의 외모조차 친근해 보이기 시작했다. 밖에서 보이는 그의 피부는 햇볕에 갈색으로 그을려 있었다. 심지어는 입술까지도 검은색이었다. 놀랍게도 그렇게 검은 얼굴에서도 맑은 눈만은 반짝반짝 빛나고 있었다. 그 정도로 누더기 옷을 입은 사람을 나는 본 적도 없고 심지어는 상상조차 한 적이 없었다. 그는 낡은 돛과 오래된 선박용 천 쪼가리를 얼기설기 기워서 몸에 걸치고 있었다. 그 괴상망측한 누더기는 구리 단추며 나무 막대, 기름 낀 바지에서 나온 끈 등 서로 전혀 어울리지 않는 여러 가지 도구들을 이용해 만든 것이었다. 허리에는 낡은 구리 버클이 달린 허리띠를 차고 있었다. 그의 옷차림에서 유일하게 온전한 것이었다.

"삼 년이나!" 내가 소리쳤다. "조난당한 건가요?"

"아니. 버려졌어." 그가 대답했다.

이 말은 나도 들어본 적이 있다. 버린다는 것이 해적들이 흔히 사용하는 지독한 처벌 가운데 하나라는 것을 나도 알고 있었다. 그것은 약간의 총알과 화약만 주고 죄지은 사람을 외딴 무인도에 남겨 놓는 것을 뜻했다.

그가 말을 계속했다. "삼 년 전에 버려졌지. 그간 산양을 잡아 먹거나 딸기나 굴 따위를 따 먹고 살았어. 사람은 어디서든 혼자 살아남을 수 있다는 게 내 생각이야. 그래도 말이야, 얘야, 제대로 된 음식이 너무나 그립긴 하단다. 혹시 지금 치즈 조각 같은 거 없니? 없어? 길고 긴 밤 동안 치즈 꿈을 꾼 게 한두 번이 아닌데. 주로 구운 치즈였지. 그러다 깨곤 했어. 그리고 지금껏 이렇게 살아왔어."

내가 대답했다. "제가 혹시라도 배로 돌아가게 되면 꼭 큼지막한 치즈 덩어리를 드릴게요."

말을 하는 내내 그는 내 옷을 만지고 내 손을 잡고 내 신발도 살폈다. 말을 하는 중간 중간 그가 보이는 감정은 대체로 친구를 만난 어린아이의 반가움 같은 것이었다. 하지만 내 마지막 말을 듣자 그는 깜짝 놀라더니 얼굴에 생기가 돌며 머리를 굴리기 시작했다.

그가 내게 되물었다. "혹시라도 다시 배로 돌아가게 된다면이라고 했니? 왜, 누가 방해라도 하는 거냐?"

"그게 당신이 아니란 건 분명해요." 나는 이렇게 대답했다.

"그렇고말고." 그가 소리쳤다. "그런데 이봐 친구, 네 이름은 뭐냐?"

"짐이에요." 내가 말했다.

"짐이구나, 짐." 내 대답에 기분이 좋아졌는지 그가 내 이름을 불러보았다. "이봐, 짐, 난 말야, 네가 들으면 정말 끔찍하다 싶을 정도로 어려운 생활을 해왔어. 네가 보기에는 내게 신앙심 깊은 어머니가 있을 것 같지 않지?"

"뭐, 그렇게 볼 이유가 별로…."

그러자 그가 대답했다. "그렇겠지. 하지만 내게도 정말 신앙심 깊은 어머니가 계셨단다. 나 또한 착하고 종교적인 아이였어. 네가 무슨 말인지 알아듣지도 못할 정도로 빠르게 교리문답을 할 수 있을 정도였으니까. 그런데 지금 이런 꼴이 된 건 다 신성한 묘지에서 동전 던지기 놀이를 해서 그런 거야. 그렇게 시작됐어. 문제는 거기서 끝난 게 아니라는 거지. 독실한 신자였던 우리 어머니는 그러다 천벌 받는다고 얘기했었어. 지금의 상황을 예언했던 거야. 하지만 내가 여기 오게 된 것도 다 하느님의 뜻이야. 이 섬에서 홀로 지내면서 나는 내내 그런 생각을 했어. 다시 하느님의 품으로 돌아간 거지. 이제 럼주도 많이 마시지 않을 거야. 혹시 술 마실 기회가 생긴다면 맨 처음 한 번은 작은 잔으로 한 잔 정도는 해야겠지. 난 이제 제대로 살아야겠다고 굳게 마음먹었거든. 충분히 그렇게 할 수 있어. 왜냐하면 짐." 그가 주위를 둘러보고는 나지막하게 속삭였다. "난 부자거든."

그의 말을 듣고 있자니 나는 그가 외롭게 지내더니 마침내 정신이 이상해졌구나 하는 생각이 들었다. 그리고 이런 속마음이 내 얼굴에 드러난 게 분명했다. 그가 몇 번이나 내게 자신이 한 말을 되풀이했기 때문이다. "난 부자야. 난 부자라고. 정말이야. 하나 더 얘기해 줄까, 짐? 내가 너를 신사가 되게 해줄게. 아, 짐, 넌 정말 엄청난 행운을 잡은 거야. 네가 나를 처음으로 발견한 사람이니까 말이야."

이 말을 하는데 갑자기 그의 얼굴에 어두운 그림자가 내려앉았다. 그는 내 손을 단단히 붙잡고 검지를 들어 위협하듯이 내 눈앞으로 내밀었다.

"자, 짐, 이제 말해 보아라. 저 배가 혹시 플린트의 배는 아니겠지?" 그가 물었다.

이 말을 듣자 퍼뜩 어떤 영감이 머리를 스치고 지나갔다. 이 사람은 분명 우리 편이라는 생각이 들었다. 그래서 곧바로 그의 물음에 답했다.

"저건 플린트의 배가 아니에요. 플린트는 죽었어요. 하지만 제게 물으셨으니 하는 얘긴데, 분명한 건 저기에 플린트의 부하들이 타고 있다는 거예요. 우리 편에게는 정말 불행한 일이지만요."

그가 헉하고 숨을 들이쉬며 물었다. "혹시 다리가 하나밖에 없는 남자?"

"실버 말이에요?"

"맞아 실버. 그게 그 녀석 이름이었지."

"그 사람은 요리사예요. 저쪽 주모자이기도 하고요."

이 말을 듣고 내 손을 꼭 쥐고 있던 그의 손에 더욱 힘이 들어갔다.

"만일 실버가 너를 보냈다면 나는 죽은 목숨이나 다름없겠지. 그건 분명해. 그런데, 그럼 너는 어떻게 여기 오게 된 거니?"

나는 그 즉시 그에게 모든 것을 털어놓기로 결심했다. 그래서 그의 물음에 대한 대답으로 우리가 어떻게 항해를 시작하게 되었는지, 그리고 지금 어떤 어려움에 처해 있는지 등 모든 것을 말했다. 그는 내가 하는 말에 대단히 깊은 관심을 보였다. 그리고 내가 말을 마치자 내 머리를 쓰다듬으며 이렇게 말했다.

"짐, 너는 좋은 편 사람이고 지금 너희 편이 궁지에 몰려 있는 거지? 그렇지? 그렇다면 이 벤 건을 한번 믿어봐라. 벤 건이 이 일을 해결할 테니까. 그런데 네가 보기에는 그 지주 양반이 도움을 받고 나면 통 크게 뭔가 보답을 할 사람인 것 같으냐? 네 말대로 지금 궁지에 몰려 있는 상황이니 말이야."

나는 그에게 지주가 굉장히 손이 큰 사람이라고 얘기해 주었다.

그러자 벤 건이 대답했다. "좋았어. 근데 말이야, 짐, 내가 말하는 건 수위직이나 빳빳한 제복, 뭐 그런 걸 말하는 게 아니야. 내 말뜻은 거금을 선뜻 내놓을 것 같으냐, 이를테면 자기 돈에서 천 파운드 정도를 내놓을 것 같으냐 이 말이지."

이 질문에 나는 이렇게 대답했다. "그럼요. 틀림없이 그럴 거예요. 사실 모든 선원들이 돈을 나눠 갖기로 했어요."

"그리고 한 가지 더. 집으로 데려다 주는 것도 포함하겠지?" 이 말을 하는 그의 표정은 교활해 보이기까지 했다.

내가 대답했다. "당연하죠. 지주는 신사예요. 더구나 저쪽 사람들을 없애고 나면 배를 움직이기 위해서라도 당신의 도움이 당연히 필요하죠."

"아, 그렇겠군." 그는 상당히 마음이 놓이는 눈치였다.

그러자 그는 계속해서 이렇게 말했다.

"그럼 내가 조금 더 얘기해 주지. 딱 이 정도까지만 얘기해 줄게. 플린트가 보물을 숨길 때 나는 그의 배를 타고 있었어. 플린트하고 여섯 명이 함께 갔지. 힘센 선원 여섯이 말이야. 그들은 거의 일주일 정도 뭍에 머물렀고, 그동안 우리가 타고 있던 월러스라는 배는 해안 근처에 정박하고 있었어. 날씨가 좋던 어느 날

신호가 왔어. 그러더니 플린트 혼자서 보트를 타고 오는 거야. 머리에는 푸른색 천을 두르고 말이야. 해는 점점 떠오르는데 뱃머리에 보이는 그의 모습은 아주 창백했어. 어쨌거나 주목할 점은 그는 거기에 있고 나머지 여섯 명은 모두 죽어 땅에 묻혔다는 거지. 배에 있던 우리들 가운데 플린트가 어떻게 한 건지 아는 사람은 아무도 없었지. 싸움이나 살인, 아니면 갑작스러운 죽음, 뭐 이런 거였을 텐데, 그 혼자서 여섯 명을 해치운 거야. 당시 빌리 본즈가 항해사였고 키다리 존이 키잡이였는데 둘이 그에게 보물은 어디 있느냐고 물었지. 그러자 그가 입을 열었어. '아, 원한다면 육지에 내려서 거기 있어도 좋아. 하지만 빌어먹을 배는 다른 일을 하러 가고 없을 테니까 알아서들 해!' 이게 그의 대답이었어.

이후 나는 다른 배를 탔는데, 삼 년 전에 우연히 이 섬을 보게 됐어. 그래서 내가 말했지. '이봐, 저기 플린트의 보물이 있어. 우리 내려서 찾아보는 게 어때?' 선장은 탐탁지 않게 생각했지만 같은 배 동료들은 다들 나랑 같은 생각이어서 배에서 내렸지. 십이 일 동안 보물을 찾아 헤맸는데 날이 갈수록 내게 건네는 말들이 거칠어지더니 결국 어느 날 아침 다들 배로 가버렸어. 그러면서 나보고 이렇게 말했지. '벤자민 건, 여기 총 한 자루하고 삽, 곡괭이를 두고 갈 테니까 너는 여기 살면서 플린트의 보물이나 실컷 찾아봐라.'

짐, 그렇게 해서 나는 여기에서 삼 년을 살았단다. 그날부터 지금까지 식사다운 식사라고는 구경도 못했고. 하지만 잘 봐라. 날 봐. 내가 그냥 평범한 선원처럼 보이니? 그렇게 안 보이지? 맞

아. 난 그냥 선원이 절대 아니거든."

이 말과 함께 그는 내게 윙크를 하며 내 팔을 세게 꼬집었다.

그는 계속해서 이렇게 말했다.

"지주에게 가서 이렇게 말하거라. 그 사람은 절대 평범한 선원이 아니에요, 이렇게 말이야. 그 사람은 이 섬에서 삼 년을 보냈어요. 낮에도 밤에도 비 오는 날에도 갠 날에도. 때로는 기도를 하고 때로는 늙으신 어머니를 생각하기도 했다고 말하거라. 부디 살아 계시길! 하지만 꼭 이렇게 말해야 한다. 건은 대부분의 시간을 다른 일을 하면서 보냈다고 말이야. 그러면서 지금 내가 하는 것처럼 한 번 세게 꼬집어주어라."

그러면서 그는 다시 한 번 아주 은밀한 얘기를 하듯 나를 꼬집었다.

그가 계속해서 말했다. "그리고 나서 분명히 이렇게 말하거라. 건 씨는 좋은 사람이라고. 그리고 그 자신도 해적이었지만 해적들보다는 진짜 신사를 '황금을 보듯' 신뢰한다고 전해라. 꼭 '황금을 보듯'이라고 해야 한다."

내가 대답했다.

"무슨 말인지 하나도 모르겠네. 어쨌거나 지금은 그게 문제가 아니에요. 배로 가야 하는데, 어떻게 하죠?"

그러자 그가 말했다. "그렇지. 지금은 그게 문제지. 저기 내 보트가 있다. 내가 이 두 손으로 만든 거지. 하얀 바위 아래 숨겨놓았어. 만일의 경우에는 그걸 사용하기로 하자."

그 순간 그가 갑자기 소리쳤다. "이키, 저게 무슨 소리지?"

그건 바로 그 순간 들린 대포 소리 때문이었다. 해가 지려면 아직 한두 시간 정도는 남아 있었다. 그 천둥 같은 소리에 온 섬이 깨어나 커다란 되울림을 만들어냈다.

나는 그에게 이렇게 소리쳤다. "드디어 싸움이 시작됐나 봐요. 날 따라오세요."

나는 두려움을 까맣게 잊고 배를 댄 곳을 향해 달려가기 시작했다. 양가죽을 뒤집어쓰고 검게 그을린 그 남자는 가뿐한 몸놀림으로 나를 따라왔다.

"왼쪽, 왼쪽!" 그가 말했다. "짐, 계속 왼쪽 길로 가. 그 나무 아래로! 저기가 내가 처음 산양을 잡은 데야. 산양들은 이제 여기까지 내려오지 않아. 벤자민 건이 무서워서 다들 저 산꼭대기로 숨었지. 아, 그리고 저기가 무덤이야." 아마 그가 말하려던 건 무덤이었을 것이다. "저기 흙더미 보이지? 일요일일 거라고 생각되는 날에 가끔 여기에 와서 기도를 했어. 뭐 딱히 교회는 아니지만 훨씬 더 엄숙하게 말이야. 하지만 벤 건에게는 모든 게 부족했어. 신부님도 없고, 심지어는 성경이나 휘장도 없었으니까."

내가 달리는 동안 그는 쉴 새 없이 지껄여 댔다. 나는 아무 대꾸도 하지 않았다. 그 또한 내 대답을 바라는 것 같지는 않았다.

대포 소리가 들리고 난 후 이번에는 꽤 오랫동안 총 쏘는 소리가 들려왔다.

잠시 후 다시 정적이 찾아왔다. 그런데 그때 저기 4분의 1마일 정도 앞쪽 나무 위로 갑자기 영국 국기가 펄럭이는 것이 보였다.

4부

방책(防柵)

16장
배를 버리다―의사의 이야기

 사람들이 보트 두 대에 나눠 타고 히스파니올라를 떠나 뭍으로 향한 건 뱃사람들 용어로 종이 세 번 울렸을 때, 그러니까 한 시 반 정도 되었을 때의 일이다. 그때 선장과 지주, 나 이렇게 세 사람은 선실에서 대책을 상의하고 있었다. 만일 당시 바람이 조금이라도 불었더라면 우리는 배에 남은 여섯 명의 반란자들을 때려눕히고 닻을 올려서 떠나버렸을 것이다. 하지만 애석하게도 바람이 전혀 불지 않았다. 설상가상으로 헌터가 내려와 짐 호킨스가 몰래 보트에 타고 다른 선원들과 함께 뭍으로 갔다는 소식을 전하는 게 아닌가.
 짐 호킨스를 의심한다든가 하는 생각은 전혀 들지 않았다. 다만 그의 안전이 염려될 뿐이었다. 선원들의 지금 분위기로 보아 우리가 다시 그 녀석을 보게 될 확률은 반반이었다. 우리는 얼른 뱃전으로 달려갔다. 널빤지 사이에서 역청(瀝靑)이 보글거리고 있었다. 거기서 풍기는 역겨운 냄새 때문에 속이 울렁거렸다. 만일 열병이나 이질의 냄새를 맡을 수 있는 곳이 있다고 한다면, 이 끔찍스러운 정박지야말로 바로 그런 곳이었다. 여섯 명의 패거리는 앞쪽 갑판 돛 아래에 모여 앉아 투덜거리고 있었다. 뭍으로 간 보트들은 강 어귀에 단단히 매여 있었고 각기 한 명씩 보트를 지키고 있었다. 그 가운데 하나는 휘파람으로 「릴리벌리로」를 불고 있었다.

기다리려니 조바심이 났다. 결국 헌터와 내가 작은 배를 타고 뭍에 올라 일이 돌아가는 상황을 확인해 보기로 했다.

먼저 떠난 보트들은 오른쪽으로 갔지만 헌터와 나는 해도에 나온 방책을 목표로 곧장 앞으로 갔다. 보트를 지키기 위해 남은 두 선원은 우리가 나타나자 당황한 모양이었다. 「릴리벌리로」를 불던 선원은 휘파람을 멈추었다. 두 사람이 어떻게 할지 상의하는 모습이 보였다. 그들이 얼른 실버에게 달려갔다면 모든 일이 달라졌을지도 모르겠다. 하지만 나름대로 지시를 받은 바가 있는지 그들은 원래 앉았던 자리로 돌아가더니 다시 「릴리벌리로」를 불기 시작했다.

해안에는 약간 튀어나온 부분이 있었으므로 나는 그 반대편으로 갔다. 상륙 전부터 그들의 모습은 내 시야에서 사라지고 없었다. 나는 배에서 뛰어내려 최대한 빨리 뛰었다. 더위를 피하기 위해 모자 밑에는 커다란 실크 손수건을 댔고 안전을 위해 화약을 잰 총 두 자루를 손에 들었다.

방책이 있는 곳까지는 채 백 야드도 되지 않았다.

방책의 모습은 이러했다. 언덕 정상 근처에 깨끗한 물이 솟는 샘이 있었다. 언덕 위인 데다 샘도 끼고 있었으므로 사람들은 거기에 튼튼한 통나무집을 지었다. 스무 명 정도의 사람들이 긴급할 때 피신할 수 있을 정도의 공간이었으며 양쪽에는 총을 쏘기 위한 구멍도 뚫려 있었다. 주변에는 넓은 공터가 있었고 거기에 6피트 높이의 울타리까지 설치되어 있어서 완벽하다고 할 수 있었다. 문도 없고 터진 곳도 없으며 엔간한 시간이나 노력에는 끄떡도 않을 정도로 튼튼했다. 주변이 탁 트여 있어 포위하는 사람들이 숨을 곳도 없었다. 통나무집에 있는 사람들은 모든 점에서 유리했다. 숨을 죽이고 그늘에 숨어 있다가 새를 사냥하듯 적에게 총을 쏘면 그만이었다. 필요한 것은 오직 음식과 날카로운 경계뿐이었다. 완벽히 기습을 당하지만 않는다면 연대(聯隊)가 쳐들어와도 방어할 수 있을 정도였다.

특히 샘이 있다는 사실이 내 맘에 꼭 들었다. 히스파니올라 호의 선실에는 충분한 양의 총과 화약, 먹을 것들, 그리고 상품(上品)의 포도주가 있었지만 한 가지가 부족했다. 그건 바로 물이었다. 이런 생각을 하고 있을 찰나, 갑자기 죽어가는 사람의 비명 소리가 온 섬에 울려 퍼졌다. 잔인한 죽음이란 내게 낯선 일이 아니었다. 컴벌랜드 공작을 따라 전쟁에 참가하기도 했고 퐁트누아 전투에서는 나 자신이 부상을 당하기도 했다. 하지만 지금의 경우엔 가슴이 철렁 내려앉았다고 말하지 않을 수 없다. 맨 처음 든 생각이 '짐 호킨스가 죽고 말았구나.' 하는 것이었기 때문이다.

전투에 참가한 경험이 있다는 것은 대단한 일이다. 하지만 더 대단한 일은 내가 의사였다는 사실이다. 나는 즉각 결정을 내린 다음 조금도 머뭇거리지 않고 바로 해안으로 가서 작은 보트에 올라탔다.

다행히도 헌터는 노를 잘 저었다. 우리는 나는 것처럼 물결을 헤치고 나아갔다. 순식간에 보트는 배에 도착했고 나는 얼른 배에 올랐다.

예상했던 대로 모두 당황한 모습이었다. 지주는 백지장 같은 얼굴로 앉아서 우리를 사지에 몰아넣은 게 아닌가 생각하고 있었다. 정말 선량한 사람 아닌가! 그런데 일반 선원 여섯 가운데서도 그와 거의 비슷한 표정을 보이는 사람이 하나 있었다.

그를 가리키며 스몰릿 선장이 말했다. "의사 선생, 저기 저 사람 비명 소리를 듣더니 거의 기절할 듯했어요. 잘만 하면 우리 편이 될 것 같은데요."

나는 선장에게 내 계획을 말했고 우리는 구체적으로 어떻게 행동할지를 논의했다.

우리는 레드러스에게 장전이 된 총 서너 자루와 총알을 막기 위한 매트를 주고는 선실과 앞쪽 갑판 사이에 있는 통로를 지키게 했다. 헌터에게는 보트를 고물 쪽으로 끌고 오라고 했다. 나는 조이스와 함께 탄약통과 총, 비스킷 자루, 돼지고기 포대, 코냑 상자, 그리고 너무나 소중한 내 의약품 가방을 보트에 싣기 시작했다.

그사이 지주와 선장은 갑판에 있다가 선장이 아까 봐두었던 키잡이를 손짓해 불렀다. 현재 배에 있는 선원들 가운데 가장 고참 선원이었다.

선장이 말했다. "핸즈 씨, 우리 두 사람은 모두 손에 총을 들고 있소. 당신네 여섯 명 가운데 어느 누구라도 신호를 보내려는 허튼짓을 한다면 죽을 줄 아시오."

그들은 깜짝 놀란 게 틀림없었다. 그리고는 서로 뭔가 쑥덕대더니 우당탕거리며 아래에 있는 통로 쪽으로 몰려갔다. 우리 뒤편으로 돌아와 덮치려는 속셈이 뻔했다. 하지만 반달 지붕 모양 통로에 레드러스가 버티고 있는 것을 발견하고는 다시 갑판으로 돌아와 머리를 내밀었다.

"내려가!" 선장이 개에게 명령하듯 소리쳤다.

그러자 머리들이 쏙 들어갔다. 그리고는 간이 콩알만 해진 여섯 선원들로부터는 더 이상 아무런 소리도 들리지 않았다. 처음 있는 일이었다.

이때쯤 해서 마구잡이로 짐을 싣는 우리 일도 거의 끝이 나서 작은 보트에는 더 이상 들어갈 여지가 없을 정도였다. 조이스와 나는 고물을 통해 내려와 최고 속력으로 해안을 향해 노를 젓기 시작했다.

이 두 번째 상륙은 해안에서 지켜보던 놈들에게 상당한 경계심을 불러일으킨 것 같았다. '릴리벌리로'가 노래를 그쳤다. 그리고 우리가 돌출 부분을 돌아서 그들의 시야에서 사라지려고 하는 순간 그들 중 하나가 배에서 홀쩍 뛰어내리더니 어디론가 사라지는 게 보였다. 계획을 바꿔서 그들의 보트를 부숴버릴까 하는 충동이 강하게 일었지만 혹시라도 실버나 그 일당이 아주 가까이 있다면 너무 잘하려다가 모든 일을 망치게 될까 봐 두려웠다.

우리는 곧 이전에 상륙했던 자리에 다시 상륙했다. 그리고는 저장품들을 요새로 나르기 시작했다. 우선 세 사람 모두 무거운 짐을 들고 요새로 가서 울타리 너머로 짐을 던져 넣었다. 그리고 조이스만 남아서 짐을 지키게 하고 나와 헌터는 다시 보트로 돌아가 한 번 더 짐을 부렸다. 남은 사람은 한 명뿐이었지만 총은 여러 자루 남겼다. 이렇게 숨 쉴 틈 없이 작업을 해서 모든 짐을 내린 후 하인 두 명에 요새를 지키게 하고 나는 다시 노를 저어 히스파니올라 호로 돌아갔다.

다시 보트로 물건들을 실어 나르려는 시도를 무모하다고 생각할 사람들도 있겠지만, 실제로는 생각만큼 위험하지 않았다. 저쪽 편이 우리보다 숫자는 물론 많았지만 무기로는 우리가 더 우세했다. 해안에 상륙한 패거리 가운데 장총을 갖고 있는 놈은 하나도 없었다. 그러므로 그놈들이 권총을 쏠 만한 거리로 접근할 때까지 우리는 적어도 대여섯 발의 총알을 녀석들에게 먹일 수 있었다.

지주는 고물 창가 아래에서 나를 기다리고 있었다. 창백함은 이미 사라지고 없었다. 그가 밧줄을 받아서 단단히 붙들어 매자 우리는 생필품들을 배에 옮겨 싣기 시작했다. 화물은 돼지고기, 화약, 비스킷 따위였다. 그 외에는 지주와 나, 그리고 레드러스가 각각 하나씩 갖고 있는 총이 전부였다. 나머지 무기와 화약은 깊이가 두 길 반 정도인 바다에 던져버렸다. 깊은 물속 깨끗한 모랫바닥 위에서 햇빛에 비친 날카로운 쇠붙이가 반짝이는 게 보였다.

그즈음 썰물이 시작되었다. 배가 닻줄 쪽으로 빙 돌았다. 뭍에 있는 보트 두 척이 있는 방향에서 뭐라고 외치는 소리가 희미하게 들려왔다. 조이스와 헌터가 있는 쪽은 한참 동쪽이었으므로 한편으로 안심은 되면서도 다른 한편으로는 얼른 출발해야 한다는 조바심이 났다.

통로에 있던 레드러스가 뒤로 나와 보트에 올랐다. 우리는 스몰릿 선장이 쉽게 오를 수 있도록 보트를 고물에 갖다 댔다.

선장이 말했다.

"어이, 거기, 내 말 들리나?"

앞 갑판에서는 아무런 대답도 들리지 않았다.

"자네, 에이브러햄 그레이, 자네에게 하는 말이야."

여전히 아무런 대답도 없었다.

스몰릿 선장이 조금 더 목청을 높여서 말했다. "그레이, 나는 지금 배를 떠난다. 선장으로 명령하는데 나를 따라와라. 네가 근본적으로는 좋은 사람이란 걸 잘 안다. 거기 있는 사람들 모두가 실제로는 그렇게 나쁜 놈들이 아니란 것도 잘 알지. 여기 내 손에 시계가 들려 있다. 삼십 초 줄 테니까 그 전에 이편으로 합류해라."

잠시 침묵이 흘렀다.

선장이 다시 말했다. "이리 와, 이 친구야. 너무 그렇게 머뭇거리지 말고. 지금 이 일분일초에 나와 여기 신사분들은 목숨을 걸었다는 거, 알기나 하나?"

갑자기 몸싸움하는 소리와 주먹질 소리가 들리더니 뺨에 칼자국이 있는 에이브러햄 그레이가 뛰쳐나와 마치 호각 소리를 듣고 달려오는 개처럼 선장에게 달려왔다.

"저도 함께 가겠습니다, 선장님." 그가 말했다.

다음 순간 그와 선장이 보트로 뛰어내렸다. 그리고 우리는 신속하게 출발했다.

우리는 배에서는 멀어졌지만 아직 해안 요새에 도착하지는 못한 상태였다.

17장
소형 보트의 마지막 항해―이어지는 의사의 이야기

이 다섯 번째 항해는 예전과는 많은 차이가 있었다. 우선 우리가 타고 있던 손바닥만 한 보트에는 너무 많은 짐이 실려 있었다. 성인이 다섯 명인데 그중 세 명인 트렐로니와 레드러스, 선장은 6피트 이상의 거구들이었으니 이것만으로도 보트가 감당할 수 있는 무게를 넘는 것이었다. 거기에 화약과 돼지고기, 식품 포대 들을 더해 보라. 파도가 고물 뱃전 위로 넘실거렸다. 몇 번이나 바닷물이 뱃전을 넘어오는 바람에 채 백 야드를 가기도 전에 나는 바지와 외투가 흠뻑 젖고 말았다.
 선장이 짐을 이리저리 옮기게 하자 보트는 어느 정도 균형을 되찾았다. 하지만 우리는 여전히 보트가 가라앉지는 않을까 걱정스러웠다.
 더구나 지금은 물이 써는 시간이었다. 만을 거쳐 나온 물길은 서쪽 방향으로 강하게 흘러갔다. 그런 다음 우리가 아침에 들어간 만 입구 쪽을 지나고 나서 다시 남쪽으로, 즉 바다 쪽으로 흘러갔다. 짐을 너무 많이 실어서 물이 자꾸 뱃전을 넘어오는 것도 문제이긴 했지만 그보다 더 심각한 문제는 다른 데 있었다. 우리가 자꾸 정해진 항로에서 벗어나 곶 너머에 있는 우리의 상륙 지점에서 자꾸 멀어진다는 사실이었다. 만일 물결이 이끄는 대로 흘러간다면 우리는 해적들이 탔던 보트가 있는 곳으로 갈 판이었다. 그곳은 해적들이 언제 나타날지 모르는 곳이었다.

내가 선장에게 말했다. "선장, 요새 쪽으로 방향을 유지할 수가 없습니다." 아직 힘이 남은 선장과 레드러스가 노를 젓고 나는 키를 잡고 있었다. "배가 파도에 밀립니다. 좀 더 힘차게 저을 수 없을까요?"

선장이 대답했다.

"그러면 배에 물이 들어와 가라앉습니다. 어렵더라도 그대로 유지해 주십시오. 유지하다 보면 앞으로 나가게 되어 있습니다."

경험을 통해 나는 방향을 우리가 가야 할 쪽 그러니까 정확히 동쪽으로 유지하지 않으면 배가 서쪽으로 밀린다는 것을 알게 되었다.

"이 속도로는 절대로 해안에 못 갈 것 같네요." 내가 말했다.

선장이 대답했다. "이게 유일한 길입니다. 계속 배를 이렇게 유지해야 합니다. 흐름을 거슬러야 합니다. 목표를 벗어나 조금이라도 바람 방향으로 밀리기 시작하면 배가 어디로 흘러갈지 아무도 모릅니다. 저놈들 배 근처에 닿게 될 수도 있고요. 그렇지 않고 이런 식으로 조금만 더 버티면 물살은 분명 약해집니다. 그러면 간단히 해안에 상륙할 수 있습니다."

그러자 뱃머리에 앉아 있던 그레이가 말했다. "물살이 이미 약간 약해졌습니다. 속도를 조금 늦춰도 될 것 같습니다."

"고맙네, 그레이." 나는 마치 아무 일도 없었던 것처럼 그를 대했다. 우리 모두가 그를 완전히 우리 사람으로 대하겠다고 결정을 내렸기 때문이었다.

갑자기 선장이 버럭 소리를 질렀다. 그의 목소리가 약간 달라진 것 같았다.

"대포!"

"나도 그 생각을 했습니다." 내가 대답했다. 그가 요새 포격에 생각이 미쳤을 거라는 확신이 들었기 때문이었다. "대포를 해안으로 올리지는 못할 것입니다. 만일 그런다 해도 숲을 헤치고 포를 끌고 오는 건 불가능합니다."

"의사 선생님, 저쪽을 보시죠." 선장이 말했다.

그러고 보니 9파운드 대포를 까맣게 잊고 있었다. 배 쪽을 본 나는 깜짝 놀라지 않을 수 없었다. 선원 다섯이 포의 외투, 그러니까 항해 중에 대포를 덮어놓는 질긴 타폴린 천으로 된 덮개를 벗기느라 분주하게 움직이고 있었기 때문이었다. 그뿐만이 아니었다. 포탄과 대포용 화약을 그냥 두고 왔다는 사실이 퍼뜩 머리를 스쳤다. 그것들은 도끼질 몇 번이면 선상의 악당 놈들의 수중에 들어갈 게 뻔했다.

"이즈리얼은 플린트 밑에서 포수(砲手)였습니다."

그레이가 쉰 목소리로 말했다.

위험하긴 했지만 우리는 보트가 똑바로 상륙 지점을 향하도록 했다. 그때쯤 되자 우리 보트는 급한 물살로부터는 어느 정도 벗어나 노를 빨리 젓지 못하는 상황임에도 불구하고 키를 제대로 조정해 배가 딴 곳을 향하지 않도록 방향을 유지할 수 있었다. 하지만 정작 문제는 이렇게 방향을 유지하다 보니 고물이 아니라 측면이 히스파니올라 호에 노출된다는 점이었다. 저쪽에서 보자면 헛간 문짝처럼 너무나 맞추기 쉬운 커다란 목표물이었다.

얼굴이 불그스레한 이즈리얼 핸즈가 9파운드 포탄을 갑판 위에 내려놓는 모습이 보였다. 쿵 하는 소리까지 들려왔다.

선장이 물었다.

"누가 가장 사격을 잘하나요?"

"트렐로니 씨가 단연코 가장 낫죠."

내가 대답했다. 그러자 선장이 다시 말했다.

"트렐로니 씨, 혹시 한 놈 없애 달라고 부탁드려도 되겠습니까? 핸즈라면 더 좋고요."

트렐로니는 대단히 침착했다. 그가 총의 뇌관에 화약을 넣었다.

"잠깐만." 선장이 외쳤다. "지주님, 잠시만 기다려주십시오. 잘못하면 배가 잠기고 맙니다. 전원, 사격시 배의 균형을 잡을 준비를 하도록!"

지주가 총을 들었다. 우리는 노를 멈추고 배의 균형을 잡기 위해 서로 반대편으로 몸을 기울였다. 우리의 대응은 대단히 적절해서 배 안으로 물은 한 방울도 들어오지 않았다.

때마침 총구 앞에 가장 크게 노출되어 있는 것은 핸즈였다. 그는 대포를 빙그르르 돌려놓고 포구에서 꽂을대로 화약을 재고 있었다. 하지만 정말 운이 없었다. 트렐로니가 총을 쏘는 순간 핸즈가 몸을 구부리는 바람에 총알은 그의 머리 위를 스치고 지나가 다른 넷 가운데 하나를 맞히고 말았다.

그가 비명을 지르자 선상의 다른 선원들도 놀라는 소리를 냈다. 그뿐만이 아니었다. 해안 쪽에서도 많은 사람들이 놀라는 소리가 들려왔다. 그쪽을 보니 해적들이 나무 뒤에서 우르르 몰려나와 보트에 올라 채비를 갖추는 모습이 보였다.

내가 말했다.

"선장, 저쪽에서 보트를 띄우는군요."

그러자 선장이 대답했다.

"그렇다면 비켜줘야죠. 지금은 보트에 물이 들어오는 걸 걱정할 때가 아닙니다. 해안에 닿지 못하면 끝장이니까요."

내가 다시 말했다.

"저쪽이 보트를 한 척만 띄우네요. 다른 선원들은 해안을 둘러와 우리를 막으려는 듯하군요."

그러자 선장이 다시 대답했다.

"뛰느라 고생깨나 하겠군요. 물 밖으로 나온 물고기들이 어련하겠습니까. 제가 걱정하는 건 저들이 아닙니다. 문제는 대포입니다. 너무 쉬워요. 하녀가 쏴도 맞힐 정도입니다. 지주님, 저쪽에서 심지에 불을 붙이는 게 보이면 말씀해 주십시오. 배를 멈춰야 하니까요."

이러는 사이에도 우리 보트는 과적된 배치고는 상당한 속도로 나아가고 있었다. 넘쳐 들어온 물도 거의 없었다. 이제 해안이 코앞에 있었다. 앞으로 서른 번이나 마흔 번 정도만 노를 저으면 뭍에 닿을 거리였다. 물살이 빠지자 서로 엉킨 나무둥치 아래로 좁은 모래부리가 드러났다. 저쪽 보트는 더 이상 걱정거리가 아니었다. 삐죽 나온 해안에 가려 그쪽은 이미 보이지도 않았다. 우리를 그토록 애먹이던 썰물이 이제는 오히려 우리 편이 되어 우리를 공격하는 자들의 발을 묶어놓고 있었다. 위협이 되는 건 대포뿐이었다.

선장이 말했다.

"약간 위험하긴 해도 제 생각에는 이쯤에서 멈춰서 한 놈 정도 더 잡는 게 좋지 않을까 합니다."

하지만 배에서는 무슨 일이 있어도 기어코 포를 쏘겠다는 생각임이 분명했다. 심지어 총에 맞은 동료가 아직 살아 있건만 그에게 눈길 한 번 던지지 않았다. 그 선원이 그 자리를 벗어나기 위해 버둥거리는 모습이 보였다.

"준비!" 지주가 외쳤다.

그러자 거기에 대한 메아리처럼 선장이 외쳤다.

"정선(停船)!"

그와 함께 선장과 레드러스가 큰 움직임으로 배의 고물을 힘껏 눌러 물속으로 쑥 들어가게 했다. 그리고 그와 동시에 포성이 울렸다. 전에 지주가 쏜 총소리는 짐에게는 들리지 않았으므로 짐이 처음 들은 소리는 바로 이 소리였다. 우리 가운데 포탄이 어디에 떨어졌는지 정확히 아는 사람은 아무도 없었다. 다만 나는 포탄이 우리 머리 위를 지나갔고, 그때 생긴 회오리가 우리를 엉망으로 만든 원인 가운데 하나일 거라고 추측할 뿐이었다.

어쨌거나 보트의 고물은 아주 가볍게 3피트 깊이의 물속으로 가라앉고 말았다. 선장과 나만이 얼굴을 마주한 채 서 있었고 다른 세 사람은 물속에 완전히 거꾸로 처박혔다가 물을 뚝뚝 흘리면서 다시 모습을 드러냈다.

이 정도는 그다지 큰 손실이 아니었다. 다친 사람도 없었고 충분히 걸어서 물가로 나갈 만했다. 그런데 짐이 몽땅 바닥으로 가라앉고 말았다. 더욱더 심각한 문제는 다섯 자루 총 가운데 쓸 수 있는 게 단 두 자루밖에 남지 않았다는 사실이었다. 하나는 무릎 근처에 있던 것을 본능적으로 끌어당겨 머리 위로 들어 올린 내 총이었다. 다른 하나는 선장이 현명하게도 탄약대 가장 위쪽에 매어 어깨에 두르고 있던 것이었다. 다른 세 자루의 총은 배가 가라앉으면서 물속에 잠기고 말았다.

더욱 걱정스러운 것은 벌써 해안가 숲 속에서 우리 쪽으로 다가오는 목소리들이 들리기 시작했다는 점이었다. 우리는 온전치 못한 상태에서 요새로 가는 길을 차단당할지도 모른다는 위험과, 만일 헌터와 조이스가 대여섯 명의 공격을 받는다면 그들이 과연 믿음직하게 잘 버텨낼까 하는 걱정을 동시에 안고 있었다. 헌터는 믿음직했다. 이 사실은 누구나 인정했다. 하지만 조이스는 조금 염려스러웠다. 손님을 모시거나 옷을 손질하는 일은 쾌활하고 정중하게 잘했지만 전투를 잘할 만한 친구는 아니었다.

이런저런 생각을 하면서도 우리는 최대한 신속하게 해변으로 올랐다. 보트와 화약, 보급품 등은 아깝지만 그냥 버리고 갈 수밖에 없었다.

18장
전투 첫날의 결말—의사의 이야기 (계속)

요새와 우리 사이에 있는 건 띠처럼 옆으로 늘어선 숲 하나뿐이었다. 우리는 최대한 빠른 속도로 그 숲을 헤치고 지나갔다. 하지만 우리가 앞으로 갈수록 해적들의 목소리는 점점 더 가까워졌다. 얼마 지나지 않아 해적들이 달리며 내는 발자국 소리와 그들의 몸에 걸린 관목 가지가 부러지는 소리들이 들리기 시작했다.

이제 본격적인 충돌이 있을 거라는 걸 직감적으로 느낀 나는 내 총의 뇌관을 점검했다.

"선장님, 트렐로니 씨는 명사수입니다. 그의 총은 못쓰게 됐으니까 선장님 총을 주시죠."

그들은 서로 총을 바꾸었다. 트렐로니는 소란이 시작된 이후 계속 그랬던 것처럼 한 마디도 하지 않고 냉정을 유지한 채 잠시 멈춰 서서 총의 상태를 찬찬히 점검했다. 그사이 나는 그레이에게 무기가 없는 것을 발견하고 내 칼을 그에게 건네주었다. 그는 손에 침을 탁 뱉고는 인상을 쓰며 칼을 이리저리 휘둘렀다. 칼날이 경쾌한 소리를 냈다. 그가 보여 주는 움직임으로 보아 새로 우리 편이 된 이 친구는 분명 자기 몫을 단단히 해낼 것 같았다.

마흔 걸음쯤 걷고 나니 숲의 반대편 끝에 도착했다. 앞에 요새가 보였다. 우리가 다다른 곳은 울타리 남쪽이었다. 그와 동시에 남서쪽 모퉁이에서 갑판장 앤더슨을 필두로 열일곱 명의 해적이 일제히 모습을 드러냈다.

그들은 깜짝 놀랐는지 잠시 멈칫했다. 그들이 어리둥절해하고 있는 틈을 타 지주와 나뿐 아니라 요새 안에 있던 헌터와 조이스까지 총을 쏘았다. 조준이 안 된 총알 네 발이긴 했지만 효과는 그만이었다. 상대편 한 놈이 실제로 총에 맞아 쓰러졌고 다른 놈들은 순식간에 다시 숲 속으로 뛰어들어 몸을 숨겼다.

다시 총알을 장전하고서 우리는 총에 맞은 녀석을 살펴보기 위해 울타리를 따라 걸어갔다. 그는 가슴에 총을 맞고 즉사했다.

우리가 거둔 성과를 축하하려는 그 순간, 갑자기 숲 속에서 권총 당기는 소리가 나더니 총알이 내 귓전을 스치고 지나갔다. 그리고 불운하게도 톰 레드러스가 비틀거리더니 땅바닥에 고꾸라졌다. 곧바로 지주와 내가 대응 사격을 했지만 어느 쪽을 겨눠야 할지 몰랐으므로 십중팔구 화약만 낭비한 셈이었다. 우리는 다시 장전을 하고서 톰의 상태를 살펴보았다.

이미 선장과 그레이가 그를 살펴보고 있었다. 얼핏 보기에도 그의 상태는 절망적이었다.

우리의 즉각적인 대응 사격으로 인해 해적들은 다시 한 번 이리저리 흩어져 도망친 모양이었다. 우리는 아무런 제지도 받지 않고 불쌍한 사냥터지기를 울타리 너머로 옮길 수 있었다. 그를 들어 올려 통나무집 안으로 옮기는 사이 톰은 피를 흘리며 신음 소리를 냈다.

나이 든 그가 이렇게 됐다는 게 참 안타까웠다. 우리에게 곤경이 닥친 이래로 그는 지금껏 한 번도 놀라거나 불평하거나 두려워한 적이 없었으며 심지어는 싫은 내색 한 번도 하지 않았다. 그런 그가 이제 이 통나무집 안에서 쓰러져 죽어가고 있는 것이다. 그는 달랑 매트리스 하나에 의지해서 배의 통로를 트로이 용사처럼 지켰다. 그는 모든 지시를 군소리 하나 없이 철저히 그리고 완벽하게 수행했다. 나이도 다른 사람들보다 스무 살 이상 많았다. 그리고 지금 충직하게 묵묵히 일해 온 그 늙은 하인이 죽음을 앞두고 있었다.

지주는 그의 옆에 털썩 무릎을 꿇고 앉아 어린아이처럼 울면서 그의 손에 입을 맞추었다.

톰이 물었다.

"저는 죽는 건가요?"

"톰, 이 사람아, 자네는 집으로 돌아가는 거야."

그러자 그가 대답했다.

"그놈들에게 먼저 총알을 먹이지 못한 게 분합니다."

"톰." 지주가 말했다. "나를 용서한다고 말해 주지 않겠나?"

"제가 지주 어른께 그렇게 말하는 게 맞는 일인가요?" 톰이 대답했다.

"어쨌든 그 뜻대로 되길. 아멘!"

잠시 침묵이 흐른 후 톰은 누군가 기도문을 읽어주면 좋겠다고 말했다. "그게 관례니까요, 어르신." 그가 미안한 듯 덧붙였다. 그리고 얼마 지나지 않아 그는 한 마디 말 없이 숨을 거두었다.

한편 선장은 주머니에서 상당히 다양한 물품들을 끄집어냈다. 그의 가슴과 주머니가 너무 불룩해서 도대체 무엇이 들었을까 궁금해하던 참이었다. 거기서는 영국 국기와 성경, 굵은 밧줄 한 묶음, 펜과 잉크, 항해일지, 그리고 상당한 양의 담배가 나왔다. 그는 울타리 안에서 잘 손질된 전나무 재목을 하나 찾아냈다. 그리고 헌터의 도움을 받아 그 나무를 통나무집 한쪽 구석 기둥이 교차하는 곳에 세웠다. 그런 다음 지붕 위로 올라가 자신의 손으로 직접 깃발을 묶어서 매달았다.

이렇게 하자 그의 기분이 한결 나아 보였다. 다시 집 안으로 들어온 그는 만사를 잊은 듯 자신의 물품을 정리하는 데만 몰두했다. 하지만 그러면서도 톰이 운명하는 것을 예리하게 지켜보다가 그가 숨을 거두자 또 다른 깃발 하나를 꺼내서 정중하게 톰의 몸을 덮었다.

"너무 슬퍼하지 마십시오."

지주의 손을 잡고 다독이며 선장이 말했다.

"좋은 데로 갈 겁니다. 선장과 지주 편에서 자신의 의무를 다해 싸우다 전사했으니 걱정하지 않아도 됩니다. 신의 뜻이 야속하긴 하지만, 그래도 어쩔 수 없죠."

그러더니 그는 내 손을 이끌고 옆으로 갔다. 그러고는 이렇게 말했다.

"리브지 선생, 구조대가 오기까지 몇 주나 걸릴 것으로 보십니까?"

나는 그에게 우리가 8월 말까지 돌아가지 않으면 블랜들리가 구조대를 보내 우리를 찾게 되어 있으므로 몇 주가 아니라 몇 달이 걸릴 것이라고 대답했다. 그 전에는 오지 않을 것이다.

"얼마나 버틸 수 있는지는 직접 계산이 가능할 겁니다."

"네, 그렇군요." 선장이 머리를 긁적거리며 돌아섰다.

"그나마 운이 좋아 우리에게 남은 걸 아무리 잘 측량하더라도 역풍 속에 있다 할 수밖에 없겠군요."

"그게 무슨 말이죠?"

내가 물었다.

그러자 선장이 대답했다.

"두 번째 화물을 잃은 게 너무 안타깝다는 뜻입니다. 화약과 총알은 어찌해 볼 만합니다. 하지만 식량이 부족합니다. 그것도 아주 많이 부족합니다. 어느 정도냐 하면, 리브지 선생, 어쩌면 저 입 하나를 던 게 다행인지도 모릅니다."

그러면서 그는 깃발에 싸여 누워 있는 시체를 가리켰다.

바로 그때 우르릉하는 소리와 공기가 찢어지는 듯한 소리가 나더니 대포알 하나가 통나무집 지붕 위 상당히 높은 곳을 지나쳐 꽤 먼 숲 속으로 쿵 하고 떨어졌다.

선장이 말했다.

"오호! 마구 쏘시는군! 그럴수록 화약만 줄어든다는 사실을 알기나 하시나."

두 번째 사격은 좀 나았다. 대포알은 요새 안으로 떨어졌다. 하지만 먼지가 부옇게 일어나는 것 외에는 아무런 해도 입히지 못했다.

지주가 말했다.

"선장, 이 집은 배에서는 보이지 않소. 그들이 조준하는 건 저 깃발 같은데, 내리는 게 낫지 않겠소?"

"기를 내리라고요?" 선장이 버럭 소리를 질렀다.

"절대 안 됩니다. 절대로!"

나는 선장이 이 말을 하는 순간 우리 모두의 심정이 그와 같았을 것이라고 생각한다. 그것은 뱃사람들이 가지는 고집스러우면서도 멋진 감정이었을 뿐 아니라 전술적으로도 괜찮은 것이었다. 적들에게 너희의 포격 따위에는 눈 하나 깜짝하지 않는다는 것을 보여 주는 것이었기 때문이다.

그날 저녁 내내 해적들은 포탄을 퍼부어 댔다. 어떤 포탄은 머리 위로 날아가고 어떤 포탄은 채 미치지도 못하고, 또 어떤 포탄은 울타리 안으로 떨어졌지만 먼지만 풀썩거리게 할 뿐이었다. 높은 각도로 포를 쏴야 했기 때문에 포탄은 뚝 떨어져서 모래 속에 파묻히기 일쑤였다. 포탄은 굴러 와야 무서운 법인데, 그건 불가능했다. 어쩌다 포탄이 통나무집 지붕을 뚫고 들어와 마룻바닥에 처박히며 우리를 놀라게 하기도 했지만, 금세 이런 소란에도 익숙해져서 크리켓 공만큼도 신경 쓰지 않게 되었다.

선장이 말했다.

"그나마 한 가지 좋은 점이 있는 것 같습니다. 우리 앞쪽 숲에는 이제 아무도 없을 테고 그사이 물도 많이 빠졌으니 우리 물건들을 되찾아 와야겠습니다. 나가서 돼지고기 가져올 사람!"

그레이와 헌터가 가장 먼저 앞으로 나섰다. 그들은 단단히 무장을 한 채 요새 밖으로 나갔다. 하지만, 아뿔싸! 그건 소용없는 일이었다. 해적들은 우리 생각보다 더 대담하거나 이즈리얼의 사격 솜씨를 크게 믿었음에 틀림없다. 네댓 명의 해적들이 우리 물품을 자신들의 배로 옮겨 가고 있었다. 가까운 곳에 세워둔 그들의 보트에는 한두 명 정도가 남아서 보트가 흘러가는 걸 막고 있었다. 선미 상판에는 실버가 앉아서 지시를 내리고 있었다. 모두가 총을 메고 있는 걸로 보아 어딘가 그들만 아는 비밀 창고가 있는 게 분명했다.

선장은 자리에 앉아서 항해일지를 기록하기 시작했다. 일지는 다음과 같이 시작되었다.

앨릭샌더 스몰릿: 선장
데이비드 리브지: 선상 의사
에이브러햄 그레이: 목공 조수
존 트렐로니: 선주
존 헌터, 리처드 조이스: 선주의 하인, 내륙 사람들

이상은 배에 탄 사람들 중 반란에 가담하지 않은 인물들. 식량은 최대로 잡아 열흘 분량. 금일 보물섬에 상륙해 통나무집에 영국 국기 게양. 선주의 하인이며 내륙 사람인 토마스 레드러스, 해적의 총에 맞아 사망. 짐 호킨스, 캐빈 보이⋯.

때마침 나도 짐 호킨스가 어떻게 되었는지 궁금해하던 참이었다.

그때 섬 안쪽에서 우리를 부르는 소리가 들렸다. 보초를 서던 헌터가 말했다.

"누가 우리를 부르고 있습니다."
저쪽에서 이렇게 외치는 소리가 들렸다.
"의사 선생님! 지주 어르신! 선장님! 들려요? 거기 헌터인가요?"
나는 문으로 달려갔다. 저쪽에서 짐 호킨스가 아주 건강한 모습으로 요새를 넘어오고 있었다.

19장
요새를 지키다

벤 건은 깃발을 보자마자 발걸음을 멈추었다. 그리고 내 팔을 잡아당기더니 자리에 앉았다.
그가 말했다.
"야, 저기 네 친구들이 있는 것 같다. 맞지?"
내가 대답했다.
"해적일 가능성이 훨씬 높은 것 같은데요?"
"뭐라고!" 그가 소리쳤다.
"아니, 해적밖에 찾아오지 않는 이런 곳에서 실버라면 당연히 해골 깃발을 세우지, 뭔 소리야! 여러 소리 하지 마! 저건 네 친구들이야! 더구나 포격 소리도 있었잖니. 내 생각에 아직은 네 친구들이 잘하고 있는 것 같구나. 해안에 플린트가 아주 오래전에 지어놓은 요새가 있는데 거기를 네 친구들이 차지한 거지. 플린트야말로 머리가 좋은 사람이었지. 술만 아니라면 그를 당할 사람이 아무도 없었어. 세상에 무서운 사람이 하나도 없었지. 예외가 있다면 실버일까. 실버는 만만치가 않았거든."

이쪽에서 내가 말을 끊었다.

"좋아요, 그건 그렇다 치죠. 하지만 그러니까 내가 더 빨리 가서 우리 편 사람들을 봐야 하는 거잖아요?"

그러자 벤은 이렇게 대꾸했다.

"그게 그렇지는 않지. 너는 착한 아이야. 나도 그건 알아. 하지만 어찌 됐건 너는 아이일 뿐이야. 벤 건은 빈틈이 없는 사람이야. 내가 아무리 술이 취해도 네가 가는 곳에는 가지 않을 거야. 암, 그렇고말고. 일단 저쪽의 진짜 신사분들이 명예를 걸고 약속을 해야 하지. 내 말을 잊지 마라. '황금을 보듯', 알겠지? '황금을 보듯 신뢰한다고' 말이야. 그리고 이렇게 팔을 꼬집어야 해."

이렇게 말하며 그는 전과 마찬가지로 뭔가 은밀한 얘기라도 하듯이 내 팔을 꼬집었다. 이번이 세 번째였다.

"짐, 벤 건을 찾고 싶으면 어디로 와야 하는지 알지? 오늘 우리가 만난 장소로 와. 그리고 오는 사람은 손에 흰 천을 매고 와야 해. 혼자 와야 하고. 짐, 잊지 말고 이렇게 얘기해라. '벤 건에게는 그럴 만한 이유가 있습니다.'"

그 말에 나는 이렇게 대답했다.

"뭐, 무슨 말인지는 알 거 같네요. 아저씨는 뭔가 제안할 게 있고, 그래서 지주님이나 의사 선생님을 만나고 싶은 거잖아요, 그렇죠? 그리고 아까 우리가 만났던 그 자리에서 아저씨를 찾으면 되고요."

그러자 그가 덧붙였다.

"언제인지도 말해야지, 대략 열두 시 종이 칠 때부터 세 시가 될 때까지."

"알겠어요. 이제 가도 돼요?"

그가 다시 한 번 다짐을 받았다.

"잊어버리지 않았지? 황금을 보듯. 그리고 그럴 만한 이유. 알았지? 그럴 만한 이유. 남자 대 남자로 얘기하자면, 이 말이 가장 굵직한 내용이야. 자, 그럼." 그는 여전히 내 팔을 붙든 채 말했다. "이제 가봐도 될 것 같다. 짐, 혹시 실버를 보게 되더라도 이 벤 건을 팔아넘기지는 않겠지? 아무리 괴롭혀도 말 안 할 거지? 암, 그래야지. 혹시라도 저 해적 놈들이 해안에서 잠을 잔다면, 내일 아침에 과부가 몇은 생길 거다."

갑자기 펑 하는 소리가 그의 말을 막았다. 나무를 헤치고 포탄 한 발이 날아와 모래 속에 파묻혔다. 우리 둘이 얘기하던 장소에서 채 백 야드도 떨어지지 않은 곳이었다. 다음 순간, 우리 두 사람은 제각기 흩어져 달리기 시작했다.

그로부터 대략 한 시간가량 포성이 끊임없이 온 섬을 뒤흔들었고 포탄이 굉음을 내며 숲을 덮쳤다. 내가 어디에 숨건 이 무시무시한 비행체는 나를 따라왔다. 아마 내가 그렇다고 느꼈을 뿐이었겠지만. 포격이 끝나 갈 무렵이 되자 나도 약간은 대담함을 되찾게 되었다. 포탄이 가장 많이 떨어지는 요새 근처로는 여전히 가볼 엄두도 나지 않았지만 나는 용기를 내 한참 동쪽으로 이동한 다음 몰래 바닷가 쪽으로 숨어들었다.

해는 이제 막 저물고 있고 나뭇가지를 흔들며 숲을 스치고 나온 스산한 바람이 정박지의 회색 바닷물 표면에 물결을 새겼다.

한낮의 더위가 가신 탓인지 겉옷 안으로 들어온 바람이 쌀쌀하게 느껴졌다.

히스파니올라 호는 처음 정박한 곳에 계속 머무르고 있었다. 달라진 점이 있다면 돛대 높은 곳에 검은색 해적 깃발이 펄럭이고 있다는 것이었다. 내가 지켜보는 동안에도 배에서는 붉은 빛이 번쩍하더니 펑 하는 포성이 울렸다. 그러자 또 하나의 포탄이 하늘을 가르며 날아왔다. 그것이 이날 포격의 마지막 포탄이었다.

포격이 끝나자 와자지껄한 소리가 들려왔다. 나는 잠시 동안 숨어서 그 광경을 지켜보았다. 요새 가까운 해변에서 몇 사람이 도끼로 무언가를 부수고 있었다. 나중에 알고 보니 그것은 아깝게도 우리 편이 타고 온 작은 보트였다. 조금 떨어진 하구(河口) 근처 숲 속에는 커다란 모닥불이 피워져 있고 거기와 배 사이를 보트 한 척이 왔다 갔다 하고 있었다. 그리고 전에 보았을 때는 침울해 있던 얼굴들이 지금은 아이들처럼 소리를 질러가며 노를 젓고 있었다. 그들의 목소리에서 술기운이 느껴졌다.

마침내 이제 요새로 가도 괜찮겠지 하는 생각이 들었다. 나는 나지막한 모래부리를 따라 꽤 먼 곳까지 나와 있었다. 모래부리 동쪽은 정박지였고 물 건너편은 해골 섬이었다. 몸을 일으키던 나는 문득 모래부리 저 아래쪽 관목들 사이로 상당히 크고 유달리 색이 하얀 바위 하나가 외따로 서 있는 것을 보았다. 퍼뜩 벤 건이 얘기했던 하얀 바위란 생각이 머리를 스쳤다. 나중에 보트가 필요한 상황이 되었을 때 어디로 가면 되는지 이제 알 것 같았다.

나는 다시 조심스레 걸음을 옮겨 숲 너머 요새의 후면 그러니까 바다 쪽 측면에 도달했다. 그리고 우리 편 일행의 열렬한 환영을 받았다.

나는 섬에서 어떤 일들이 있었는지 얼른 설명을 하고 주변을 둘러보았다. 통나무집은 지붕이며 벽, 바닥 할 것 없이 전부 둥근 소나무 재목으로 만들어져 있었다. 바닥 가운데 어떤 곳은 그 아래 모래땅으로부터 두 뼘 정도나 떨어져 있었다. 문에는 지붕이 약간 앞으로 튀어나와 있고 그 지붕 아래 작은 샘이 있었다. 이 샘에서 솟구친 물이 흘러드는 물동이는 생김새가 신기했다. 그건 다름 아닌 커다란 배에서 사용하는 쇠 주전자였던 것이다. 밑바닥이 깨진 쇠 주전자는 선장의 표현을 따르면 "배를 안정시키듯" 모래 속에 파묻혀 있었다.

집은 거의 앙상한 뼈대만 남은 상태였다. 하지만 한쪽 구석엔 화로 구실을 하던 석판이 놓여 있었고 불을 피울 수 있는 낡고 녹슨 쇠 바구니도 있었다.

둔덕과 요새 안의 나무들은 통나무집을 짓기 위해 다 잘려 나갔다. 남은 그루터기만 보더라도 여기가 얼마나 멋지고 울창한 숲이었을지 가히 짐작이 갔다. 나무를 베어내자 드러난 지표는 대부분 물결에 쓸려 나갔거나 바람에 날려 온 낙엽과 흙먼지 속에 묻혔다. 이 모래사장에서 그나마 푸른색을 보이는 건 오로지 '쇠 주전자'에서 흘러 내려가는 작은 물길 주변의 무성한 이끼와 양치류 그리고 자그마한 관목들뿐이었다. 근처에는 울창하고 나무가 빽빽이 들어찬 숲이 있는데, 요새와 너무 가까워서 방어에는 약간 문제가 될 듯했다. 육지 쪽에는 거의 전나무였으나 바다

쪽으로는 리브참나무가 상당량 섞여 있었다.

앞에서 말한 차가운 저녁 바람이 엉성한 건물 틈 사이로 쉬잉 하는 소리를 내며 지나다녔고 그럴 때마다 아주 미세한 모래비가 마루를 뒤덮었다. 눈 속에도 모래, 입안에도 모래, 저녁 식사 속에도 모래. 쇠 주전자 샘물 바닥에서도 모래가 춤을 추어 마치 이제 막 끓으려고 하는 죽처럼 보였다. 지붕에 난 네모난 구멍이 굴뚝 역할을 했지만, 거기로 빠져나가는 연기는 얼마 되지 않아서 대부분의 연기는 집 안 구석구석을 누비고 다녔다. 우리는 끊임없이 콜록거리며 눈물을 찔끔거렸다.

여기에 더해 새로 합류한 그레이는 해적에게서 빠져나오다 칼에 베인 얼굴을 붕대로 감싸고 있고 아직도 땅에 묻히지 못한 불쌍한 톰 레드러스의 시체는 영국 국기에 덮인 채 한쪽 벽을 따라 뻣뻣하게 누워 있는 상황을 생각해 보라.

한가로운 상황이었다면 모든 사람이 우울한 마음을 금할 수 없었을 것이다. 하지만 결코 이렇게 놔둘 스몰릿 선장이 아니었다. 그는 모든 사람을 불러 모으더니 조를 나눠 경계를 서게 했다. 의사와 그레이 그리고 내가 한 조, 지주와 헌터, 조이스가 다른 한 조. 다들 피곤했지만 두 사람은 나무를 구해 오라고 내보냈고 두 사람은 레드러스의 무덤을 파게 했다. 의사는 요리사로 임명되었고 나는 현관 보초가 되었다. 선장 본인은 여기저기 다니며 사기를 북돋우다가 필요하면 일을 거들기도 했다.

틈틈이 의사는 현관 밖으로 나와 맑은 공기를 쐬어 눈을 쉬게 했다. 연기에 절은 그의 눈이 여우나 오소리가 아닌 게 다행이었다. 그랬다면 벌써 도망치고 말았을 것이다. 이렇게 밖으로 나올 때면 그는 언제나 내게 말을 걸었다.

그가 한번은 이렇게 말했다. "저 스몰릿 선장 말이야, 나보다 더 나은 사람이야. 이건 그냥 입에 발린 칭찬이 아니란다, 짐."

또 한번 나왔을 때는 한참 동안 아무 말도 하지 않았다. 그러다가 고개를 갸우뚱하더니 나를 보며 물었다.

"그 벤 건 말이다, 사람 같기는 하더냐?"

"그건 잘 모르겠어요. 제정신인지 아닌지 분간이 잘 되질 않아요."

그러자 의사는 이렇게 대꾸했다.

"그 문제라면 아마 제정신일 게다. 무인도에서 손톱만 깨물며 삼 년을 보낸 사람이 너나 나처럼 정상적으로 보이기를 기대하기는 어렵지. 사람이라면 절대 그럴 수 없단다. 그가 먹고 싶다던 게 치즈라고 했니?"

"네, 치즈 맞아요."

"그렇다면 짐, 맛있는 음식을 가려 먹는 습관이 어떤 좋은 결과를 가져오는지 한번 볼래? 너 내 코담배 상자 본 적 있지? 그렇지? 하지만 거기서 코담배를 꺼내는 건 한 번도 보지 못했을 거야. 왜냐하면 그 상자에 들어 있는 건 파르마 치즈이기 때문이지. 이탈리아에서 만든 무척 영양가 높은 치즈 말이다. 그래. 벤 건에게 이걸 주면 되겠다!"

저녁 식사 전 우리는 늙은 톰을 모래에 묻었다. 그리고 모자를 벗고 무덤 주위에 둘러서서 그의 죽음을 애도했다. 바람이 차가웠다. 사람들이 상당한 양의 땔감을 주워 왔지만 선장의 기대에는 못 미쳤다. 그는 고개를 설레설레 흔들며 "내일은 좀 더 불을 따뜻하게 피워야겠다." 하고 말했다. 그리고 저녁으로 돼지고기를 먹고 몇몇은 브랜디를 약간씩 마셨다. 그런 후 세 명의 주요 인물들은 한쪽 구석에 모여 앞으로의 일을 논의했다.

사실 그들로서도 뾰족하게 할 수 있는 일이 떠오르지 않는 듯했다. 비축품이 워낙 적었기 때문에 도움의 손길이 이르기 훨씬 전에 굶어 죽거나 항복하지 않을 수 없을 것이다. 그러니 우리에게 가장 좋은 방법은 해적들을 계속 죽여서 항복을 시키거나 히스파니올라 호를 타고 도망가도록 만드는 것뿐이라는 결론이 내려졌다. 처음의 열아홉 명에서 해적들은 이제 열다섯 명으로 줄었다. 그 외에도 두 명은 부상을 당했고, 대포 옆에 서 있다가 총에 맞은 한 명은 죽었거나 아니면 적어도 중상을 입었다. 그들을 공격할 때마다 우리는 목숨을 잃지 않도록 무척 조심해야 했다. 하지만 우리에게는 두 개의 유능한 우군이 있었으니, 하나는 럼주였고 다른 하나는 날씨였다.

럼주에 관해 말하자면, 해적들은 우리로부터 반 마일가량 떨어진 곳에 있었지만 우리는 그들이 밤늦게까지 고래고래 떠들며 노래하는 소리를 들을 수 있었다. 날씨와 관련해서는 별다른 의약품도 없는 상황에서 저들이 늪지에 숙소를 정했기 때문에 의사는 일주일이 지나기도 전에 저들 가운데 절반은 앓아눕게 될 것이라고 자신의 가발을 걸고 장담했다.

그러면서 그는 이렇게 덧붙였다.

"만일 우리가 먼저 전멸당하지만 않는다면 저들은 아마 기꺼이 배를 타고 떠나는 쪽을 택할 겁니다. 결론은 언제나 배입니다. 다시 해적질을 할 수 있기 때문이겠죠."

그러자 스몰릿 선장이 이렇게 대꾸했다.

"제가 잃은 첫 번째 배이기도 하고요."

여러분도 상상할 수 있겠지만 나는 정말 피곤했다. 잠이 들기까지는 상당 시간 동안 이리저리 뒤척였지만, 일단 잠이 들자 나는 나무토막처럼 곤하게 잠을 잤다.

다음 날 아침, 소란스러운 소리에 잠이 깨어보니 다른 사람들은 이미 일어나 아침을 먹은 후였다. 땔감도 어제보다 한 배 반 가량은 더 준비되어 있었다.

"휴전 깃발이다!" 누군가 외치는 소리가 들렸다. 바로 다음 순간 놀랍게도 이런 외침이 들려왔다. "실버다!"

그 소리를 듣고 나는 벌떡 일어나 눈을 비비며 벽에 있는 감시 구멍으로 달려갔다.

20장
실버, 협상을 하러 오다

 정말이었다. 요새 밖에 두 사람이 있었는데, 한 사내는 흰 천을 흔들고 있었고 그 옆에는 바로 실버 자신이 아무 일도 없는 듯 태평하게 서 있었다.
 아직 상당히 이른 시각이었다. 내 생각에는 항해를 시작한 후 가장 추운 아침이었다. 한기가 뼛속을 파고들었다. 머리 위 하늘은 구름 한 점 없이 맑았다. 나무 꼭대기는 붉은 햇살을 받아 빛나고 있었다. 하지만 실버와 사내가 서 있는 곳은 아직도 어둠에 싸여 있었다. 밤사이 늪에서 기어 나와 나지막하게 깔린 하얀 안개가 그들의 무릎을 휘감고 있었다. 한기와 안개가 한데 어우러져 황량한 섬의 모습을 그려냈다. 그곳은 너무 눅눅해서 열병이 유행할 만한 유해한 장소였다.
 선장이 말했다.
 "여러분, 나가지 마십시오. 십중팔구 속임수입니다."
 그러고는 해적들을 향해 이렇게 소리쳤다.

"누구냐! 거기 서라. 안 서면 쏘겠다."
그러자 실버가 외쳤다.
"휴전 깃발이오."
선장은 현관에 있었지만 혹시 있을지도 모를 기습 사격을 대비해 조심스럽게 몸을 숨기고 있었다. 그가 몸을 돌리더니 우리에게 말했다.
"의사 선생 조, 경계 근무. 리브지 선생은 북쪽을 맡아주십시오. 짐, 동쪽. 그레이, 서쪽. 다른 조는 총을 장전해 놓도록. 여러분, 신속하게 그리고 정신 똑바로 차리고."
그러고 나서 그는 다시 해적들에게 몸을 돌리고는 소리쳤다.
"그래, 무슨 뜻의 휴전 깃발인가?"
이번에 대답한 건 다른 사내였다. 그는 이렇게 소리쳤다.
"실버 선장님께서 얼굴을 맞대고 협상하러 오셨습니다."
그러자 선장이 외쳤다.
"실버 선장이라고? 그런 사람 모르겠는데, 그게 누구지?"
그러면서 혼잣말하는 소리가 우리에게도 들렸다.
"선장이라고? 거참! 승진 한번 되게 빠르군."
이번에는 실버 자신이 대답했다.
"접니다, 선장님. 선장님께서 배를 버리신 후 이 어리석은 놈들이 저를 선장으로 뽑았네요."
실버는 '버렸다'는 말을 유달리 강조했다.
"합의만 된다면 어떤 조건이든 저희는 기꺼이 따르겠습니다. 거짓말 하나 안 보태고요. 스몰릿 선장님, 선장님께서 이 요새 밖으로 안전하게 저희를 내보내 주시고 멀리 갈 때까지 약 일 분

동안 총을 쏘지 않겠다는 약속만 해주시면 됩니다."
그러자 스몰릿 선장이 말했다.
"실버, 난 자네하고 얘기를 하고 싶은 생각이 눈곱만치도 없다네. 하고 싶은 얘기가 있다면 간단해. 이쪽으로 오면 돼. 혹시 누군가 계략을 꾸민다면 그건 자네 편일 테지. 그러면 그 결과는 책임져야지."
키다리 실버가 쾌활한 목소리로 대답했다.
"선장님, 그걸로 충분합니다. 선장님 말씀만으로 충분하죠. 신사에 대해서는 저도 좀 압니다. 물론이고말고요."
휴전 깃발을 들고 온 사내가 실버를 말리는 모습이 보였다. 당연히 그럴 만했다. 선장의 대꾸가 이만저만 거만한 게 아니었기 때문이다. 하지만 실버는 호탕하게 웃으며 왜 쓸데없이 걱정을 하느냐는 듯이 그 사내의 등판을 탁 때렸다. 그런 다음 그는 요새로 다가와 먼저 목발을 던져 넣었다. 그리고 한 다리를 올려 목책에 걸친 뒤 대단한 기술과 의욕으로 결국은 울타리 반대쪽으로 안전하게 넘어 오는 데 성공했다.
솔직히 말해 눈앞에서 벌어지고 있는 일이 너무나 충격적이어서 나는 보초의 역할을 전혀 못하고 있었다. 실제로 이미 나는 동쪽 총구멍을 내팽개치고 슬며시 선장 뒤쪽으로 가 있었다. 선장은 문턱에 앉아 무릎으로 팔꿈치를 받치고 손으로 턱을 괸 채 근처 모래사장에 있는 쇠 주전자에서 퐁퐁 솟아오르는 물만 빤히 바라보고 있었다. 그는 휘파람으로 「모여라, 아가씨들아, 청년들아」라는 오월제의 춤곡을 부르고 있었다.
실버는 둔덕을 올라오느라 엄청난 고생을 하고 있었다. 경사가 가파른 데다 여기저기 나뭇등걸들이 있고 모래는 푹푹 빠져서 목발을 짚은 그의 모습은 마치 바람을 거슬러 가려는 배처럼 힘들어 보였다. 하지만 그는 묵묵히 남자답게 견뎌내고 마침내 선장 앞에 이르렀다. 그리고 선장에게 아주 멋진 폼으로 인사를 건넸다. 실버는 한껏 멋을 부려 옷을 갖춰 입고 있었다. 무릎까지 내려오는 커다란 청색 코트에는 구리 단추가 주렁주렁 달려 있었고, 화려한 레이스가 달린 모자를 머리 뒤쪽으로 제쳐 쓴 모습이었다.

선장이 고개를 들더니 입을 열었다.
"자네, 마침내 여기까지 왔군. 어디 앉지 그래."
그러자 키다리 존이 불만이라는 듯 대꾸했다.
"아니, 선장님, 안으로 들어오라고도 안 합니까? 이렇게 추운 날 아침에, 그렇지 않습니까, 선장님? 지붕도 없는 모랫바닥에 앉으라니요."
그러자 선장이 대답했다.
"이봐, 실버, 자네가 본분을 지키는 데 만족하는 사람이었다면 지금쯤 취사실에 있어야 하는 거 아닌가? 다 자업자득이야. 자네가 내 배의 요리사였다면 제대로 대접을 받았겠지만, 자네는 다 알다시피 반란자이자 해적 두목인 실버 선장 아닌가. 그럼 가서 교수형이나 당해야지!"
그러자 요리사가 시킨 대로 모래 위에 털썩 앉으며 말했다.
"좋아요, 좋아, 선장. 일어날 때 손이나 좀 빌려주시오. 그거면 되지. 아, 여기 참 아늑하고 좋구먼. 아, 저기 짐도 있네! 잘 잤나, 짐? 그리고 의사 선생, 여기 제 인사. 이렇게 말해도 될까 모르겠지만 정말 이렇게 다 같이 모여 있으니 단란한 가족 같군."

그러자 선장이 말했다.

"이봐, 할 말이 있다면 어서 해봐."

실버가 대답했다.

"그래야지, 스몰릿 선장. 일은 일이니까. 그럼. 선장, 정말 어젯밤 일은 아주 솜씨가 좋더군. 정말 좋은 솜씨란 걸 부정하지 않겠어. 누군가 지렛대를 잘 놀리는 친구가 여기 있더군. 내 부하들이 꽤나 겁을 먹었다는 사실도 부인하지 않겠어. 아마 다들 간이 콩알만 해졌을 거야. 나마저 놀랄 정도였으니까. 어쩌면 그래서 이렇게 협상을 하러 오게 됐는지도 모르지. 하지만 선장, 똑똑히 들어. 절대로 두 번 당하지는 않아! 보초도 세우고 술도 조금은 줄일 생각이거든. 우리가 다들 얼근히 취했었다고 생각하겠지만, 난 말짱했어. 다만 너무 피곤했을 뿐이야. 일 초만 빨리 눈을 떴어도 그놈을 현장에서 바로 잡았을 거야. 그럼. 내가 거기 갔을 때 내 부하는 아직 죽기 전이었으니까."

그러자 스몰릿 선장이 최대한 냉정하게 대답했다.

"그래서?"

선장은 실버가 무슨 말을 하고 있는지 전혀 이해할 수 없었으나 그의 어조에서는 그런 느낌이 전혀 풍기지 않았다. 하지만 나는 짐작 가는 바가 있었다. 벤 건이 헤어지면서 한 말이 퍼뜩 떠올랐기 때문이었다. 해적들이 불을 피워 놓고 술에 곯아떨어진 사이 그가 해적들을 찾아간 게 분명했다. 이제 상대할 해적이 열넷밖에 남지 않았다는 생각이 들자 마음이 즐거워졌다.

실버가 다시 말했다.

"자, 툭 까놓고, 우리는 보물을 원하고 또 보물을 차지할 거다, 이게 결론이오! 당신들은 차라리 목숨을 구해야 할 것 같은데, 그렇지 않소? 그러면 목숨을 지키시오. 보물 지도 갖고 있죠? 그렇죠?"

선장은 이렇게 대답했다.

"그건 잘 모르겠는데?"

그러자 키다리 실버가 이렇게 말을 받았다.

"무슨 말을. 갖고 있다는 걸 다 알고 있는데. 남자답게 너무 까칠하게 굴지 마시오. 그래 봤자 전혀 도움이 되지 않으니까. 내 말 믿으시오. 내가 하고 싶은 말은, 우린 당신이 가진 지도가 필요하다는 것이오. 이 말은 절대 악의에서 하는 말이 아니오."

"그런 말은 나한텐 안 통해." 선장이 갑자기 말을 가로막았다. "네놈 속셈을 다 알아. 하지만 우린 눈 하나 까딱 안 해. 왠지 알아? 네놈 뜻대로는 안 될 테니까."

말을 마치고 선장은 그를 냉정하게 쏘아보다가 파이프에 담배를 채워 넣기 시작했다.

실버가 불쑥 입을 열었다. "만일 그레이 녀석이…."

"닥쳐!" 스몰릿 선장이 버럭 소리를 질렀다. "그레이는 내게 아무 말도 안 했고, 나 또한 그레이에게 아무것도 묻지 않았어. 게다가 난 말이야, 네놈이고 그레이고 이 섬이고 할 것 없이 몽땅 쓸어다 불구덩이에 처넣어 버리고 싶은 사람이야. 이게 내 생각이니까 알아서 해."

선장이 버럭 화를 낸 게 실버에게는 마음을 진정시키는 계기가 되었다. 지금까지 조금씩 짜증이 쌓여 가는 듯했던 실버가 이 말에 오히려 침착함을 되찾았다.

"아마 그러시겠지. 도대체 신사란 사람들은 옳고 그른 것에 너무 제멋대로라 도무지 종잡을 수가 없다니까. 선장, 파이프 담배를 태울 생각인가 본데 나도 한 대 합시다."

그러면서 그는 파이프에 담배를 채우고 불을 붙였다. 두 사람은 한동안 아무 말도 없이 담배만 빨았다. 그들은 때때로 서로의 얼굴을 빤히 바라보기도 하고 담배를 손에 들고 있기도 하고 앞으로 몸을 숙여 침을 뱉기도 했다. 그들의 모습은 마치 한 편의 연극 같았다.

실버가 입을 열었다.

"자, 이렇게 하지. 우리가 보물을 찾을 수 있도록 지도를 넘기시오. 그리고 불쌍한 뱃놈들에게 총질을 하거나 잠든 사이에 목을 따는 짓거리도 이제 그만두고. 그렇게 하면 선택권을 주지. 한 가지는 일단 보물을 싣고 나서 우리를 따라 배에 오르는 거야. 그러면 안전한 곳에 내려주지. 이건 내가 명예를 걸고 약속하지. 하지만 내 부하들이 거칠고 그간 서로 싸운 것 때문에 원한을 품고 있을 것 같아서 그게 내키지 않는다면 여기 머물러도 돼. 되고말고. 보물은 공정하게 나누어 주지. 그리고 배를 만나는 대로 여기로 보내서 사람들을 데려가게 해주겠다고 내 약속하지. 자, 이 정도면 구미가 당길 만한 제안 아닌가? 이보다 더 나은 제안이 나오기 힘들다는 건 알 테지. 내 생각에는." 이 시점에서 그가 목소리를 높였다. "여기 오두막집에 있는 모든 사람들이 내 말을 곰곰이 생각해 봐야 할 거야. 이건 한 사람에게만 말한 게 아니라 전부에게 말한 거니까."

스몰릿 선장이 자리에서 일어나더니 파이프에 남은 재를 왼손에 톡톡 털면서 말했다.
"말 다 했나?"
존이 대답했다.
"그럼! 다 했고말고. 이걸 거부했다가는 나를 다시는 보지 못할 거야. 남은 건 총알뿐이야."
그러자 선장이 말했다.
"잘됐군. 이제는 자네가 내 말을 들어. 만일 너희가 무장을 해제하고 한 사람씩 투항하면 쇠줄에 묶어놓았다가 영국으로 돌아가서 정당한 재판을 받을 수 있도록 노력하겠다. 그렇게 하지 않겠다면 영국 국기를 휘날린 앨릭샌더 스몰릿의 이름을 걸고 내가 너희 모두를 저승의 안내자 데비 존스 선장에게 보내버릴 거야. 너희들은 보물을 찾을 수 없어. 그렇다고 배를 띄울 수도 없지. 너희 중에는 모든 돛을 제대로 조정할 수 있는 놈이 하나도 없거든. 우리랑 싸워도 안 돼. 저기 있는 그레이만 해도 네놈들 다섯을 물리치고 여기로 왔어. 실버 선장, 자네의 배는 지금 맞바람 속에 있는 셈이야. 아주 곤란한 상황에 처해 있어. 뭐 이제 조만간 알게 되겠지만 말이야. 내 여기 서서 말하는데, 이 말이 너희가 듣는 마지막 충고가 될 거다. 단언하건대 다음에 내 눈에 띄면 네놈 뒤통수에 총알을 박아버릴 생각이거든. 자, 이제 가 봐. 미안하지만 얼른 사라져주면 좋겠네. 얼른, 잽싸게 가."

실버의 얼굴은 아주 볼 만했다. 화가 오를 대로 오른 그의 눈이 당장 튀어나올 것만 같았다. 그는 파이프 담배를 휘둘러 불을 털어냈다.

그가 소리쳤다.

"일어나게 손 좀 줘!"

그러자 선장이 대꾸했다.

"나한텐 바라지 마!"

실버가 버럭 소리를 질렀다.

"도와줄 사람 없어?"

움직이는 사람은 아무도 없었다.

그는 온갖 욕을 퍼부으며 땅바닥을 기어갔다. 문간 손잡이를 잡고서 몸을 일으킨 그가 목발을 짚고 섰다. 그러고는 샘물에 침을 퉤하고 뱉었다.

"보여? 이게 내가 너희들에게 해주고 싶은 말이야. 한 시간이 지나기 전에 럼 통에 구멍을 내듯 이 요새를 박살 내고 말 테다. 웃어라, 그래! 웃어! 한 시간도 안 돼 통곡을 하게 될 테니까. 그때는 차라리 죽는 놈이 더 편할 거다."

그는 끔찍한 욕설과 함께 비틀거리며 자리를 떴다. 힘겹게 모래 둔덕을 내려간 그는 네댓 번이나 실패한 뒤에야 휴전 깃발을 들고 온 사내의 도움을 받아 간신히 방책을 넘었다. 그러고는 순식간에 숲 사이로 모습을 감추었다.

21장
공격

 실버의 모습이 사라지기가 무섭게 그의 모습을 유심히 지켜보던 선장이 몸을 돌려 집 안 상황을 점검했다. 자기 자리를 지키고 있는 것은 그레이뿐이었다. 우리가 그의 화난 모습을 본 것은 이때가 처음이었다.
 "위치로!" 그가 소리쳤다. 사람들이 모두 자기 자리로 슬그머니 돌아가자 선장은 이렇게 말했다.
 "그레이, 네 이름을 항해일지에 기록해 놓겠다. 너는 진정한 선원으로서 임무를 완수했다. 트렐로니 씨, 선주님 행동에 놀랐습니다. 의사 선생, 선생은 영국 군대에서 복무한 것으로 알고 있습니다만, 퐁트누아 전투에서도 이런 식이었다면 차라리 그냥 자리 깔고 누워 있는 게 나았을 것 같습니다."
 우리 조는 다시 총안으로 돌아가 경계를 섰고 나머지 사람들은 부지런히 여분의 총에 총알을 넣었다. 물론 여러분의 예상대로 모든 사람들이 흔히 하는 말로 잔소리를 한 바가지 듣고 얼굴이 벌게져서 일하고 있었다.

선장은 한참을 아무 말 없이 지켜보다가 마침내 이렇게 말했다.
"여러분, 나는 실버에게 뱃전을 맞대고 함포를 쏘듯 온갖 공격을 퍼부었습니다. 일부러 아주 열불이 나게 만들었습니다. 이제 한 시간이 지나기 전에 그가 말한 대로 저들의 공격이 있을 것입니다. 모두 알겠지만 인원에서는 우리가 열세입니다. 하지만 우리는 요새 안에서 싸웁니다. 조금 전에 나는 '우리에겐 기강이 있다.'라고 말하고 싶었는데 그렇게 말할 수 없는 것 같아 조금 아쉽긴 하지만, 만일 여러분이 마음을 굳게 먹는다면 우리가 저들을 물리칠 수 있다고 확신합니다."

이 말을 마치고 그는 점검을 나섰다. 그리고 그의 얘기대로 모든 것이 완벽했다.

길이가 짧은 동쪽과 서쪽에는 총안이 두 개씩밖에 없었다. 현관이 있는 남쪽에 두 개, 그리고 북쪽에는 다섯 개가 있었다. 인원 일곱 명에 총은 대략 스무 자루. 장작을 네 개로 나누어 각 벽면 한가운데쯤에 쌓아 탁자 모양을 만들고 그 위에 탄약과 장전된 총 네 자루를 놓아 방어하는 사람이 쉽게 쏠 수 있게 했다. 중앙에는 칼들을 늘어놓았다.

"불을 꺼요." 선장이 말했다. "이제 추위도 가셨으니 눈에 연기가 들지 않게 해야 합니다."

트렐로니 씨가 쇠로 된 화로를 통째로 밖으로 들고 나가 남은 불씨를 모래에 파묻었다.

"호킨스는 아직 아침을 안 먹었으니까 얼른 아침 먹어라." 스몰릿 선장이 말했다. "서둘러라, 얘야. 다 먹지 못했다고 아쉬워하지 말고. 헌터, 모두에게 브랜디 한 잔씩 돌리게."
지시 내용이 이루어지는 사이 선장은 속으로 어떻게 방어할 것인지 계획을 세웠다.
그가 다시 말했다.
"의사 선생, 정문을 맡아주시죠. 적의 동정을 살피되 노출되지 않도록 조심해야 합니다. 안쪽에 숨은 채 현관을 통해서 총을 쏘십시오. 헌터는 저기, 동쪽을 맡아. 조이스, 자네는 서쪽을 지키고. 트렐로니 씨, 선주님은 사격 솜씨가 제일 좋으니까 조이스와 함께 총안이 다섯 개 있는 이쪽, 긴 북쪽을 맡아주십시오. 가장 위험한 곳이 이쪽입니다. 만일 저들이 여기까지 와서 우리 총안을 통해 안으로 사격을 하게 된다면 상황은 아주 고약해집니다. 호킨스, 너하고 나는 사격에는 별 도움이 안 되니까 준비하고 있다가 장전하는 거나 거들자."
선장이 지적한 대로 추위는 이미 물러갔다. 태양은 우리 앞에 있는 숲 위로 떠오르자마자 공터에 강한 햇살을 뿌리더니 모든 안개를 단숨에 들이켜 버렸다. 순식간에 타는 듯한 더위가 밀려들었고 요새 안의 통나무에서는 진액이 지글거리기 시작했다. 다들 외투와 윗도리를 벗고 셔츠 깃을 풀어젖히고 팔은 어깨까지 걷어 올렸다. 모두들 열기와 긴장감에 휩싸인 채 자기 자리를 지키고 있었다.
한 시간이 지났다.
"빌어먹을 놈들!" 선장이 말했다. "꼭 무풍지대처럼 지겹군. 그레이, 휘파람으로 노래나 하나 해봐."
바로 그때 공격을 알리는 첫 번째 소식이 들어왔다.

"저기, 선장님." 조이스가 말했다. "누군가 보이면 쏴야 하나요?"

"그러라고 했잖아!" 선장이 소리 질렀다.

"감사합니다, 선장님." 조이스가 여전히 조용하고 유순한 목소리로 대답했다.

잠시 동안 아무 일도 없었다. 하지만 조금 전 대화로 모든 사람이 긴장했다. 모두들 귀를 쫑긋 세우고 뚫어져라 밖을 쳐다보았다. 총을 쏘는 사람들은 사격에 필요한 모든 도구를 손에 들고 있었고, 선장은 입술을 일자로 다물고 이마에 주름을 만든 채 통나무집 한가운데에 서 있었다.

그렇게 몇 초쯤 지났을 때, 갑자기 조이스가 재빨리 총을 준비하더니 발사했다. 그 총소리가 사라지기도 전에 엄청난 총소리가 연속적으로 들리더니 총알이 마치 거위 떼가 날아오를 때처럼 사방에서 빗발쳤다. 어쩌다 통나무를 맞히는 건 있었지만 집 안으로 들어오는 총알은 하나도 없었다. 자욱한 화약 연기가 흩어져 사라진 뒤 요새와 그 주변 숲에서는 예전과 마찬가지로 아무도 보이지 않고 아무런 소리도 들리지 않았다. 나뭇가지 하나 흔들리지 않고 총구 하나 반짝이지 않았다. 적이 숨어 있음을 알려 주는 표시는 어디에도 없었다.

"적을 맞혔나?" 선장이 물었다.

"아닙니다, 선장님." 조이스가 대답했다. "못 맞힌 것 같습니다."

"맞히는 거 다음으로 중요한 게 사실을 말하는 거지." 스몰릿 선장이 중얼거렸다. "호킨스, 그의 총을 장전해 주어라. 의사 선생, 선생 쪽은 몇 놈이나 되어 보이던가요?"

"정확하게 확인했습니다." 리브지 선생이 말했다. "이쪽에서는 세 명이 총을 쐈습니다. 불꽃이 세 개 보였습니다. 서로 가까이 붙어 있던 게 두 개, 서쪽으로 좀 떨어져 있던 게 하나."

"셋!" 선장이 반복했다. "그쪽에는 몇이던가요, 트렐로니씨."

하지만 이번에는 대답이 쉽지 않았다. 북쪽에서는 공격이 상당히 많았다. 지주의 계산으로는 일곱인데, 그레이는 여덟이나 아홉이라고 대답했다. 동쪽과 서쪽은 각각 한 명씩이었다. 그러므로 공격이 주로 이루어질 곳은 북쪽이고 다른 쪽에서는 공격하는 척만 할 것이라는 게 분명했다. 하지만 스몰릿 선장은 아무런 배치 변화도 하지 않았다. 만일 해적들이 요새를 넘는 데 성공한다면 그놈들은 어떤 총안이든 지키지 않는 곳을 골라서 총을 쏠 것이고, 그러면 요새 안에 있는 우리가 마치 독 안에 든 쥐꼴이 될 수 있다고 선장은 주장했다.

게다가 우리에게는 깊이 생각할 만한 시간적 여유도 없었다. 갑자기 와하는 커다란 함성 소리와 함께 북쪽 숲으로부터 해적들이 구름처럼 몰려나와 요새로 똑바로 달려오기 시작했다. 그와 동시에 숲에서도 다시 한 번 총알이 날아오기 시작했다. 정문을 통해 라이플 총알 하나가 날아들어 의사의 총을 산산조각 냈다.

해적들이 원숭이 떼같이 방책 위에 달라붙었다. 지주와 그레이는 총을 쏘고 또 쏘았다. 세 명이 떨어졌는데, 하나는 요새 안쪽이었고 둘은 요새 바깥쪽이었다. 하지만 이 둘 가운데 하나는 다쳤다기보다는 겁에 질려 떨어진 게 분명했다. 왜냐하면 그는 곧 일어나서는 순식간에 나무 사이로 사라져버렸기 때문이다.

둘이 쓰러졌고 하나는 도망쳤지만, 네 명이 방책 안으로 들어오는 데 성공했다. 숲에서는 일고여덟 명이 분명 여러 자루의 총을 갖고서 숨 가쁘게 통나무집을 향해 총을 쏘아댔지만 그다지 위협적이지는 않았다.

방책을 넘어온 네 명은 집을 향해 함성을 지르며 곧장 뛰어왔다. 숲에 있는 적들도 같이 함성을 지르며 응원했다. 이쪽에서 총을 몇 번 쐈지만 너무 서둘렀는지 아무런 결과도 보이지 않았다. 네 명의 해적들은 순식간에 둔덕을 올라와 우리에게 덤벼들었다.

갑판장 잡 앤더슨의 얼굴이 가운데 총안을 통해 보였다.

"전원 공격하라! 전원 공격!" 그가 천둥 치듯 외쳤다.

그와 동시에 다른 해적 하나가 헌터가 손에 들고 있던 총의 총구를 잡고는 홱 잡아당겨 구멍 밖으로 뺏어 갔다. 헌터는 강한 충격을 받아 정신을 잃고 쓰러지고 말았다. 한편 무사하게 집을 돌아온 세 번째 사내는 갑자기 문 앞에 나타나 칼을 빼어 들고 의사에게 덤벼들었다.

전세는 완전히 역전되었다. 조금 전만 해도 우리는 엄폐물 뒤에서 노출된 적에서 총을 쏘고 있었다. 그런데 지금 우리는 아무런 방어 막도 없고 적에게 타격을 줄 수도 없는 입장이 되어 있었다.

통나무집은 화약 연기로 자욱했다. 그 덕에 우리가 약간 안전해지기는 했다. 고함 소리와 혼란, 번쩍하며 발사되는 총알과 총성. 그러더니 커다란 신음 소리 하나가 내 귀에 들렸다.
"밖으로, 전원 밖으로. 밖에 나가서 적과 싸운다. 칼을 들어라." 선장이 외쳤다.

나는 나뭇더미 위에서 칼 하나를 잡아챘다. 그와 동시에 누군가가 다른 칼을 잡아채면서 내 주먹에 상처를 냈지만, 그때는 거의 느끼지도 못했다. 나는 문밖 환한 태양 아래로 뛰쳐나갔다. 누군가 바로 내 곁에 있었는데 누군지 알 수 없었다. 바로 전면에 의사가 자신을 공격했던 사내를 쫓아 언덕을 내려가고 있었다. 내가 바라본 순간 의사는 사내의 칼을 제치고 그의 얼굴을 내려쳤다. 사내는 얼굴에 긴 상처를 입고 뒤로 쓰러져 꿈틀거렸다.

"집 뒤로 돌아가! 집 뒤로!" 선장이 소리쳤다. 이렇게 소란한 와중에도 나는 그의 목소리가 약간 변했음을 알 수 있었다.

기계적으로 나는 그의 지시를 따라 동쪽으로 가서 칼을 치켜든 채 집 모퉁이를 돌았다. 다음 순간, 나는 앤더슨과 딱 마주쳤다. 그는 크게 고함을 지르며 손에 든 칼을 높이 치켜들었다. 햇빛에 칼이 반짝였다. 무서워 떨고 있을 여유가 없었다. 아직 칼이 공중에 있는 사이, 나는 재빨리 옆으로 몸을 날렸다. 하지만 부드러운 모래에 발이 빠지면서 나는 언덕 아래쪽으로 고꾸라지고 말았다.

조금 전 내가 문밖으로 뛰어나오던 순간, 다른 해적들은 이미 우리를 끝장내기 위해 울타리 위로 구름처럼 올라오고 있었다. 빨간색 나이트캡을 쓰고 입에 칼을 문 한 사내는 이미 방책 위로 올라와 한쪽 다리를 안쪽에 두고 있었다. 내가 다시 몸을 일으켰을 때, 그때까지 지난 시간은 아주 찰나에 불과했다. 모든 것이 아까와 같은 상태였다. 빨간 나이트캡을 쓰고 있는 사내는 아직도 반쯤 넘어온 상태였고 다른 한 사내는 방책 위로 머리만 보였다. 하지만 이렇게 짧은 시간에 전투는 이미 끝났고, 승리는 우리의 것이었다.

나를 바짝 따라오던 그레이가 내리친 칼을 미처 회수하지 못하고 있던 덩치 큰 갑판장을 단칼에 베어 넘겼다. 다른 하나는 집 안으로 총을 쏘던 구멍 옆에서 총에 맞아 쓰러진 채 고통에 몸부림치고 있었다. 그의 손에 들린 총에서는 아직도 화약 연기가 피어오르고 있었다. 앞에서 보았던 세 번째 사내는 의사가 단칼에 처치해 버렸다. 방책을 넘어온 네 사내 가운데 하나만이 남았는데, 그는 목숨이 달아날까 두려워서 땅바닥에 칼을 버린 채 방책을 넘어 도망치려고 애쓰고 있었다.

"사격! 집 안에 있는 사람들은 전원 사격!" 의사가 소리쳤다. "밖에 있는 사람들은 안으로 들어와서 피하도록!"

하지만 그의 말을 듣는 사람은 아무도 없었다. 아무도 총을 쏘지 않았다. 마지막 공격자는 안전하게 울타리를 넘어 도망가 다른 사람들과 함께 숲 속으로 사라졌다. 눈 깜짝할 사이에 공격하던 자들은 모두 사라지고 없었다. 방책 안에 넷, 밖에 하나, 이렇게 총에 맞아 쓰러진 다섯만이 남아있을 뿐이었다.

의사와 그레이, 나는 서둘러 건물 안으로 들어갔다. 적의 잔당들이 곧 자기들 총을 놔둔 곳에 도착할 테고 그러면 언제라도 사격이 다시 개시될 수 있었다.

집 안의 화약 연기는 어느 정도 가라앉아 있었기에 우리는 승리를 위해 우리가 얼마나 값비싼 희생을 치렀는가를 한눈에 알아볼 수 있었다. 헌터는 자신이 맡은 총안 옆에 기절해 쓰러져 있었고 조이스 역시 자신의 총안 옆에 있었지만, 머리에 총을 맞아 죽은 상태였다. 건물 중앙에서는 지주가 선장을 부축하고 있었다. 둘 다 창백하기 이를 데 없었다.

"선장이 부상당했소." 트렐로니 씨가 말했다.

"그들은 도망갔습니까?" 스몰릿 선장이 물었다.

"도망갈 놈은 다 갔습니다. 믿으셔도 됩니다." 의사가 대답했다. "하지만 다섯 놈은 절대로 다시 일어서지는 못할 겁니다."

"다섯이나요!" 선장이 소리쳤다. "거 잘됐네요. 저쪽이 다섯, 우리가 셋이니까, 이제 우리 넷에 저쪽이 아홉 남았군요. 처음보다는 더 나은 비율이군요. 전에는 일곱 대 열아홉이었으니까요. 어쨌거나 그렇게 생각하고 있었죠. 그만큼 나쁜 상황이었어요."

(해적들의 수는 곧 여덟으로 줄어들었다. 범선 위에 있다가 트렐로니 씨의 총에 맞은 사내의 상처가 악화돼 그날 저녁 죽었기 때문이다. 하지만 이런 사실은 우리의 주인공 일행은 아직 모르는 일이었다.)

5부

나의 바다 모험

22장
내 바다 모험의 시작

해적들의 재공격은 없었다. 하다못해 숲에서 총을 쏘는 일도 생기지 않았다. 선장 표현대로 그들은 '오늘 분량을 완수'한 듯했다. 우리도 우리만의 공간에서 조용히 부상자를 돌보고 식사를 준비할 시간을 가졌다. 위험에도 불구하고 지주 어른과 나는 밖에 나가 식사 준비를 했다. 하지만 거기에서도 도무지 제정신을 차리기가 어려웠다. 의사의 치료를 받는 환자들이 지르는 끔찍한 비명 소리가 밖에 있는 우리에게도 엄청 크게 들렸기 때문이다.

전투 중에 쓰러진 여덟 명 가운데 단 세 명만 아직 숨을 쉬고 있었다. 총안 옆에서 총상을 입은 해적과 헌터 그리고 스몰릿 선장. 이 셋 가운데 앞의 두 사람은 거의 죽은 상태나 다름없었다. 실제로 해적은 의사의 칼 아래 목숨을 잃었고, 헌터는 무슨 짓을 해도 제정신이 돌아오지 않았다. 그는 마치 집으로 돌아온 늙은 해적이 중풍 발작으로 씩씩대는 것처럼 거칠게 숨을 몰아쉬며 하루 종일 이리저리 걸어 다녔다. 하지만 타격 때문에 가슴뼈에 금이 갔고 넘어지면서 머리에도 손상을 입었다. 그러다 그는 그 날 밤 아무런 징조도 없이 조용히 조물주에게 돌아갔다.

선장의 상처는 깊기는 했지만 위험할 정도는 아니었다. 치명적으로 다친 기관이 없었다. 먼저 앤더슨이 발사한 총알이 선장의 어깨뼈를 부수고 들어가 폐를 건드렸지만 심하지는 않았다. 두 번째 총알은 종아리 근육을 조금 헤집어놓았을 뿐이었다. 의사 선생 말에 의하면 선장은 분명 회복되겠지만 그때까지 향후 수 주 동안은 걷거나 팔을 움직이면 안 되고 가능하면 말하는 것도 삼가야 한다고 했다.

내가 우연히 입은 주먹의 상처는 그야말로 벼룩이 문 자국에 불과했다. 리브지 선생은 상처에 반창고를 붙여 주고 나서 덤으로 내 귓불을 두어 번 잡아당겼다.

식사가 끝나자 지주와 의사는 선장 곁에 앉아서 회의를 가졌다. 정오가 조금 지난 시각, 서로의 의견을 충분히 교환하고 나자 의사가 모자와 권총을 챙기고 칼을 허리에 찬 다음 지도를 주머니에 넣었다. 그러고는 총을 어깨에 걸친 채 북쪽 울타리를 넘어 신속하게 숲 속으로 들어갔다.

그레이와 나는 회의하는 소리가 들리지 않는 오두막집 한쪽 구석에 나란히 앉아 있었다. 갑작스러운 그 상황에 얼이 빠졌는지 그레이는 물고 있던 파이프 담배를 빼서 손에 쥐고는 다시 입으로 가져가는 것을 잊어버린 듯했다.

그가 말했다.

"아니, 이런 일이? 리브지 선생이 미친 거 아냐?"

내가 대답했다.

"그럴 리가요. 만약 우리 중 누군가 미친다면 의사 선생님이 제일 마지막 사람일걸요? 그건 분명해요."

그러자 그레이가 말했다.

"미친 건 아니겠지. 그럼 내가 미쳤다는 말인가."

내가 대답했다.

"이해해요. 의사 선생님 나름대로 계획이 있는 거겠죠. 만일 제 생각이 옳다면 아마 지금 벤 건을 만나러 가는 길일 거예요."

나중에 알아보니 역시 내 짐작대로였다.

한편, 이때 집 안은 숨 막히도록 덥고 울타리 안에 있는 조그만 모래밭은 한낮의 태양 아래 이글거리고 있었다. 이런 상황에서 한 가지 이상한 생각이 내 머릿속을 맴돌았다. 결코 올바르다고는 할 수 없는 것이었지만 어쨌거나 이런 것이었다. '의사 선생님은 좋겠다. 숲 속 시원한 나무 그늘 아래를 걷노라면 사방에서 새들이 노래하고 향긋한 솔 향이 솔솔 풍겨 올 테니까. 나는 지금 옷은 끈적끈적한 수지에 쩍쩍 달라붙지, 사방은 온통 피투성이지, 시체들은 여기저기 나자빠져 있지, 끔찍하다 못해 무섭기까지 한 공간에서 땀으로 목욕을 하고 있는데…'

통나무집을 물로 닦고 식사 후 설거지를 하는 내내 이런 환멸과 부러움은 무럭무럭 자라났다. 그러다 마침내 탈출을 위한 첫 번째 준비를 행동으로 옮겼다. 누구의 눈에도 띄지 않고 식량을 넣어둔 포대 근처로 간 나는 상의에 달린 두 개의 주머니에 비스킷을 가득 채웠다.

여러분이 바보라고 해도 할 말이 없다. 분명 나는 바보 같고 무모한 짓을 벌이고 있었다. 하지만 나는 이미 내가 할 수 있는 최대한의 주의를 기울여 이 일을 하겠다고 마음을 먹은 상태였다. 만일 내게 무슨 일이 생겨도 이 비스킷은 적어도 내일까지는 굶어 죽지 않게 해줄 것이다.

그다음으로 내가 확보하고자 한 것은 권총 한 쌍이었다. 뿔 모양의 화약통과 총알은 이미 내 수중에 있었으므로 이 정도면 무기도 충분하다고 여겨졌다.

내가 심중에 갖고 있던 계획은 그 자체로 보아서는 그리 나쁘지 않았다. 일단 정박지와 동쪽에 있는 난바다를 가르는 모래부리로 내려가서 지난밤 보았던 하얀 바위를 찾는다. 그리고 벤 건이 보트를 숨긴 곳이 거기인지 확인한다. 이건 지금 생각해 보아도 시도할 만한 가치가 있는 일이었다. 하지만 내가 요새 밖으로 나간다고 하면 허락을 받지 못할 것이 뻔했으므로 유일한 방법은 아무도 보지 않을 때 몰래 밖으로 나가는 것뿐이었다. 이것은 무척 좋지 않은 방법이었고 실제로 이로 인해 모든 일이 엉클어지지만, 나는 아직 어린아이일 뿐이었다. 그리고 내 결심은 확고했다.

어쨌거나 일이 잘되려는 것인지 아주 절묘한 기회가 찾아왔다. 지주와 그레이는 선장이 붕대 가는 일을 도와주고 있었고 해안에는 아무도 없었다. 나는 울타리를 넘어 울창한 숲 속으로 잽싸게 도망쳤다. 사람들이 내가 없어진 것을 미처 깨닫기도 전에 나는 나를 찾는 외침이 들리지 않을 정도의 거리에 도달해 있었다.

이것이 내가 저지른 두 번째 실수였다. 이것은 첫 번째 실수보다 더 나빴다. 왜냐하면 내가 떠나면서 오두막집을 지킬 수 있는 성한 사람이 두 명밖에 남지 않게 되었기 때문이다. 하지만 첫 번째 경우와 마찬가지로 이 일은 우리 모두의 목숨을 건지는 데 큰 도움이 된다.

나는 곧장 섬 동쪽 해안을 향해 나아갔다. 혹시라도 정박지에서 보일지도 모른다는 가능성을 피하려면 바다 쪽으로 가야 한다고 생각했기 때문이다. 아직 해가 떠 있어서 주위는 따뜻했지만 이미 날은 거의 저물고 있었다. 울창한 숲을 요리조리 헤치며 나아가는 사이 저 멀리 아래쪽에서 파도가 요란하게 철썩거리는 소리와 나뭇잎이 나부끼는 소리, 가지가 삐걱거리는 소리가 들려왔다. 해풍이 평소보다 강하게 불고 있다는 신호였다. 곧 차가운 바람이 느껴지기 시작했다. 몇 발자국 못 가 나는 숲의 영역을 벗어났다. 내 앞에 햇살에 반짝이는 푸른 바다가 수평선까지 펼쳐져 있었다. 해안에 부서지는 파도가 하얀 거품을 내뿜었다.

지금까지 나는 한 번도 보물섬 주변 해안이 조용한 것을 본 적이 없다. 머리 위에서 태양이 내리쬐고 바람은 흔적조차 없고 푸른 해수면이 아무리 고요하다 해도, 섬 주변 해안으로는 엄청나게 큰 파도가 천둥처럼 우르릉 쾅쾅 소리를 내며 밤이고 낮이고 끊이지 않고 밀려들었다. 섬 그 어디에도 이 소리를 피할 수 있는 곳은 존재하지 않을 것이라고 나는 믿는다.

나는 파도를 따라 해안을 걸으며 즐거움을 만끽했다. 그러다 이제 남쪽으로 충분히 내려온 것 같다는 생각이 들자 무성한 관목 수풀 뒤에 몸을 숨기고 조심스럽게 모래부리 등성이까지 기어 올라갔다.

내 뒤는 바다였고, 내 앞은 정박지였다. 오늘따라 바람이 유난히 강하게 몰아치는가 싶더니 제 풀에 지쳤는지 평소보다 더 빨리 잠잠해졌다. 그다음으로 남쪽과 남동쪽에서 살랑거리며 불어오는 가벼운 바람을 따라 짙은 안개가 몰려왔다. 해골 섬 안쪽에 있는 정박지는 우리가 처음 거기 도착했을 때와 마찬가지로 아무런 미동도 없는 잿빛 모습이었다. 거울처럼 고요한 바다가 히스파니올라 호의 모습을 깃대 꼭대기에서부터 흘수선까지 정확하게 그려내고 있었다. 그 배 꼭대기에 해적 깃발이 나부끼고 있었다.

그 옆에는 보트 한 척이 떠 있고 뱃머리에 실버가 타고 있었다. 나는 그의 모습이라면 언제든지 알아볼 수 있었다. 몇 명이 고물 난간에 기대고 있었는데, 그중 한 명은 몇 시간 전 방책 위에 한쪽 다리를 걸치고 있던 그 빨간 모자의 사내였다. 대략 1마일가량 떨어져 있었으므로 그들이 무슨 말을 하는지는 알아들을 수 없었지만 웃고 떠들고 있다는 사실만은 분명했다. 그 순간, 어디선가 무시무시하고 도무지 이 세상 소리라고는 믿기 힘든 어떤 비명 소리가 들리기 시작했다. 처음에 나는 깜짝 놀랐다. 하지만 이내 플린트 선장의 목소리가 생각나면서 주인의 손목에 앉아 화려한 깃털을 뽐내고 있는 새의 모습을 볼 수 있었다.

곧이어 보트는 배를 떠나 기슭 쪽으로 향했다. 빨간 모자의 사내와 그의 동료들은 갑판 승강구를 통해 아래로 내려갔다.

그와 거의 동시에 해가 망원경 섬 너머로 저물었다. 안개가 갑자기 짙어지며 사방이 본격적으로 어두워지기 시작했다. 그날 저녁에 보트를 찾으려면 한시바삐 서둘러야겠다는 생각이 들었다.
 관목 수풀 위로 드러난 하얀 바위가 있는 곳은 아직도 8분의 1마일가량 더 아래쪽에 있는 모래 더미였다. 관목 덤불 사이를 엎드려 가기도 하고 때로는 네 발로 기기도 하면서 거기까지 가는 데는 상당한 시간이 걸렸고 내가 바위의 거친 표면을 실제로 만진 건 거의 밤이 다 되고 나서였다. 바위 바로 밑에는 잔디로 덮인 아주 조그만 분지가 자리 잡고 있었다. 그곳은 오목하게 들어간 데다 무성하게 자라 있는 무릎 높이의 덤불과 주변 제방에 가려 눈에 잘 띄지 않았다. 이를테면 작은 계곡이라고 할 만한 그 공간 한가운데에 염소 가죽으로 만든 조그만 텐트가 있었다. 영국 집시들이 들고 다니는 것과 비슷한 종류였다.
 나는 분지 안으로 들어가 텐트를 들춰보았다. 벤 건의 보트가 거기 있었다. 아무리 엉성하다 엉성하다 해도 이 정도로 엉성한 것은 없을 것이다. 질긴 나무를 대충 다듬어 만든 뼈대는 한쪽으로 기우뚱했고 그 위에 염소 가죽이 털이 안쪽을 향하게 덮여 있었다. 그건 나한테도 무척 작아서 몸집이 큰 어른이 탔을 때 과연 뜰까 하는 의구심이 들 정도였다. 노 젓는 좌석은 최대한 낮게 되어 있었고 뱃머리 쪽에 발 받침 같은 것도 하나 있었다. 양쪽에 노깃이 있는 노를 저어 앞으로 나아가게 되어 있었다.
 나는 그때까지 옛날 영국인들이 타고 다녔다는 바구니 배를 본 적이 없다가 그 후 딱 한 번 보게 되었는데, 최초이자 최악의 바구니 배라는 말보다 벤 건의 보트를 더 잘 설명할 수 있는 말은 없을 것 같다. 하지만 바구니 배 나름의 커다란 장점이 분명히 있었다. 비할 데 없이 가볍고 운반하기 쉽다는 점이었다.

이제 보트를 확인했으니 여러분이었다면 이번 무단이탈의 성과는 거둔 것이라고 생각했을지도 모르겠다. 하지만 그사이 내 머릿속에는 또 하나의 생각이 떠올랐는데, 돌이켜보면 스몰릿 선장이 직접 막아선다 해도 기어코 하겠다고 고집부리지 않았을까 싶을 정도로 내 맘에 쏙 드는 계획이었다. 그건 바로 야음을 틈타 몰래 바다로 나가서 히스파니올라 호의 닻줄을 끊어 배가 아무 해안에나 얹히게 만드는 것이었다. 나는 아침에 한 번 격퇴를 당했으니 해적들이 이제는 닻을 올려서 바다로 나가고 싶은 생각뿐일 거라고 단정 지었다. 따라서 그러지 못하게 하는 것도 괜찮은 일일 거라는 생각이 들었다. 게다가 이제 파수꾼은 있지만 보트가 가고 없는 것을 확인했으므로 별다른 위험 없이 일을 끝낼 수 있을 것 같았다.

나는 자리에 앉아 사방이 깜깜해지기를 기다리며 비스킷을 맛있게 먹었다. 그날 밤은 내 계획을 실행하기에는 백 년에 한 번 있을까 말까 할 정도로 안성맞춤인 날이었다. 안개가 하늘을 완전히 뒤덮었다. 점점 줄어들던 마지막 햇살이 모습을 감추자 칠흑 같은 어둠이 보물섬 위에 내려앉았다. 그러다 마침내 내가 바구니 배를 뒤집어쓰고 저녁 식사 장소였던 그 분지에서 더듬더듬 기어 나왔을 때 정박지를 통틀어 눈에 보이는 곳은 단 두 곳뿐이었다.

하나는 해안 늪지의 커다란 모닥불이었다. 그 주위로 아침 공격에 실패한 해적들이 술에 취해 드러누워 있었다. 어둠 속에서 보일락 말락 깜박거리는 다른 하나는 정박한 배의 위치를 나타내고 있었다. 썰물에 밀려 빙그르르 돈 배는 선수를 내 방향으로 향하고 있었다. 배에서 불을 밝힐 곳은 선실밖에 없었으므로 내가 본 것은 고물 선창을 통해 흘러나온 강한 불빛이 안개에 반사된 것일 뿐이었다.

썰물이 시작된 지 꽤 되었으므로 해안선은 점점 더 멀어지고 있었다. 물가로 가기 위해 나는 발이 빠지는 모래밭을 꽤 오랫동안 걸어야 했다. 나는 몇 번이나 발목 위까지 잠길 정도의 물웅덩이에 빠져가며 마침내 물가에 다다랐다. 나는 물속으로 몇 걸음 걸어 들어갔다. 바구니 배에 타는 건 상당한 힘과 요령이 필요했지만 나는 결국 무사히 배를 물 위에 띄웠다.

23장
썰물에 밀려

배에 오르기 전에 이미 확신을 가질 만한 여러 가지 이유가 있었지만 실제로 바구니 배는 나 정도의 키와 몸무게를 가진 사람에게는 대단히 안전했으며 물에 잘 뜨고 파도를 잘 탔다. 하지만 이것만큼 기우뚱하고 다루기 힘든 배도 없었다. 그 배는 다른 어떤 배보다도 민감해서 아무리 잘하려 노력해도 툭하면 빙글빙글 돌기 일쑤였다. 오죽하면 벤 건 자신이 그 배는 "적응하기 전까지는 정말 다루기 힘들다"고 인정했을까.

확실히 그 배는 적응하기가 힘들었다. 배는 자꾸 내가 가려는 방향이 아닌 엉뚱한 방향으로만 가려고 했다. 내가 가려는 쪽으로 뱃머리가 아닌 뱃전이 오는 경우가 태반이었으므로 조류가 아니었다면 나는 결코 배 근처에도 이르지 못했을 것이다. 하지만 다행스럽게도 내가 노를 젓는 것과 상관없이 조류가 나를 이끌어 주었다. 히스파니올라 호는 조류가 흘러가는 방향 한가운데 서 있어서 피할래야 피할 수가 없었다.

처음에 배는 어둠 속에 있는 어둠보다 더 검은 반점 정도로 느껴졌다. 그러다 돛대와 선체가 점차 모습을 드러내더니 내 느낌으로는 바로 다음 순간, 어느새 배의 굵은 닻줄이 코앞에 나타났다. 나는 그 줄을 붙들었다.

닻줄은 활시위만큼이나 팽팽했다. 조류가 무척 강해 배가 닻을 잡아당기고 있었다. 어둠에 싸인 선체 주위에서 찰랑이는 파도가 마치 산에서 흐르는 냇물처럼 보글보글 졸졸 소리를 내고 있었다. 바다 칼을 한 번만 휘두르면 히스파니올라 호는 조류를 따라 흔들흔들 사라져갈 것이다.

여기까지는 좋았다. 한데 바로 그 순간, 팽팽한 닻줄을 단번에 자를 경우 뒷발질하는 말만큼이나 위험해진다는 사실이 퍼뜩 떠올랐다. 그래도 고집을 부려 히스파니올라 호의 닻줄을 자른다면 나와 내 바구니 배는 틀림없이 물 밖으로 내동댕이쳐지고 말 것이다.

생각이 여기에 미치자 나는 행동을 멈추었다. 만일 상황이 특별히 유리하게 바뀌지 않았더라면 나는 계획을 포기했을 것이다. 하지만 남쪽과 남동쪽에서 불어오던 가벼운 바람이 밤이 깊어가며 남서쪽으로 방향이 바뀌었다. 내가 망설이는 사이 한 줄기 바람이 불어와 히스파니올라 호를 조류의 흐름 반대편으로 밀어주었다. 그 덕분에 너무나 기쁘게도 내 손에 들린 닻줄이 느슨해지면서 줄을 잡고 있던 손이 잠깐 물속에 잠겼다.

결국 나는 결심을 굳혔다. 나는 칼을 꺼내 이로 날을 끄집어내고는 닻줄을 한 가닥씩 자르기 시작했다. 마침내 배를 붙들고 있는 줄이 두 가닥밖에 남지 않았다. 나는 다시 한 번 바람이 불어줄이 느슨해지길 기다렸다. 마지막 줄을 끊기 위해 나는 조용히 누워 기다렸다.

그러는 사이 선실에서는 시끄러운 소리가 들려오고 있었다. 하지만 솔직히 말해 나는 정신이 온통 다른 데 팔려 있어서 거의 귀를 기울이지 않았다. 하지만 이제 일이 잠시 중단된 상황이었으므로 나는 무슨 소리인지 좀 더 신경 써서 들었다.

들리는 소리 가운데 하나는 예전에 플린트 선장 밑에서 포수(砲手)를 맡았던 키잡이 이즈리얼 핸즈의 목소리였다. 다른 하나는 물론 그 빨간 모자 친구의 것이었다. 두 사람 다 분명 잔뜩 취해 있었다. 하지만 그 상태에서도 여전히 더 마시고 있는 게 분명했다. 내가 귀를 기울이는 사이에도 누군가 취한 목소리로 소리를 지르며 고물 창을 열고 뭔가를 내던졌는데, 그건 분명 빈 술병이었기 때문이다. 그런데 그들은 단지 술에만 취한 게 아니었다. 잔뜩 화가 나 있었다. 욕설이 싸락눈처럼 흩날리고 심심찮게 격한 감정이 터져 나오는 것으로 보아 조만간 주먹다짐이 벌어질 것만 같았다. 하지만 그들의 말다툼은 늘 아무 일 없이 끝났다. 그러고 나면 목소리도 잠시 동안 잦아들었다. 그러다 다음 번 위기가 찾아오고, 그것 또한 전과 마찬가지로 그냥 끝이 났다.

해변 방향에서는 바닷가 나무들 사이로 활활 타오르는 커다란 모닥불이 보였다. 누군가 예로부터 전해 내려오는 단조로운 뱃노래를 부르고 있었다. 소절이 끝날 때마다 가락이 처지며 떠는 음을 내는 그 노래는 부르는 사람이 지쳐서 그만두지 않으면 결코 끝나지 않을 것 같았다. 항해를 하며 그 노래를 두어 번 들은 적이 있었던지라 그 가사가 기억났다.

바다로 떠난 사람 일흔다섯 사람
그 가운데 돌아온 건 단 한 사람

아침에 그렇게 커다란 피해를 입은 사람들에게 딱 맞아떨어지는 서글픈 내용의 노래라는 생각이 들었다. 하지만 내가 지금까지 본 바로는 이 해적이란 사람들은 그들의 터전인 바다만큼이나 무정한 사람들이었다.

마침내 바람이 불었다. 바람에 밀려 어둠 속에서 뱃전이 가까이 다가왔다. 다시 한 번 닻줄이 느슨해지는 게 느껴졌다. 나는 적잖은 노력을 들여 마침내 마지막 가닥을 잘랐다.

바람은 바구니 배에는 그다지 영향을 미치지 못했다. 줄을 절단하자마자 나는 히스파니올라 호의 선수 쪽으로 끌려갔다. 그와 동시에 배가 조류에 밀려 반대쪽으로 빙그르르 방향을 틀기 시작했다.

나는 필사적으로 애를 썼다. 당장이라도 내 배가 물에 잠길 것 같았기 때문이다. 바구니 배를 똑바로 앞으로 가게 만들 수 없다는 것을 깨달은 나는 배를 뒤로 가게 했다. 그리고 마침내 위험한 이웃의 영역을 거의 벗어나 이제 마지막으로 노 한 번만 저으면 끝이었다. 그런데 바로 그때, 고물 안전 담장에서 늘어진 가느다란 밧줄 하나가 손끝에 닿았다. 그리고 나는 순간적으로 그것을 낚아챘다.

왜 그랬는지는 아직도 설명이 되지 않는다. 처음에는 단순히 본능적인 행동이었다. 하지만 일단 손에 밧줄을 쥐고 또 그게 단단히 매여 있는 걸 보자 호기심이 불쑥 치밀었다. 나는 선창 안을 한번 들여다봐야겠다고 마음을 굳혔다.

나는 재빨리 줄을 잡아당겼다. 그리고 이제 충분히 가까워졌다는 생각이 들 때쯤 위험하기 짝이 없는 행동이었지만 나는 허리를 반쯤 세웠다. 선미에 있는 선실 천장과 방 안 일부가 가까스로 눈에 들어왔다.

그러는 사이 범선과 그 밑의 조각배는 상당히 빨리 물살을 헤치며 나아가고 있었다. 실제로는 모닥불이 있는 지점에 도달해 있었다. 무수히 많은 물결 속에서 끊임없이 출렁거리고 파도를 일으키면서 배는, 뱃사람들 표현을 따르자면, 크게 소리치고 있었다. 창문 안을 볼 때까지도 나는 왜 파수꾼이 아무런 경고도 하지 않았을까 하는 의문을 품고 있었다. 하지만 안을 한 번 보는 것으로 충분했다. 그리고 그렇게 불안정한 조각배 위에서는 두 번 볼 엄두가 나지 않기도 했다. 방 안에서는 핸즈와 그의 동료가 서로 목덜미를 잡고 엉켜 붙은 채 사투를 벌이고 있었다.

나는 다시 배로 돌아왔다. 조금만 늦었어도 물에 빠질 뻔한 상황이었다. 목격한 건 연기 자욱한 등불 아래 얼굴이 시뻘게질 정도로 화가 난 두 사람이 서로 밀고 당기는 광경뿐이었다. 나는 어둠에 더 익숙해지기 위해 눈을 감았다.

끝나지 않을 것 같던 노래가 마침내 끝이 났다. 이제는 인원이 많이 줄어든 해적들이 모닥불을 둘러싸고 내가 자주 들었던 노래를 시작했다.

사자의 궤짝 위에 열다섯 사람
요— 호— 호! 또 럼주 한 병!

나머지를 처리한 건 술과 악마.

요— 호— 호! 또 럼주 한 병!

지금 이 순간에도 히스파니올라 호의 선실에서는 술과 악마가 무척 바쁘겠구나 하는 생각을 하고 있는데, 깜짝 놀랄 일이 생겼다. 갑자기 바구니 배가 심하게 출렁거린 것이다. 그와 동시에 범선의 선미가 옆으로 크게 요동쳤다. 방향이 바뀌는 모양이었다. 이제 속도 또한 상당히 빨라져 있었다.

나는 얼른 눈을 떴다. 주위에 온통 물결이 찰랑거리고 있었다. 파도는 희미한 인광을 발하며 날카롭게 철썩거리는 소리를 냈다. 자신의 항적 속에서 몇 야드 뒤에 있던 내 배가 여전히 요동치고 있는 사이 히스파니올라 호가 잠시 주춤거렸다. 어둠 속에서 배의 돛대가 흔들리는 게 보였다. 그런데 가만히 지켜보니 그냥 흔들리는 게 아니었다. 배는 분명 남쪽으로 방향을 돌리고 있었다.

나는 뒤를 힐끗 돌아보았다. 순간 심장이 갈비뼈를 뚫고 나올 뻔했다. 거기, 내 등 바로 뒤에서 모닥불이 타오르고 있었다. 조류의 흐름이 직각으로 꺾어지면서 커다란 범선과 춤추듯 요동치던 내 작은 바구니 배도 함께 휩쓸려 갔던 것이다. 물은 점점 더 빠르게 더 큰 소리를 내며 더 높이 물방울을 튀기며 해협을 거쳐 넓은 바다를 향해 달려 나가고 있었다.

갑자기 내 앞에 있던 범선이 쓰러질 듯 기우뚱하더니 20도 가까이 방향을 틀었다. 그리고 그와 거의 동시에 선상에서 두 개의 고함 소리가 꼬리를 물고 터져 나왔다. 승강구 사다리를 밟는 발

소리가 요란하게 울리는 걸 보니 마침내 두 취한이 싸움을 멈추고 눈앞의 긴급 상황을 깨달은 것이리라.

나는 불쌍하게도 조각배 안에 납작 엎드린 채 진심으로 내 영혼을 창조주의 손길에 맡겼다. 해협 끝에는 물어보나마나 틀림없이 거대한 파도가 부서지는 모래부리가 있을 것이다. 거기에 부딪히면 내 모든 수고가 순식간에 물거품이 되고 만다. 혹시 내가 죽는다면 그건 참을 수 있겠지만 지금 내 눈앞에 닥친 운명을 받아들이기는 너무 힘들었다.

그렇게 파도에 이리저리 휩쓸리고 날아오는 물보라를 맞으며 큰 파도가 다가올 때마다 죽음을 예감하며 보낸 시간이 아마 몇 시간은 되었으리라. 점차 피곤이 몰려왔다. 두려움 속에서도 감각이 사라지고 정신이 혼미해지는 순간들이 찾아왔다. 그러다 마침내 졸음이 밀려들었다. 나는 파도를 따라 출렁대는 바구니배 안에 누워 내 고향과 그리운 벤보우 제독 꿈을 꾸었다.

24장
바구니 배를 타고

내가 잠에서 깨어났을 때 날은 이미 밝아 있었다. 내가 표류하고 있는 곳은 보물섬의 남서쪽 끄트머리 근처였다. 망원경 언덕의 이쪽 면은 거의 바다에 이르기까지 날카로운 절벽을 이루고 있는 탓에 해가 뜨기는 했지만 그 커다란 덩치에 가려 아직 보이지 않았다.

홀보라인 곶과 뒷돛대 언덕이 가까이 있었다. 언덕은 거무스레하고 나무가 거의 없었으며 홀보라인 곶은 사방이 4~5십 피트 높이의 깎아지른 절벽이었으며 그 아래에는 절벽에서 떨어진 바위들이 만든 거대한 돌무더기가 여기저기 쌓여 있었다. 처음에 나는 해안에서 반의반 마일 정도밖에 떨어져 있지 않았으므로 노를 저어 저곳에 상륙하면 되겠다고 생각했다.

하지만 그런 생각은 이내 사라졌다. 해안에서는 파도가 돌무더기에 부딪쳐 솟구치며 콰르릉 소리를 내고 있었다. 하얀 물보라가 높이 치솟았다 떨어지면 파도 부서지는 커다란 소리가 사방에서 울렸다. 쉴 새 없이 부서지는 파도, 끊임없이 들려오는 굉음들. 무모하게 가까이 갔다가 거친 해안에 부딪쳐 산산조각이 나거나 뾰죽 솟은 바위를 오르기 위해 안간힘을 쓰다 기력이 빠져 실패하는 내 모습이 눈앞에 선하게 그려졌다.

그뿐만이 아니었다. 평평한 바위 위에 떼로 모여 있다가 커다란 소리를 내며 물속으로 뛰어드는 거대하고 미끌미끌한 괴물의 모습도 보였다. 흐느적거리는 모습이 마치 엄청나게 큰 달팽이 같았다. 수십 마리나 되는 그놈들이 우는 소리가 바위 사이에서 메아리쳤다.

나중에 알고 보니 그것들은 인간에게 전혀 해를 끼치지 않는 바다사자라고 하는 동물들이었다. 하지만 파도가 너무 높아 해안에 접근하기가 어려운 데다 그것들의 모습을 보니 거기 배를 대려는 마음이 싹 달아나고 말았다. 저렇게 위험한 곳으로 가느니 차라리 바다에서 굶어 죽는 게 낫겠다는 생각이 들었다.

그리고 내가 보기에 그보다는 더 나은 기회가 나를 기다리고 있었다. 홀보라인 곶 북쪽에는 평지가 길게 늘어서 있어서 썰물 때면 긴 모래사장이 노랗게 모습을 드러냈다. 다시 그 북쪽으로 곶이 하나 더 나오는데 해도에 표시된 바에 따르면 그건 바로 '숲의 곶'이었다. 그 곳은 해안선 직전까지 커다란 푸른 소나무들이 뒤덮고 있었다.

보물섬 서쪽 해안 어디서나 조류는 남에서 북으로 흐른다는 실버의 말이 떠올랐다. 내 위치로 보아 나는 이미 그 조류의 영향권 안에 들어와 있으므로 홀보라인 곶은 뒤에 둔 채 그냥 지나치고 힘을 아꼈다가 좀 더 쉬워 보이는 숲의 곶으로 상륙을 시도 하는 편이 낫겠다는 생각이 들었다.

파도는 크고 완만했다. 남쪽으로부터 바람이 일정하고 잔잔하게 불어주었으므로 바람과 조류는 서로 거스르지 않았다. 파도가 부서지지 않고 넘실거렸다.

어쩌면 나는 이미 오래전에 죽었을지도 모른다. 하지만 너무나 놀랍게도 내 작고 가벼운 조각배는 아주 쉽고 안전하게 파도를 넘었다. 배 바닥에 드러누우면 간신히 눈 정도가 뱃전 위로 올라오는데, 이렇게 누워 있다 보면 커다란 파도가 나를 덮칠 듯 다가오는 게 종종 눈에 띄었다. 그럴 때마다 바구니 배는 스프링 위에서 춤이라도 추듯 출렁하고 솟구쳤지만, 그러고 나면 언제나 파도 뒤의 낮은 골로 한 마리 새처럼 사뿐히 내려앉았다.

시간이 지나면서 나는 어느 정도 대담해지기 시작했다. 허리를 세우고 앉아 노를 저으려고 해보았다. 하지만 무게중심이 아주 조금만 변해도 바구니 배는 격렬하게 반응했다. 내가 움직이기만 하면 바구니 배는 사뿐히 춤추는 듯한 움직임을 버리고 파도 뒷면의 경사를 따라 곧장 아래쪽으로 아찔할 정도로 급하게 처박혔다. 그럴 때면 바구니 배의 뱃머리가 다음 파도와 부딪치며 물보라를 일으켰다.

물을 뒤집어쓰고 나면 나는 겁을 먹고 얼른 예전 자세로 돌아갔다. 그러면 바구니 배는 다시 제정신을 차리고 예전과 마찬가지로 부드럽게 파도 사이로 나를 인도했다. 배의 움직임을 방해하지 말아야 한다는 건 분명했다. 하지만 배의 방향을 조금도 조정할 수 없는 상황에서 지금 속도라면 과연 육지에 다다를 가능성이 얼마나 될까?

공포에 가까운 두려움이 나를 사로잡았지만 그런 상황에서도 나는 침착함을 유지했다. 우선 나는 최대한 조심스레 움직여서 모자로 물을 조금씩 퍼냈다. 그런 다음 한 번 더 뱃전 위로 고개를 들어 배가 어떻게 놀과 놀 사이를 그렇게 조용히 미끄러져 갈 수 있는지 연구하기 시작했다.

나는 하나하나의 파도가 해변이나 범선의 뱃전에서 보이는 것처럼 굴곡 없이 매끄러운 커다란 산이 아니라 육지에 있는 언덕들처럼 봉우리와 평지와 계곡이 있음을 알게 되었다. 가만히 놔두면 바구니 배는 이리 빙글 저리 빙글 돌며 요리조리 낮은 부분만을 찾아 옮겨 다니면서 파도의 급한 경사면이나 더 높이 치솟았다 떨어지는 정점을 피해 다녔다.

그러자 이런 생각이 들었다. '자, 이제 균형을 무너뜨리지 않으려면 가만히 누워 있어야 한다는 건 분명해. 하지만 평평한 곳에서는 가끔씩 노를 저어서 육지 가까이 가게 만들 수 있다는 것도 분명하지.' 나는 즉시 이런 생각을 행동으로 옮겼다. 나는 팔꿈치로 몸을 받치는 아주 고통스러운 자세로 엎드려 있다가 기회가 생길 때마다 가볍게 한두 번씩 노를 저어 배의 방향을 육지로 돌렸다.

그것은 매우 힘들고 또 시간이 걸리는 일이었지만 나는 분명 눈에 띄게 육지와 가까워지고 있었다. 숲의 곶 근처에 이르면서 나는 그곳에 다다를 가능성이 조금도 없다는 사실을 깨달았다. 하지만 지금까지 동쪽으로 수백 야드를 움직였다. 사실 그곳까지의 거리는 지척에 불과했다. 초록색 나무 꼭대기가 바람에 시원스레 흔들리는 모습도 보였다. 다음 곶에서는 틀림없이 상륙

할 수 있을 거라는 확신이 들었다.

상륙이 절실한 시점이었다. 이제는 갈증이 고통스럽게 느껴지기 시작했기 때문이었다. 머리 위에선 태양이 이글거리고 파도는 햇살을 수천 갈래로 반사했다. 내가 뒤집어쓴 바닷물은 내 몸 위에서 바짝 마르며 입술에 소금 더께를 남겼다. 이 모든 게 한데 어우러지자 목이 바짝 타고 머리가 지끈거렸다. 손에 잡힐 듯 보이는 나무들의 모습이 나는 미치도록 안타까웠다. 하지만 나를 태우고 가는 조류는 순식간에 그곳을 지나쳤다. 나는 곶을 돌아 새로운 바다에 들어섰다. 그리고 거기에서 나는 내 생각의 방향을 확 바꿀 만한 광경을 보았다.

정면 반 마일도 떨어지지 않은 곳에서 히스파니올라 호가 돛을 펼치고 항해 중인 게 보였다. 물론 내가 가면 붙잡히리라는 걸 난 잘 알고 있었다. 하지만 물에 대한 욕구가 너무나 간절해서 그게 좋은 일인지 나쁜 일인지 거의 분간이 되지 않았다. 그리고 그런 결론을 내리기도 전에 이미 내 정신은 어떻게 된 일인지 온통 호기심으로 가득 차서 내 눈으로 직접 보지 않고 배길 수 없는 지경이 되어 있었다.

히스파니올라 호는 큰 돛과 함께 이물의 삼각돛 두 개를 펼치고 있었다. 햇빛을 받은 백포(白布) 돛이 눈처럼, 은처럼 아름답게 반짝이고 있었다. 처음 보았을 때 배의 방향은 북서쪽이었고 모든 돛이 바람을 받고 있었다. 그래서 나는 해적들이 섬을 한 바퀴 돌아 정박지로 돌아갈 생각인가 보라고 여겼다. 그런데 배가 점점 더 서쪽으로 방향을 틀기 시작하길래 이번에는 저들이 나를 발견하고 쫓아오려고 하는구나 하고 생각했다. 하지만 결국 배는 맞바람을 받는 상태가 되더니 그대로 멈추고 말았다. 바람눈 속으로 들어가 버린 것이다. 돛이 펄럭거리기만 할 뿐 배는 한동안 꼼짝도 못하고 거기 서 있었다.

"쓸모없는 놈들. 아마 지금도 올빼미처럼 취해 있을 거야." 나는 이렇게 중얼거리며 스몰릿 선장이었다면 저놈들을 발바닥에 불이 나게 뛰어다니게 만들었을 거라고 생각했다.

그러는 사이 범선의 방향이 점차 바뀌며 이번엔 또 다른 쪽으로 바람을 받기 시작했다. 배는 일 분 남짓 빠르게 움직이다가 다시 바람눈 속으로 들어가 멈춰 섰다. 이런 일이 몇 번이고 되풀이되었다. 앞뒤로, 위아래로, 동으로, 서로, 남으로, 북으로, 히스파니올라 호는 바람을 타고 이쪽저쪽으로 돌진에 돌진을 거듭했지만, 그럴 때마다 처음 상태로 돌아와 돛만 쓸데없이 펄럭이게 만들며 끝이 났다. 조타하는 사람이 아무도 없는 게 분명했다. 만일 그렇다면 다들 어디 간 것일까? 내 생각에 그들은 모두 술에 곯아떨어졌거나 배를 버리고 떠난 것 같았다. 그러자 이런 생각이 들었다. 내가 배에 오를 수 있다면 선장님에게 배를 돌려줄 수 있지 않을까?

조류는 바구니 배와 범선을 똑같은 속도로 남쪽으로 실어가고 있었다. 범선이 돛으로 움직인 건 일정한 방향도 없고 오래 지속되지도 않았으며, 또 매번 바람눈 속에서 한참을 머물렀기 때문에 뒤로 밀렸다고 말하기는 어려워도 그렇다고 앞으로 나아갔다고 할 수도 없었다. 내가 과감하게 몸을 일으키고 앉아서 노를 젓기만 하면 따라잡는 건 전혀 문제가 아닐 것 같았다. 이런 생각에서 풍기는 약간의 모험적인 분위기가 나를 충동질했다.

그리고 앞쪽 승강구 옆에 작은 물통이 있다는 데 생각이 미치자 두 배 이상 용기가 났다.

나는 벌떡 일어나 앉았다. 그와 동시에 기다렸다는 듯이 물벼락이 나를 반겼다. 하지만 이번에는 물러서지 않고 온 힘을 다해 그리고 최대한 신중하게 노를 저어 표류하는 히스파니올라 호를 쫓아가기 시작했다. 그러다 한번은 물을 흠뻑 뒤집어써서 노질을 멈추고 물을 퍼내야 했다. 새가 날갯짓하듯 심장이 벌렁거렸다. 하지만 점차 나는 요령을 터득하여 바구니 배로 파도를 타게 되었다. 뱃머리가 파도와 부딪치면서 얼굴에 물보라를 맞는 일은 가끔 일어날 뿐이었다.

이제 나는 범선을 빠른 속도로 따라잡고 있었다. 이쪽저쪽으로 부딪쳐 쿵쿵대는 키 손잡이의 구리가 반짝거리는 게 보였다. 하지만 여전히 갑판 위에는 사람 그림자도 비치지 않았다. 해적들이 배를 버렸다고 볼 수밖에 없었다. 아니면 아래 선실에서 술에 곯아떨어져 자고 있을지도 모른다. 그런 경우라면 빗장을 질러 선실을 봉쇄할 수 있을 테고, 그렇게만 하면 배는 내 차지가 된다.

얼마 동안 배는 내게는 가장 안 좋은 상태로 머물렀다. 즉 그냥 가만히 서 있었다. 배는 거의 정남향을 향하고 있었다. 물론 고물은 계속 흔들리고 있었다. 배의 방향이 조금이라도 바뀌면 돛이 바람을 받았다. 그러면 배는 즉시 똑바로 바람이 불어오는 곳을 향해 섰다. 조금 전 나는 이 상태가 내게 가장 안 좋다고 말했다. 돛이 소란스레 삐걱거리고 활차가 이리저리 굴러다니다 뱃전에 부딪히는 등 범선은 무력한 상태에 있었지만, 조류뿐 아니라 바람의 힘이 더해진 속도로 나로부터 멀어져 갔기 때문이다. 상당히 빠른 속도였다.

하지만 마침내 기회가 찾아왔다. 잠시 동안 바람이 매우 약해졌다. 조류의 흐름을 따라 히스파니올라 호가 천천히 제자리에서 돌더니 고물이 내 눈앞에 모습을 드러냈다. 선실 창문은 아직도 열려 있었고 한낮인데도 탁자 위에서는 램프가 타오르고 있었다. 주범(主帆)이 깃발처럼 늘어져 있었다. 조류의 흐름만 아니라면 배는 완전히 정지한 상태나 다름없었다.

한동안 뒤처져 있던 나였지만 이제 전보다 곱절의 힘을 내서 다시 한 번 사냥감을 따라잡기 시작했다.

이제 배까지 백 야드도 남지 않았는데 갑자기 바람이 불었다. 좌현 쪽에서 불어온 바람에 돛이 부풀어 오르며 배가 움직이기 시작했다. 배는 한쪽으로 기우뚱하더니 제비처럼 수면 위로 미끄러져 갔다.

내 첫 느낌은 절망감이었다. 하지만 다음 순간 희열이 찾아왔다. 배가 반원을 그리며 움직이더니 뱃전이 보이기 시작했다. 배는 둥글게 계속 움직였고 우리 사이의 거리가 반으로, 삼 분의 일로, 사 분의 일로 줄어들었다. 이물의 앞 끝 아래에서 하얀 거품을 내며 부글거리는 파도가 보였다. 바구니 배의 낮은 위치에서 올려다 보이는 배의 크기는 정말 엄청났다.

그런데 그때 갑자기 정신이 번쩍 들었다. 생각할 겨를이 없었다. 목숨을 부지하려면 당장 움직여야 했다. 나는 이쪽 파도 머리에 있었고, 범선은 다음 파도 머리에서 이쪽을 덮쳐 오는 중이었다. 범선의 제1사장(斜檣)이 내 머리 위에 있었다. 나는 바구니 배가 물에 잠길 정도로 힘껏 밟으며 뛰어올랐다. 나는 한 손으로는 제1사장 앞으로 튀어나온 제2사장을 잡고 한쪽 발은 버팀줄과 아딧줄 사이에 끼워 넣었다. 그렇게 매달려 헐떡이는 사이, 둔탁한 소리가 들렸다. 범선이 바구니 배를 박살 낸 것이었다. 이제 내게 히스파니올라 호 외에 돌아갈 데라고는 없었다.

25장
해적 깃발을 내리다

제1사장에 자리를 잡기가 무섭게 맨 앞쪽 삼각돛이 펄럭거리더니 대포 쏘는 소리를 내며 반대편으로 바람을 안았다. 갑자기 반대편 바람을 받은 범선이 용골까지 부르르 떨었다. 하지만 다음 순간 다른 돛들은 바람을 계속 받았지만 삼각돛만은 이번엔 반대편으로 부풀었다가 바람이 빠지며 힘없이 늘어졌다.

그 바람에 나는 하마터면 튕겨 나가 바다로 곤두박질칠 뻔했다. 나는 서둘러 제1사장을 기어 내려가 갑판으로 뛰어들어 뒹굴었다.

내가 있는 곳은 앞 갑판 왼쪽 편이었는데, 큰 돛이 펼쳐져 있어서 후갑판 일부는 보이지 않았다. 사람은 아무도 눈에 띄지 않았다. 선상 반란이 일어난 후 한 번도 청소하지 않은 갑판에는 수많은 발자국들이 찍혀 있었고 배수구에는 목 근처가 깨진 빈 술병 하나가 마치 살아 있는 생물처럼 이리저리 굴러다니고 있었다.

갑자기 히스파니올라 호가 똑바로 바람 불어오는 쪽을 향해 섰다. 등 뒤의 삼각돛들이 야단스레 삐걱거리고 키가 쿵 하는 소리를 내며 제자리로 돌아왔다. 배 전체가 멀미가 날 정도로 들썩이며 흔들렸다. 그와 동시에 큰 돛의 아래 활죽이 빙글 돌아 배 안으로 들어왔다. 아딧줄이 도르래 속에서 신음 소리를 냈다. 그러자 가려져 있던 후갑판의 모습이 드러났다.

아니나 다를까, 두 명의 파수꾼이 거기 있었다. 빨간 모자는 벌렁 누워 있었는데 지렛대만큼이나 뻣뻣했다. 두 팔은 십자가에 매달릴 때처럼 양쪽으로 벌어져 있고 벌어진 입술 사이로 이가 보였다. 이즈리얼 핸즈는 머리를 가슴에 파묻고 빈손을 자신의 앞쪽 갑판에 늘어뜨린 채 난간에 기대앉아 있었다. 까맣게 탄 얼굴이 수지 양초처럼 핏기 없이 창백했다.

배는 한참 동안이나 앞으로 갔다 옆으로 갔다 성미 사나운 말처럼 날뛰었다. 돛은 한번은 이쪽으로 부풀었다가 다음번엔 반대편으로 부풀었다. 하활이 이리저리 자꾸 흔들리자 돛대가 압력을 견디지 못하고 신음 소리를 냈다. 간간이 구름처럼 커다란 물보라가 난간 위를 뒤덮고 뱃머리가 쿵 하고 파도를 들이받았다. 이제는 물속으로 사라져버렸지만 내 초라하고 균형도 맞지 않는 바구니 배보다 온갖 장비를 갖춘 이 커다란 범선이 훨씬 더 심하게 파도의 영향을 받았다.

배가 출렁거릴 때마다 빨간 모자는 이리저리 미끄러졌다. 하지만 아무리 거친 움직임에도 그의 자세와 이를 드러내고 웃는 모습은 조금도 달라지지 않았다. 그것은 정말 소름 끼치는 광경이었다. 배가 출렁거릴 때마다 핸즈의 몸 또한 점점 더 아래로 내려가면서 갑판 위로 드러누웠다. 그러더니 다리가 점점 더 벌어지면서 몸 전체가 고물 난간 쪽으로 기울었다. 얼굴이 조금씩 보이지 않게 되더니 마침내 그의 한쪽 귀와 도르르 말린 콧수염 한 가닥만이 눈에 띄었다.

그와 동시에 두 사람 주위 갑판에 검붉은 핏자국이 흩뿌려져 있는 게 보였다. 술에 취해 싸우던 두 사람이 서로를 죽이고 말았다는 확신이 들었다.

배도 고요하게 서 있고 나도 그들을 보며 생각에 잠겨 있던 조용한 그 순간, 이즈리얼 핸즈가 몸을 조금 돌리더니 낮은 신음 소리와 함께 꿈틀하면서 내가 그를 처음 봤을 때의 자세로 돌아왔다. 고통과 살 가망이 없어 보일 정도로 미약함이 묻어나는 신음, 힘없이 벌어져 있는 턱이 불쌍해 보였다. 하지만 사과 통 안에서 들었던 얘기가 떠오르자 불쌍하다는 생각이 싹 가셨다.

나는 고물 쪽으로 걸어가서 큰 돛대 앞에 섰다.

"승선했습니다, 핸즈 씨."

내가 비꼬듯 말했다.

그가 간신히 눈길을 돌려 나를 보았지만 너무 힘이 없어 놀람을 표시하지도 못했다. 그가 할 수 있는 건 단 한 마디뿐이었다.

"브랜디."

불현듯 이렇게 시간을 보낼 때가 아니라는 생각이 들었다. 몸을 굽혀 갑판 위를 쓸어 오는 활죽을 피한 다음 나는 고물로 가서 승강구를 미끄러져 내려가 선실로 향했다.

선실이 얼마나 어지러웠는지 여러분은 아마 상상도 못할 것이다. 지도를 찾느라 자물쇠로 잠겨 있던 곳은 하나도 남김 없이 부서진 채 열려 있었다. 해적들이 머물던 곳 주변은 늪지대였으므로 거기를 건너온 그들이 술 마시고 얘기를 나누던 바닥은 온통 진흙투성이였다. 하얀색으로 깨끗하게 칠하고 금테 장식을 두른 칸막이 벽들엔 더러운 손바닥 자국들이 찍혀 있었다. 빈 술병 십여 개가 이 구석 저 구석 굴러다니며 배의 움직임에 맞춰 땡그랑거리는 소리를 냈다. 책상 위에는 의사의 의학 서적 하나가 펼쳐져 있었다. 내용이 반 정도는 뜯겨 나간 걸로 보아 아마 파이프 담배에 불을 붙일 때 사용했을 것이다. 이런 와중에도 램프는 그을음을 피우며 흐릿한 암갈색 빛을 비추고 있었다.

나는 지하실로 갔다. 남아 있는 술통이라고는 하나도 보이지 않았다. 다 마시고 버린 빈 술병들이 놀랄 정도로 많이 나뒹굴고 있었다. 반란이 일어나고 난 뒤 말짱한 정신을 유지한 해적들은 분명 하나도 없었으리라.

열심히 뒤진 결과 브랜디가 조금 남아 있는 병을 하나 찾아냈다. 이건 핸즈의 몫이었다. 내 몫으로는 비스킷 약간, 절인 과일, 상당한 양의 건포도, 그리고 치즈 한 조각을 찾아냈다. 나는 이것들을 가지고 갑판으로 올라온 다음 우선 내가 먹을 것을 키 손잡이 뒤쪽 키잡이 핸즈의 손이 미치지 않는 곳에 보관하고 물통으로 가서 물을 실컷 마셨다. 그리고 핸즈에게 브랜디를 가져다주었다.

그는 대여섯 모금을 들이켜고 나서야 비로소 병에서 입을 뗐다. 그가 말했다.

"그래, 빌어먹을, 이게 너무 그리웠어."

나는 이미 한쪽에 자리를 잡고 앉아 내 몫을 먹고 있었다.

"많이 다쳤어요?" 내가 물었다.

그가 투덜거리며 대답했다. 아니, 짖었다고 해야 맞을지도 모르겠다.

"그 의사가 배에 있었으면 벌써 몇 번은 치료를 받았겠지. 하지만 내가 그렇게 재수가 좋겠어? 너도 보았겠지만, 언제나 이런 식이야. 저기 저 얼간이 녀석은 아주 가버렸어. 완전히 갔지." 그가 빨간 모자를 가리키며 말했다. "저놈은 뱃놈도 아니었어. 그런데 도대체 넌 어디 있다 나타난 거야?"

그러자 내가 대답했다.

"아, 그건, 이 배를 접수하려고 승선했습니다, 핸즈 씨. 앞으로 다른 얘기가 있을 때까지 저를 선장으로 여겨주시면 고맙겠습니다."

그는 나를 무척 아니꼬운 눈으로 쳐다보았지만 아무 말도 하지 않았다. 그는 얼굴에 어느 정도 화색이 돌긴 했지만 아직은 매우 아파하는 기색이 역력했고 배가 흔들리면 자꾸 미끄러지면서 몸이 아래로 처졌다.

내가 계속해서 말했다.

"그런데 말이죠, 이 깃발은 도저히 봐줄 수가 없네요, 핸즈 씨. 괜찮으시다면 내리도록 하겠습니다. 차라리 없는 편이 나을 것 같네요."

나는 다시 한 번 활죽을 피하며 게양대로 가서 해적들의 표시인 저주받은 검은 깃발을 내렸다. 그러고는 바다로 내던져 버렸다.

"국왕 폐하 만세!" 모자를 흔들며 내가 외쳤다. "이걸로 실버 선장도 끝이야!"

 여전히 고개를 수그린 채 내가 하는 행동을 지켜보는 핸즈의 눈빛은 예리하면서도 교활했다.

 "내 생각에는." 그가 마침내 입을 열었다. "내 생각에는 호킨스 선장, 배를 뭍에 대고 싶어 할 것 같은데. 얘기나 하지."

 내가 말했다.

 "물론이죠. 당연히 그러고 싶죠, 핸즈 씨. 계속해 보세요."

 말을 마치고 나는 다시 내 식량을 맛있게 먹기 시작했다.

 "저 녀석은." 그가 고개를 슬쩍 움직여 시체를 가리키며 말했다. "이름이 오브라이언이야. 빌어먹을 아일랜드 녀석이지. 이 배의 돛을 올린 게 저놈하고 나야. 돌아가려고 말이지. 자, 이제 저놈은 죽고 없어. 죽어서 저기 괴어 있는 썩은 물이나 마찬가지야. 이제 누가 돛을 달지? 아무도 없어. 내가 가르쳐주지 않으면 너 혼자는 어림도 없어. 내가 아는 한은 말이야. 그러니 내 말 들어봐, 너는 내게 먹을 거와 마실 거, 그리고 상처를 맬 수 있게 스카프나 손수건 쪼가리를 주는 거야. 그러면 내가 너에게 배 조종하는 법을 가르쳐주지. 이 정도면 공평한 거래 아냐? 암, 당연히 그렇지."

 그 말에 내가 대답했다.

 "이거 하나만은 얘기해 두겠어요. 난 키드 선장의 정박지로 돌아가지 않을 거예요. 나는 북쪽 후미로 들어가서 거기 뭍에 조용히 얹어놓을 계획이에요."

 그러자 그가 소리쳤다.

 "물론 그렇게 해야지. 나도 그렇게 완전 멍청이는 아니야. 알아들었어. 아닌 거 같아? 그냥 한번 떠봤을 뿐이야. 그랬지. 근데 진 것 같군. 네가 나보다 한 수 위야. 북쪽 후미라고? 선택권을 가진 건 내가 아니지. 그럼. 빌어먹을 해적 처형장에 가자 그래도 나야 돛 펼치는 걸 도울 수밖에. 방법이 있나."

그의 말도 어느 정도 일리가 있다고 여겨졌다. 우리는 그 자리에서 합의를 봤다. 삼 분 후 나는 히스파니올라 호를 몰고 보물섬 해안을 따라 올라가고 있었다. 바람이 순풍이라 항해는 쉬웠다. 정오 이전에 북쪽 꼭지를 돌고 그다음에 바람을 거슬러 북쪽 후미까지 내려와도 만조 이전일 가능성이 높았다. 만조에는 배를 안전하게 정박한 후 물이 다 빠지기를 기다려 상륙하면 된다.

나는 밧줄로 키를 고정시키고 내 물건 상자가 있는 선실로 내려갔다. 그리고 거기서 어머니의 부드러운 비단 손수건을 꺼냈다. 나는 핸즈가 이 손수건으로 칼에 찔려 피가 철철 흐르는 자신의 허벅지를 동여매는 것을 도와주었다. 요기도 조금 하고 브랜디를 한두 모금 더 마시고 나자 그의 상태는 눈에 띄게 호전되기 시작했다. 그는 이제 몸을 똑바로 세우고 앉았고 말소리도 더 크고 분명해졌다. 모든 면에서 아까와는 딴사람이었다.

바람은 더할 나위 없이 순조로웠다. 우리는 새가 바람을 타듯 물 위를 스치고 나아갔다. 해안선이 뒤로 획획 사라지고 매 순간 광경이 달라졌다. 우리는 순식간에 산악 지대를 넘어 키 작은 소나무들이 드문드문 서 있는 낮은 모래 지역으로 들어섰다. 하지만 그 지역도 곧 지나고 섬 북쪽 끄트머리에 있는 바위 언덕을 끼고 돌았다.

나는 배를 처음 조종하게 되어 기분이 무척 들떠 있었다. 밝고 화창한 날씨와 새로운 해안 풍경들이 즐거웠다. 물과 먹을 것도 풍부했고 대단한 전과를 거두었으므로 요새에서 무단으로 나온 뒤 느끼던 양심의 가책도 많이 누그러졌다. 더 이상 바랄 게 없을 만한 상황이었다. 하지만 키잡이의 눈길이 문제였다. 갑판 어디를 가든 그의 눈길이 조롱하듯 나를 따라다녔다. 그의 얼굴에는 언제나 야릇한 미소가 떠올라 있었다. 그것은 고통과 허약함이 동시에 드러나는 그런 웃음이었다. 쇠약한 노인의 웃음. 하지만 그러면서도 일하는 내 모습을 지켜보고 보고 또 보는 그의 교활한 얼굴에는 조롱의 느낌과 배반의 그림자가 드리워져 있었다.

26장
이즈리얼 핸즈

　지금까지 순조롭던 바람이 서쪽으로 방향을 바꾸었다. 섬 북동쪽에 있던 우리는 북쪽 후미로 그만큼 더 쉽게 접근할 수 있었다. 다만 힘이 부족해 닻을 내릴 수도 없고 물이 훨씬 더 많이 들기 전에는 배를 뭍에 얹기도 어려웠으므로 시간이 많이 남았다. 핸즈가 바람 방향에 맞춰 배를 정선시키는 법을 일러주었다. 여러 번 실패하고 나서야 나는 정선에 성공했다. 우리는 조용히 앉아 또 한 번의 식사를 했다.
　"선장." 예의 찜찜한 미소를 지은 채 그가 마침내 입을 열었다. "저기 내 오랜 배 친구 오브라이언 말이야. 배 밖으로 던져주면 안 될까? 난 그리 까다롭지도 않고 또 저 친구를 없앴다고 마음이 불편한 것도 아니야. 다만 그다지 보기 좋지가 않아서 말이야. 어때?"
　"난 그만한 힘도 없고 그런 일을 하고 싶은 생각도 없어요. 그냥 저기 누워 있으라고 해요." 내가 대답했다.

그가 눈을 깜박이며 말을 이었다.

"이건 재수 없는 배야, 짐. 이 히스파니올라 호 말이야. 너무나 많은 사람들이 이 히스파니올라 호에서 죽었어. 우리가 브리스틀에서 배를 탄 뒤 죽어 나간 선원만도 한 무더기야. 이렇게 재수 없는 배는 처음 봐. 여기 오브라이언만 해도 그래. 이놈도 죽었어, 안 그래? 난 말이야, 학자는 아니야. 그래도 너는 글도 읽고 생각할 줄 아는 아이잖아. 간단히 말해 넌 사람이 죽으면 완전히 죽는다고 생각하니 아니면 다시 살아난다고 생각하니?"

"몸은 죽일 수 있어도 영혼은 죽이지 못해요, 핸즈 씨. 그 정도는 알고 계셔야죠." 내가 대답했다. "저기 오브라이언도 다른 세상에서 우리를 지켜보고 있을 거예요."

그러자 그가 말했다.

"아, 그거 참 애석하군. 애써 죽여 봤자 시간만 낭비했다는 말이잖아. 뭐 그래도 내가 보기엔 영혼은 별거 아니야. 난 한번 영혼들하고 붙어볼 생각이란다, 짐. 자, 이제 할 말은 시원하게 다 했으니 저기 선실로 내려가서, 저기, 어, 빌어먹을, 왜 이름이 생각이 안 나지? 아, 그 포도주 한 병만 갖다 주면 정말 고맙겠다, 짐. 여기 이 브랜디는 너무 머리가 아파서 말이야."

키잡이의 망설이는 태도는 부자연스러웠다. 그가 브랜디보다 포도주를 더 좋아한다는 것도 전혀 믿기지 않았다. 전부 구실에 불과했다. 그는 내가 갑판을 떠나주기를 바라고 있었다. 그건 분명했다. 하지만 무슨 꿍꿍이인지는 전혀 감이 잡히지 않았다. 그는 나와 눈을 마주치지 않았다. 그의 눈은 하늘을 보기도 하고 죽은 오브라이언을 슬쩍 보기도 하면서 이리저리 위아래로 쉴 새 없이 굴러다녔다. 그러는 와중에도 뭔가 찔리는 데가 있거나 당황스러운 듯 계속해서 웃었다 혓바닥을 내밀었다 하는 게 어린아이라도 뭔가 속셈이 있구나 하고 느낄 정도였다. 하지만 나는 그의 말에 얼른 대답했다. 이렇게 아둔한 친구라면 끝까지 내가 의심하고 있다는 기색을 들키지 않을 자신이 있었고 또 그러는 게 내게 유리하다는 생각이 들었기 때문이다.

내가 말했다. "포도주요? 그게 훨씬 낫겠네요. 백포도주를 갖다 드릴까요, 적포도주를 갖다 드릴까요?"

"음, 내 생각엔 아무 거나 다 좋을 것 같은데, 친구." 그가 대답했다. "좀 독한 걸로 많이. 그럼 됐지, 더 뭐 있나."

내가 대답했다.

"좋아요, 고급 포트와인을 갖다 드리죠, 핸즈 씨. 그런데 좀 뒤져봐야 할 것 같네요."

이렇게 말하고 나는 우당탕 최대한 시끄러운 소리를 내며 승강구를 내려갔다. 그러고는 얼른 신발을 벗어 들고 살금살금 둥근 나무 통로를 지나 앞 갑판 계단 위로 올라가 앞쪽 승강구 밖으로 머리를 살짝 내밀었다. 내가 거기로 나오리라고는 꿈에도 상상하지 못할 거라고 생각하기는 했지만 그래도 나는 최대한 조심했다. 그러자 내 최악의 의심이 여지없이 사실로 드러났다.

그는 무릎과 손을 짚고 몸을 일으켰다. 움직일 때마다 다리가 무척 아파 보이는 건 분명했다. 신음을 참는 소리가 내 귀에까지 들렸다. 그래도 기어서 갑판을 가로지르는 그의 모습은 상당히 민첩했다. 삼십 초도 안 되어 좌현 배수구에 이른 그는 말아놓은 밧줄 사리 속에서 칼 하나를 꺼냈다. 긴 주머니칼 아니 차라리 짧은 단검이라고 해야 맞을 그 칼은 손잡이까지 피로 얼룩져 있었다. 그는 아래턱을 쑥 내밀고 칼을 잠시 살피더니 손바닥으로 칼끝이 날카로운지 확인했다. 그러고는 얼른 칼을 품 안에 넣고 겉옷으로 가린 다음 이전 자리로 돌아와 난간에 기댔다.

내가 알고 싶은 게 바로 이것이었다. 이즈리얼은 움직일 수 있고 이제 무장도 했다. 나를 없애려고 이 정도 수고까지 들였으니 이제 다음 차례는 분명 내가 희생자가 되는 것이었다. 그런 다음 그가 어떻게 할지, 북쪽 후미에서 해적 소굴까지 똑바로 늪지대를 건너 기어갈지, 아니면 누구보다도 먼저 동료들이 자신을 구하러 올 거라고 확신하고 배에 있는 대포를 쏠지는 물론 내가 말할 수 있는 게 아니었다.

하지만 그를 믿어도 되는 이유가 한 가지는 있다고 나는 확신하고 있었다. 범선의 성질과 관련된 어떤 부분에 한해서는 우리 둘의 의견이 정확히 일치하고 있었다. 우리는 둘 다 범선이 아늑한 곳에서 안전하게 뭍에 얹히기를 바라고 있었던 것이다. 그래야 필요할 때에 그다지 힘들이지 않고도 안전하게 배를 띄울 수 있기 때문이었다. 나는 이 일을 마칠 때까지는 분명 내 목숨이 붙어 있을 거라고 생각했다.

마음속으로는 이런저런 궁리를 하면서도 내 몸은 한가하지 않았다. 나는 몰래 선실로 돌아가서 다시 신발을 신고 아무 포도주나 손에 잡히는 대로 집어 들었다. 그리고 이걸 핑계로 다시 갑판 위에 모습을 드러냈다.

핸즈는 내가 떠날 때 그대로였다. 몸은 축 늘어져 있고 햇볕을 견디기도 힘들다는 듯 눈을 내리깔고 있었다. 하지만 내가 나타나자 그는 고개를 들었다. 그리고 많이 해본 사람답게 병의 목을 쳐서 날린 다음 그가 좋아하는 "행운을 위하여!"라는 말과 함께 쭉 들이켰다. 그런 다음 한참을 말없이 누워 있다가 막대 모양의 씹는 담배를 꺼내더니 내게 한 토막만 잘라달라고 부탁했다.

"조금만 잘라다오. 보다시피 칼도 없고 있다 해도 기력이 없어서 말이야. 내 돛은 이제 바람을 받긴 그른 모양이다. 한 토막만 잘라다오. 아마 이게 마지막일 거야. 이제 영원한 집으로 가야지. 확실해."

이 말에 내가 대답했다.

"어쨌거나 담배는 잘라드리죠. 하지만 내가 당신 입장이고 또 그렇게 안 좋게 느껴진다면 난 기독교인답게 기도를 하겠어요."

"왜? 어디, 왜 그래야 하는지 내게 말해 봐."

내가 소리쳤다.

"왜냐고요? 당신은 바로 조금 전 내게 죽은 사람에 대해 물었죠. 당신은 신뢰를 저버렸어요. 죄짓고 거짓말하고 피를 보며 살았어요. 바로 지금도 당신 발치에 당신이 죽인 사람이 누워 있잖아요. 그런데도 내게 왜냐고 물어요? 하느님께 용서를 빌어야죠, 핸즈 씨, 그게 이유예요."

나는 조금 열을 내어 말했다. 그가 주머니에 피 묻은 단도를 숨기고 있고 그걸로 나를 죽이려는 흑심을 품고 있다는 생각이 떠올랐기 때문이다. 한편 핸즈는 포도주를 실컷 마시고는 평소의 그답지 않게 진지하게 얘기했다.

"내가 배를 탄 지 삼십 년이 됐는데, 그간 좋은 꼴, 나쁜 꼴, 그보다 더 좋고 더 험한 꼴도 다 봤어. 날이 좋기도 하고 궂기도 하고, 식량이 떨어지기도 하고 칼이 날아다니기도 하고, 또 무슨 꼴인들 못 봤겠니. 하지만, 내 말하는데, 좋은 뜻에서 좋은 결과가 나오는 건 한 번도 못 봤어. 먼저 쳐라, 이게 내 생각이야. 죽은 자는 물지 않거든. 이게 내 생각이야. 아멘. 그렇게 될지어다. 그런데." 갑자기 그가 목소리를 바꾸며 말했다. "이런 쓸데없는 얘긴 이 정도면 됐지? 물이 이제 충분히 들어왔으니까 이제 내 지시대로 하게, 호킨스 선장. 그러면 우린 아주 적당한 곳에 배를 대고 일을 끝내는 거야."

우리가 가야 할 거리는 기껏해야 채 2마일도 되지 않았다. 하지만 항로가 까다로웠다. 이 북쪽 정박지로 들어가는 입구는 좁고 얕을 뿐 아니라 동서 방향으로 놓여 있어서 범선을 잘 조정하지 않으면 제대로 들어가기가 어려웠다. 내가 유능하고 동작 빠른 조수이고 핸즈 또한 뛰어난 키잡이였다는 사실은 내가 보기에는 분명하다. 양쪽 해안을 스칠 듯 지나면서도 안전하고 매끄럽게 통과하는 우리의 모습은 보는 것만으로도 기분이 좋았다.

양쪽 곶 안으로 들어서자마자 육지가 우리를 둘러쌌다. 북쪽 후미의 해안은 남쪽 정박지만큼이나 숲이 울창했다. 하지만 형태가 더 좁고 길쭉한 게 마치 강어귀 같았다. 아닌 게 아니라 실제로 그랬다. 우리 바로 앞 남쪽 해안에 이제 썩을 대로 썩은 배의 잔해가 보였다. 그건 전에는 돛대가 세 개인 커다란 배였지만 오랫동안 악천후에 노출되어 있었던 탓에 해초들이 거미줄처럼 주렁주렁 늘어져 있고 갑판에는 해변에 사는 덤불들이 뿌리를 내리고 꽃을 잔뜩 피우고 있었다. 슬픈 광경이었다. 하지만 그건 또한 정박지가 고요하다는 징표이기도 했다.

핸즈가 입을 열었다.

"저기를 봐. 저기. 배를 얹기 딱 좋은 곳이야. 평평한 바닥엔 고운 모래가 깔려 있고 바람 한 점 없어. 주변에 나무도 많고 저 낡은 배 위엔 꽃들이 마치 정원처럼 피어 있잖아."

내가 물었다.

"일단 배를 얹고 나면 나중에 어떻게 다시 띄우죠?"

그가 대답했다.

"어떻게 하느냐 하면, 썰물 때 저기 반대편 해안으로 밧줄을 끌고 가. 거기 큰 나무에 밧줄을 둘러. 그리고 다시 밧줄을 끌고 와서 닻감개에 감아. 그리고 밀물을 기다리는 거지. 물이 들어오면 모두 달라붙어 밧줄을 잡아당기는 거야. 그러면 배가 부드럽게 뜨지. 자, 꼬마야, 준비해라. 이제 거의 다 왔다. 배의 속도가 너무 빨라. 약간 우현으로… 그렇지… 그대로… 우현으로… . 약간 좌현으로… . 그대로… 그대로!"

그가 지시를 내리면 나는 숨 가쁘게 움직였다. 그러다 갑자기 그가 외쳤다. "지금이야, 친구, 뱃머리를 바람 쪽으로." 나는 키를 바람 쪽으로 홱 틀었다. 히스파니올라 호가 급하게 방향을 틀더니 숲이 우거진 낮은 해안 쪽으로 달려갔다.

이 마지막 조종을 하며 너무 신이 난 나머지 지금까지 날카롭게 유지되던 키잡이에 대한 경계심이 약간 무뎌졌다. 그때만 해도 나는 배가 얹히기를 기다리는 데 정신이 팔려 코앞에 닥친 위험을 까맣게 잊고 우현 난간 밖으로 목을 쭉 빼고 서서 이물 양편으로 넓게 갈라지는 물결을 바라보고 있었다. 만일 퍼뜩 불안감이 들어 뒤를 돌아보지 않았다면 목숨을 구하기 위해 힘 한번

못 써보고 쓰러지고 말았을 것이다. 어쩌면 삐걱 소리를 들었거나 눈 한쪽 구석으로 그가 움직이는 그림자를 본 것인지도 모르겠고 아니면 고양이와 같은 어떤 본능이었을지도 모르겠다. 아무튼 뒤를 돌아보니 핸즈가 우리 사이의 거리를 반쯤 지나오고 있었고 그의 오른손에는 단검이 들려 있었다.

둘의 눈이 마주쳤을 때 우리는 틀림없이 둘 다 소리를 질렀을 것이다. 다만 내 쪽은 겁이 나서 지르는 새된 소리였고 그의 경우는 공격하는 사람이 지르는 거친 함성이었다는 점이 다를 뿐이었다. 그가 앞으로 돌진하는 것과 동시에 나는 이물을 향해 옆으로 훌쩍 뛰었다. 그러면서 키를 놓았는데 그 키가 반대편으로 휙 돌아가면서 핸즈의 가슴을 때렸다. 그는 잠시 동안 꼼짝도 못하고 서 있었고, 나는 그 덕분에 내가 목숨을 건졌다고 생각한다.

그가 정신을 못 차리는 사이 나는 내가 몰렸던 구석에서 무사히 빠져나와 갑판 어디로든 도망칠 수 있게 되었다. 나는 큰 돛대 바로 앞에서 걸음을 멈추고 주머니에서 피스톨을 꺼내 침착하게 그를 겨냥했다. 그는 이미 몸을 돌려 다시 한 번 똑바로 나를 쫓아오고 있었다. 내가 방아쇠를 잡아당기자 공이치기가 공이를 때렸다. 하지만 불빛도 없고 소리도 없었다. 화약이 바닷물에 젖어 쓸모없게 된 것이었다. 게을렀던 내 자신이 원망스러웠다. 왜 진작 내 유일한 무기에 화약과 총알을 새로 재어놓지 않았던가? 그랬더라면 지금처럼 저 도살자 앞에서 한 마리 양처럼 도망치지 않아도 될 텐데.

부상당한 몸이었지만 그는 놀랄 정도로 빨리 움직였다. 흥분과 급한 움직임으로 얼굴은 상선에 다는 깃발처럼 벌게져 있었고 그런 얼굴 위로 반백의 머리가 휘날렸다. 나는 다른 피스톨을 시험해 볼 시간도 없거니와 별로 그러고 싶지도 않았다. 그것 또한 쓸모없을 게 뻔했기 때문이다. 한 가지는 분명했다. 무작정 그를 피해 도망치기만 해서는 안 된다. 그러면 조금 전 고물 구석에 몰렸던 것처럼 순식간에 다시 이물 구석으로 몰리고 말 것이다. 일단 그렇게 되면 한 뼘 남짓한 저 피 묻은 단도가 이승에서의 내 마지막 경험이 될 것이다. 나는 바짝 긴장한 채 굵직한 큰 돛대에 두 손을 갖다 대고 기다렸다.

피해 도망가려는 내 의도를 파악하고 그 역시 멈춰 섰다. 그는 속이려고 움직이고, 나는 속지 않으려고 움직이면서 약간의 시간이 흘러갔다. 이건 마치 내가 예전에 고향 마을 블랙힐 항구에서 하던 게임 같았다. 물론 지금처럼 심장이 두근거린 적은 없었다. 하지만 어쨌든 이건 아이들 놀이였고 그렇다면 다리를 다친 늙은 뱃사람 정도는 이길 수 있을 것 같았다. 실제로 나는 점점 더 대담해지기 시작해서 이 일이 어떻게 끝날까 생각해 보는 여유까지 갖게 되었다. 그 결과 시간을 끌 수는 있겠지만 완전히 빠져나가는 걸 바라기는 어렵다는 생각이 들었다.

이런 상황에서 갑자기 히스파니올라 호가 어딘가에 부딪친 듯 출렁거리더니 그대로 정지했다. 모래에 오른 것이었다. 하지만 그것도 잠시, 바로 다음 순간 배가 기우뚱하더니 순식간에 좌현으로 기울었다. 갑판은 45도 방향으로 눕고 배수구로는 큰 통 하나 분량의 물이 치솟아 갑판과 난간 사이를 물웅덩이로 만들어버렸다.

우리도 둘 다 단번에 나자빠졌다. 그리고 둘이 거의 한 덩어리가 되어 배수구로 굴러갔다. 아직도 뻣뻣하게 팔을 벌리고 있는 빨간 모자가 우당탕거리며 우리 바로 뒤를 쫓아왔다. 실제로 우리 두 사람 간의 거리는 무척 가까웠다. 키잡이의 발에 내 머리가 쿵 부딪쳐 이가 다 흔들릴 정도였다. 이런 난장판에서 먼저 일어난 것은 나였다. 핸즈는 시체와 엉켜 있었기 때문이었다. 배가 갑자기 기울었기 때문에 갑판은 더 이상 뛰어다닐 수 있는 곳이 아니었다. 새로운 탈출 방법이 필요했다. 그것도 당장. 적이 나를 잡으려고 거의 코앞에 이른 상황이었다. 생각만큼이나 빨리 나는 뒷돛대 밧줄 위로 몸을 날렸다. 그리고 잽싸게 손을 놀려 한달음에 가로장까지 올라가고 나서야 숨을 돌렸다.

내가 목숨을 건진 건 순전히 재빨리 움직인 덕이었다. 위로 도망치는 내 발 아래로 칼이 아슬아슬하게 스치고 지나갔다. 그리고 거기 이즈리얼 핸즈가 입을 떡 벌린 채 고개를 들어 나를 보고 서 있었다. 그 모습은 놀람과 실망을 완벽히 재현하는 하나의 조각상이었다.

이제 한숨 돌릴 여지가 생겼으므로 나는 얼른 피스톨에 화약을 갈아 넣었다. 하나를 마친 다음 나는 확실하게 하기 위해 두 번째 피스톨의 화약과 총알을 꺼내고 처음부터 하나하나 새로 장전하기 시작했다.

내가 무슨 일을 하나 바라보던 핸즈는 깜짝 놀랐다. 일이 자신에게 불리하게 돌아간다고 생각했는지 망설이는 기색이 역력했다. 하지만 결국 무거운 몸을 이끌고 밧줄에 오르더니 이빨로 칼을 문 채 고통을 참으며 천천히 올라오기 시작했다. 다친 다리를 질질 끌며 돛을 오르는 데는 한없는 시간과 수없는 신음이 필요했다. 내가 차분하게 모든 준비를 마쳤을 때 그는 아직 삼 분의 일도 올라오지 못한 상태였다. 나는 양손에 피스톨을 하나씩 들고 그에게 얘기했다.

"핸즈 씨, 한 걸음만 더 올라오면 머리통을 날려 버리겠어요!"

나는 낄낄 웃으며 한 마디 더 붙였다.

"죽은 자는 물지 않는다고 했죠?"

그는 즉시 움직임을 멈췄다. 뭔가를 궁리해 내기 위해 애쓰는 모습이 얼굴 움직임에서 역력히 드러났다. 그 과정이 너무나 느리고 힘들어 보여서 새로운 상황에 안도감을 느끼던 나는 크게 소리 내어 웃지 않을 수 없었다. 마침내 침을 두어 번 삼킨 그가 아주 곤혹스러운 얼굴로 입을 열었다. 말을 하기 위해 손으로 입에 물었던 칼을 잡았지만 다른 움직임은 전혀 없었다.

그가 말했다.

"짐, 우리 사이가 엉클어진 것 같은데 말이야, 계약서라도 써야겠다. 배가 갑자기 기울지만 않았어도 내가 너를 잡았을 텐데, 재수도 없지. 이제 내가 깃발을 내려야겠다. 알지 모르겠지만 짐, 고참 선원이 너같이 어린놈에게 이러는 건 쉽지 않은 일이야."

이 말에 한껏 들뜬 나는 담벼락 위에 앉은 수탉처럼 우쭐해서 미소를 흘리고 있었다. 그때 눈 깜짝할 사이 그의 오른손이 어깨 너머로 돌아갔다. 무언가가 화살 같은 노래를 불렀다. 그 무언가에 맞은 나는 날카로운 고통을 느꼈다. 내 어깨가 돛대에 꽂혀 있었다. 무시무시한 고통과 놀람의 순간, 전혀 내 의지라고 할 수도 없고 또 결코 의식적으로 조준하지도 않았지만 내 양손의 피스톨이 발사되면서 내 손아귀를 벗어났다. 떨어진 건 피스톨만이 아니었다. 둔탁한 신음 소리와 함께 키잡이가 밧줄을 놓더니 물속으로 고꾸라졌다.

27장
여덟 조각 은화

배가 경사져 있어서 돛대는 물 위까지 길게 뻗어 있었다. 내가 앉아 있는 활대 밑에는 해수면 외에 아무것도 없었다. 나만큼 올라오지 않았던 핸즈는 결과적으로 나보다 배에 더 가까워서 나와 난간 사이로 떨어졌다. 그는 거품과 핏물을 튀기며 물 밖으로 한 번 솟구쳤다 가라앉더니 영영 모습을 드러내지 않았다. 물이 잔잔해지자 밝고 깨끗한 모래 위 범선 측면의 그림자가 드리운 곳에 그가 몸을 움츠리고 누워 있는 게 보였다. 물고기 한두 마리가 그의 곁을 헤엄치고 지나갔다. 때로 물결이 흔들리면 그가 마치 일어나기라도 하려는 듯 약간 움직이는 것처럼 보이기도 했다. 하지만 무슨 말을 해도 그는 총에 맞고 물에 빠져서 완전히 죽었다. 나를 죽이려고 흉계를 꾸미던 바로 그 장소에 그 자신이 물고기 밥이 되어 누워 있었다.

이런 사실을 확인하자마자 고통과 현기증이 느껴지고 두려운 마음이 들기 시작했다. 내 가슴과 등 위로 뜨거운 피가 흘러내리고 있었다. 내 어깨를 돛대에 못 박은 단검이 마치 타오르는 쇠처럼 뜨겁게 느껴졌다. 하지만 나를 괴롭히는 것은 이런 육체적인 고통만이 아니었다. 이게 전부였다면 묵묵히 참아낼 수도 있었을 것이다. 문제는 활대에서 떨어져 여전히 푸른 저 바닷속 키잡이의 시체 옆으로 들어가지나 않을까 하는 두려움이 생긴 것이었다.

나는 손톱이 아파올 때까지 두 손으로 돛대를 꼭 붙들었다. 위험을 덮기라도 하듯 두 눈을 꼭 감았다. 서서히 제정신이 돌아오고 맥박이 보통 때 수준으로 안정되면서 나는 다시 한 번 평소의 모습을 되찾았다.

처음엔 단검을 잡아 뽑을 생각이었지만 너무 깊이 박혔던지 아니면 고통을 참지 못해서인지 몸을 격렬하게 떠는 것으로 끝나고 말았다. 하지만 이상하게도 그렇게 떤 것만으로 목적이 이루어졌다. 사실 칼은 거의 나를 맞히지 못한 것이나 다름없었다. 단지 살가죽을 살짝 꿰뚫었을 뿐이었는데 몸을 떨면서 그 부분이 찢어진 것이었다. 물론 피는 더 빨리 흘러내렸지만 외투와 셔츠가 돛대에 박혀 있다는 사실을 제외하면 나는 다시 자유를 되찾았다.

나는 옷을 홱 잡아채 빼내고는 우현 쪽 밧줄을 타고 갑판으로 내려왔다. 아무리 경황이 없다 해도 이즈리얼이 조금 전 떨어진 좌현 쪽에 늘어진 밧줄을 타고 내려올 생각은 눈곱만큼도 생기지 않았다.

밑으로 내려온 나는 상처를 응급조치했다. 상당히 아프고 피가 적잖이 흘렀지만 상처는 그다지 깊거나 위험하지 않았으며 팔을 움직이는 것도 특별히 불편하지 않았다. 나는 주변을 둘러보았다. 어떤 의미로 이제 배는 온전히 나의 것이었으므로 나는 마지막 승객을 어떻게 처리해야 할지에 대해 생각하기 시작했다. 죽어 있는 오브라이언 문제였다.

이미 말한 대로 그는 난간에 처박힌 채 마치 볼품없고 흉물스러운 인형처럼 누워 있었다. 크기는 사실이 그렇듯 실제 사람 크기인데 실제 사람의 혈색이나 단정함과는 왜 그리 딴판인지! 그 상황에서는 그를 처리하기가 쉬웠다. 비극적 모험을 겪으며 죽은 자에 대한 두려움이 완전히 사라진 나는 그의 허리를 잡고 마치 밀기울 부대처럼 번쩍 들어서 난간 밖으로 던져버렸다. 그는 첨벙 소리를 내며 물속으로 들어갔다. 빨간 모자가 떠오르더니 수면 위를 떠다녔다. 파문이 가라앉자 그와 이즈리얼이 나란히 누워 떨리는 물결의 움직임에 맞춰 흔들리는 게 보였다. 오브라이언은 아직 젊은 나이인데도 상당한 대머리였다. 그는 그 대머리를 자신을 죽인 자의 무릎에 걸친 채 누워 있었다. 날쌘 물고기 몇 마리가 그들 위에서 헤엄치고 있었다.

이제 배에는 나 혼자뿐이었다. 물의 흐름이 막 바뀐 참이었다. 해가 떨어지기 직전이라 서쪽 해안에 있는 소나무 그림자가 이미 물을 건너 갑판에 그림자를 만들기 시작했다. 저녁 바람이 불어오고 있었다. 동쪽으로 두 개의 봉우리를 가진 언덕이 정박지를 감싸고 있었지만 밧줄들이 가볍게 소리를 내기 시작했고 늘어진 돛들도 앞뒤로 흔들리기 시작했다.

배에 위험이 닥치고 있다는 생각이 들었다. 삼각돛이야 얼른 내려서 갑판 위에 놓았지만, 큰 돛은 쉬운 일이 아니었다. 범선이 기울자 당연히 하활도 아래쪽 배 밖으로 돌아갔고 하활 끝과 돛 일부는 물속에 잠기기까지 했다. 이 상황이 훨씬 더 위험하다는 생각이 들었지만 장력이 너무 강해 어쩔 도리가 없었다. 결국 나는 칼을 꺼내 용총줄을 잘랐다. 돛 머리가 뚝 떨어지며 헐렁해진 돛폭이 바다를 넓게 덮었다. 내림 밧줄을 아무리 당겨도 꼼짝도 하지 않았으므로, 이게 내가 할 수 있는 최선이었다. 이제 나머지는 나와 꼭 마찬가지로 히스파니올라 호의 운에 맡겨야 했다.

이때쯤 해서 정박지 전체에 그늘이 덮였다. 나무 틈으로 새어 나온 마지막 햇살이 난파선의 화초 정원 위에서 보석처럼 반짝이고 있던 모습이 기억났다. 날이 추워지기 시작했다. 물이 급격히 먼바다 쪽으로 빠지면서 범선은 점점 더 옆으로 쓰러져 갔다. 나는 위로 기어올라 뱃전 너머를 살펴보았다. 물이 충분히 얕아 보였으므로 마지막 안전장치 삼아 끊어진 닻줄을 두 손으로 잡고 뱃전 밖으로 가볍게 뛰어내렸다. 물은 채 허리에도 미치지 않았다. 모래는 단단하고 물결자국으로 뒤덮여 있었다. 나는 모로 누운 히스파니올라 호와 만안(灣岸) 해수면을 널따랗게 뒤덮은 큰 돛을 뒤에 남긴 채 기쁜 마음으로 해안을 향해 걸어갔다. 이와 거의 동시에 해가 떨어지고 어둠 속에서 흔들리는 소나무 사이로 바람이 낮은 휘파람 소리를 냈다.

적어도, 그리고 마침내 나는 바다에서 벗어났다. 게다가 빈손으로 돌아오는 것도 아니었다. 우여곡절 끝에 해적들 손아귀에서 벗어난 범선이 우리 편 사람들이 타고 바다로 떠나기를 기다리며 저기에 누워 있었다. 내 머리에는 온통 얼른 요새로 돌아가서 내가 거둔 성과를 자랑하고 싶은 생각뿐이었다. 어쩌면 무단

이탈 때문에 약간 야단을 맞을지도 모르겠지만 히스파니올라 호를 되찾았다는 대답 하나로 모든 게 용서되지 않을까. 스몰릿 선장님이라 하더라도 내가 어디서 헛되이 시간만 보내고 온 건 아니구나 하고 털어놓지 않을까 기대되었다.

이런 생각에 기분이 우쭐해진 나는 오두막집과 동료들이 있는 곳으로 가기 위해 발걸음을 옮기기 시작했다. 문득 키드 선장의 정박지로 흘러드는 강들 중에 가장 동쪽에 있는 강이 바로 내 왼쪽에 있는 봉우리가 두 개 있는 언덕에서 시작한다는 사실이 떠올랐다. 나는 아직 폭이 넓어지기 전에 강을 건너려고 그쪽 방향으로 진로를 바꿨다. 숲에는 나무가 그다지 많지 않았다. 야트막해 보이는 고개를 끼고 가다 보니 금세 산모퉁이를 돌게 되었고, 그로부터 얼마 지나지 않아 종아리 절반 깊이의 물줄기를 건넜다.

그렇게 하자 나는 버림받은 벤 건을 만난 곳 가까이 가게 되었다. 나는 사방을 살피며 더 조심스럽게 걸음을 옮겼다. 사방에 온통 땅거미가 내린 가운데 두 봉우리 사이의 고개가 보이는 곳에 이르렀을 때, 하늘을 배경으로 가물거리는 불빛 하나가 눈에 들어왔다. 내 판단으로는 이 섬에서 유일한 그 사람이 거기에서 활활 타오르는 불로 저녁을 준비하고 있을 것 같았다. 하지만 마음 한편으로는 '이렇게 조심성 없이 자신을 드러내다니 이상한데?' 하는 생각도 들었다. 내 눈에 이렇게 밝게 보일 정도라면 해안가 늪지에 머무는 실버 선장 눈에도 띄지 않을까?

어둠은 점점 더 짙어졌다. 내가 할 수 있는 일이라고는 대략 내 목적지로 여겨지는 곳을 향해 나아가는 것뿐이었다. 등 뒤의 봉우리가 두 개인 언덕과 오른쪽에 있는 망원경 언덕이 점점 더 흐릿해져 갔다. 하늘에는 별이 별로 없었고 그나마도 가물거릴 뿐이었다. 나는 낮은 지대를 헤매 다니면서 계속 덤불에 걸려 넘어지고 모래 구덩이로 굴러떨어졌다.

갑자기 주위가 조금 환해졌다. 나는 위를 쳐다보았다. 망원경 언덕 정상에 희미한 달빛이 걸려 있더니 잠시 후 나무들 뒤편 낮은 곳에 커다란 은빛 물체가 움직이는 게 보였다. 나는 달이 떠올랐다는 걸 알았다.

여기에 힘입어 나는 내 여정의 나머지 부분을 신속하게 통과했다. 걷기도 하고 뛰기도 하면서 숨 가쁘게 요새를 향해 갔다. 하지만 요새 근처 수풀에 이르자 나는 방심하지 않고 발걸음을 늦추어 조심스럽게 나아갔다. 만일 실수로 우리 편이 쏜 총에 맞아 쓰러지는 것으로 끝난다면 내 모험이 너무 허망해지기 때문이었다.

달이 점점 더 높이 떠올라 숲 속 여기저기 공터에 달빛 덩어리가 쏟아지기 시작하는데, 내 바로 앞쪽 나무 사이로 좀 다른 색 불빛이 보였다. 붉고 뜨겁고 때로는 약간 어두워지기도 하는 불빛. 마치 그건 모닥불을 끄고 남은 깜부기불 같았다.

아무리 생각해도 그게 무엇인지 알 수가 없었다.

마침내 나는 개활지 경계에 다다랐다. 개활지 서쪽은 이미 달빛에 젖어 있었고 나머지 부분과 오두막집은 어둠에 싸인 채 은백색 달빛만이 바둑판처럼 어지러운 문양을 그리고 있었다. 오두막집 맞은편에는 커다랗게 불을 피웠던 흔적이 있는데 그 등걸불에서는 아직도 계속해서 빨간 불꽃이 튀고 있어 부드럽고 창백한 달빛과 날카로운 대조를 이루었다. 보이는 사람은 하나도 없었고 들리는 소리는 바람 스치는 소리뿐이었다.

부쩍 의심이 들기도 하고 조금은 두렵기도 해서 나는 걸음을 멈추었다. 불을 크게 피우는 건 우리 편 방식이 아니었다. 선장의 명령 때문에 우리는 오히려 불을 거의 못 피우고 있었다. 내가 없는 동안 뭔가 잘못됐다는 두려운 생각이 들기 시작했다.

나는 그늘에 바짝 몸을 숨기고 동쪽 모퉁이를 돌다가 가장 으슥해서 적당하다 싶은 곳에서 방책을 넘었다.

만전에 만전을 기하기 위해 나는 네발걸음으로 기척 하나 없이 오두막집 한 귀퉁이를 향해 기어갔다. 어느 정도 가까워졌을 때, 갑자기 마음이 크게 놓였다. 그 자체로 기분 좋은 소리는 아니었고 또 전에는 가끔 불평도 했지만, 동료들이 한꺼번에 시끄럽고 태평스럽게 코를 골며 자는 소리가 마치 음악처럼 달콤하게 들렸다. 파도를 감시하는 파수꾼의 "이상 없음."이라는 기분 좋은 소리도 지금만큼 마음 놓이게 한 적은 없었다.

어쨌거나 한 가지만은 분명했다. 너무 허술하게 경계를 서고 있었다. 만일 지금처럼 몰래 다가오는 게 실버와 그 일당이었다면 살아서 아침 햇살을 볼 사람은 하나도 없었을 것이다. 선장이 다친다는 게 이런 거구나 하는 생각이 들었다. 그러면서 보초를 설 사람이 거의 없는 이런 위험한 상황에 사람들을 남겨 놓고 떠났으니 내가 정말 큰 잘못을 저질렀구나 하는 생각이 다시 한 번 들었다.

그러는 사이 나는 문가에 도착해서 몸을 일으켰다. 안은 캄캄해서 아무것도 분간되지 않았다. 소리는 있었다. 나지막하게 코를 고는 소리들과 함께 드문드문 펄럭이는 소리 혹은 뭔가 쪼는 듯한 소리가 들렸는데, 그게 무슨 소리인지는 전혀 감이 잡히지 않았다.

앞으로 팔을 뻗고 나는 더듬더듬 안으로 걸어 들어갔다. 내 자리에 가서 누웠다가 (이 생각을 하며 나는 속으로 웃었다.) 아침에 나를 보면 사람들이 어떤 표정을 지을지 보고 싶었다.

내 발끝에 휘어지는 어떤 물체가 차였다. 잠자고 있는 누군가의 발이었다. 그가 돌아누우며 끙 소리를 냈지만 깨지는 않았다.

그런데 그때 갑자기 어둠 속에서 날카로운 소리가 터져 나왔다.

"여덟 조각 은화! 여덟 조각 은화! 여덟 조각 은화! 여덟 조각 은화! 여덟 조각 은화!" 그 소리는 마치 작은 물방아가 돌아가듯 잠깐 멈추지도 달라지지도 않고 계속되었다.

실버의 작은 앵무새 플린트 선장이었다! 나무 쪼는 소리라고 생각한 건 이 새의 소리였다. 사람보다 더 경계를 잘 서다가 지겨울 정도의 반복 어구로 내 도착을 알린 것도 바로 이 새였다.

내게는 대응할 만한 시간적 여유가 없었다. 앵무새의 날카롭고 반복적인 소리에 잠을 자던 사람들이 잠에서 깨어 벌떡 일어났다. 거친 욕설과 함께 실버의 목소리가 소리쳤다.

"누구냐?"

나는 도망가기 위해 몸을 돌렸지만 누군가와 세게 부딪치며 뒤로 튕겨 다른 사람의 품 한가운데로 뛰어들고 말았다. 그가 팔을 조여 나를 꽉 안았다.

"횃불을 가져와, 딕."

나를 단단히 붙잡고 나자 실버가 말했다.

일당 가운데 하나가 오두막집을 나가더니 곧 불 붙은 나뭇조각 하나를 들고 들어왔다.

6부

실버 선장

28장
적의 소굴에서

횃불의 붉은 불꽃이 오두막집의 내부를 밝히자 거기에는 내가 우려하던 최악의 상황이 벌어져 있었다. 해적들이 집과 저장품을 차지한 것이었다. 전과 마찬가지로 코냑 병과 돼지고기, 빵이 여기저기 나뒹굴고 있었다. 하지만 그보다 열 배나 두려운 건 어디에도 포로의 흔적이 보이지 않는다는 사실이었다. 전원이 사망했다고 판단할 수밖에 없었다. 그들과 함께 죽음을 맞이하지 못했다는 사실이 가슴에 사무치게 후회스러웠다.

해적들은 다 해서 여섯 명이었다. 나머지는 다 죽었다. 그들 중 다섯이 서 있었는데, 취한 데다 자다가 선잠을 깨서 다들 얼굴이 붉고 부어 있었다. 나머지 하나는 팔꿈치를 짚고 누워 있었는데 얼굴이 시체처럼 창백했다. 머리 위에 두른 피 묻은 붕대로 보아 그가 최근에 부상을 당했으며 얼마 전에야 붕대를 감았다는 사실을 알 수 있었다. 대공격 때 총에 맞고 숲으로 도망치던 사람이 떠올랐다. 의심의 여지 없이 이 사람이 바로 그 사람이었다.

앵무새는 키다리 실버의 어깨에 앉아 깃털을 다듬고 있었다. 실버는 내가 보기에 전에 내가 알던 것보다 약간 더 창백하고 더 험악한 얼굴을 하고 있었다. 여전히 지난번 담판을 지으러 올 때 입었던 폭이 넓은 고급 옷을 입고 있었지만, 그 옷도 이제 오래 입어 낡고 때 묻고 숲의 날카로운 가시에 걸려 찢겨 있었다.

그가 말했다.

"이게 누구야, 짐 호킨스 군이군, 세상에! 잠깐 들렀나 보지, 응? 어서 이리 와. 우호적으로 받아줄 테니."

그러면서 그는 브랜디 상자 건너편에 앉아 파이프에 담배를 채우기 시작했다.

"그 횃불 잠깐 빌려주게, 딕."

그가 말했다. 그리고 담뱃불을 다 붙이고 나자 이렇게 덧붙였다.

"됐네, 친구. 이제 횃불은 저기 장작 더미 사이에 끼워둬. 그리고 다들 이리 가까이 와서 앉아. 호킨스 선생 때문이라면 그렇게 서 있을 필요 없어. 틀림없이 여러분을 이해해 줄 테니까 말이야."

그가 담배를 채웠다.

"그래, 짐, 네가 여기 왔구나. 이 늙은 존이 좀 놀라긴 했지만 기분은 좋다. 처음 봤을 때부터 네가 영리한 녀석이라는 걸 알아봤지. 그래도 오늘 일은 상당히 뜻밖이로구나. 정말이야."

짐작하시겠지만 이 모든 말에 나는 한 마디도 대답하지 않았다. 그들은 내게 벽을 등지고 서게 했다. 나는 거기 서서 적어도 겉으로는 태연하게 보이도록 애를 쓰며 똑바로 실버를 바라보았다. 하지만 마음속으로는 암담한 절망을 느끼고 있었다.
 실버는 아주 침착하게 파이프를 한두 번 빨고 나서 다시 얘기를 늘어놓았다.
 "그래, 이봐, 짐, 네가 여기 왔으니 내 속마음을 약간 털어놓지. 나는 전부터 줄곧 너를 좋아했어. 정말이야. 너는 용기 있는 아이거든. 꼭 멋있었던 내 어린 시절을 보는 것 같아. 난 항상 네가 우리 편이 되어 한몫 챙겨서 부자 신사로 죽기를 바랐지. 자, 친구, 이제 그럴 때가 된 거야. 스몰릿 선장은 괜찮은 뱃사람이야. 그건 내가 언제라도 인정하지. 하지만 너무 원칙에 얽매여 있어. 항상 '일은 일'이라고 말하지. 그럼, 옳은 말이지. 하지만 너는 선장에게서 벗어나야 해. 의사도 너를 완전히 버렸어. '배은망덕한 망나니 녀석.' 이게 그가 한 말이야. 내 말의 요지는 결국 이거야. 너는 옛날로 돌아갈 수 없다는 거지. 그들이 받아주지 않을 테니까 말이야. 그렇다면 또 다른 배에 너 혼자 끼어야 하는데, 그건 외로울 거 아니냐. 그러니 넌 실버 선장에게 올 수밖에 없는 거야."
 지금까지 얘기는 괜찮았다. 내 친구들은 그러니까 살아 있는 것이었다. 나는 실버의 말이 어느 정도 사실일 거라고 생각했다. 선실 사람들은 내가 말없이 떠난 것에 화가 났을 것이다. 하지만 나는 그의 얘기를 듣고 걱정보다는 안도감을 느꼈다.
 실버가 계속해서 말했다.
 "비록 네가 여기 있긴 하지만 네가 우리 손아귀에 들어오게 된 일에 대해서는 거론하지 않겠다. 그건 믿어도 돼. 내 뜻은 토론을 해보자는 거니까. 협박해서 좋은 결과가 나오는 걸 본 적이 없거든. 일을 하고 싶으면 우리 편이 되겠다고 해. 그러기 싫다면 짐, 편하게 싫다고 해도 돼. 자유롭고 편하게 말이야, 친구. 이보다 더 공정하게 말하는 뱃놈 있으면 어디 한번 나와 보라 그래!"

"이제 제가 대답해야 하나요?" 내가 매우 떨리는 목소리로 대답했다. 그가 조롱하듯 얘기하는 사이 나는 죽음의 위협이 머리 위에 드리워져 있는 걸 느끼지 않을 수 없었다. 얼굴이 벌게지고 가슴속 심장이 고통스러울 정도로 벌렁거렸다.

실버가 말했다.

"얘야, 아무도 너를 강요하진 않는다. 네 상황을 잘 생각해 봐. 여기 너를 재촉하는 사람은 하나도 없어, 친구. 정말이지 너랑 함께 있는 시간은 아주 즐겁거든."

조금 더 대담해진 내가 대답했다.

"분명히 말하는데, 만일 내가 선택을 해야 한다면 내게는 뭐가 어떻게 된 일인지 알 권리가 있어요. 왜 당신이 여기 있고, 내 동료들이 어디 있는지도요."

그러자 해적들 가운데 하나가 으르렁거리듯 말했다.

"뭐가 어떻게 됐느냐고? 그걸 알 만한 놈이 있나!"

"내가 말하라고 할 때까지 선실에 처박혀 있으면 안 되겠나, 친구?"

실버가 입을 연 사람에게 거칠게 말했다. 그러고는 다시 처음의 부드러운 목소리로 돌아와 내게 대답했다.

"어제 아침이었네, 호킨스 선생. 경계를 서고 있는데 리브지 선생이 휴전 깃발을 들고 내려와서는 이러는 거야. '실버 선장, 당신은 버림받았어. 배가 떠나버렸네.' 우리가 술 마시고 노래하는 바람에 배가 가버렸는지도 모르지. 아니라고는 하지 않겠어. 적어도 지켜보고 있던 사람은 하나도 없었으니까. 그래서 우린 바다를 봤지. 이게 웬일이람, 정말로 그 낡아빠진 배가 가버린 거야! 그때처럼 이놈들 낯짝이 파리해진 적은 없었어. 정말 가관이더라니까. 의사가 이렇게 말했어. '자, 우리 타협합시다.' 의사와 나, 그리고 여기 이 친구들이 타협을 했어. 우린 저장품, 브랜디, 오두막집, 준비해 놓은 장작, 그러니까 배로 말하자면 활대에서 용골에 이르기까지 모든 걸 고스란히 다 받았지. 대신 우린 사람들이 걸어 나가게 해주었어. 어디로 갔는지는 몰라."

그는 다시 한 번 조용히 파이프 담배를 빨더니 계속해서 이렇게 말했다.

"그리고 혹시라도 그 협상에 네가 포함된 걸로 생각할지 모르겠는데, 마지막 대화는 이랬다. '떠날 사람이 몇 명이오?' 하고 내가 물으니까 의사가 '네 명이오.' 하고 대답했어. '네 명이오, 그중 하나는 부상자고. 그 꼬마는 어디 있는지도 몰라. 빌어먹을 녀석. 그다지 신경 쓰고 싶지도 않고. 그렇잖아도 지겨워지던 중이었지.' 이게 그의 말이었어."

내가 물었다.

"그게 전부인가요?"

실버가 대답했다.

"그래, 네가 들어야 할 건 이게 전부란다, 꼬마야."

"그럼 이제 제가 선택을 해야 하나요?"

"그래, 이제 네가 선택해야 한다. 암, 그렇고말고."
내가 말했다.
"저도 바보는 아니에요. 제가 뭘 기대해야 하는지 잘 알아요. 최악의 상황이라 해도 크게 상관없어요. 당신을 만나고 나서 너무나 많은 사람들이 죽는 걸 봤어요. 하지만 이거 한두 가지만은 분명히 말해야겠어요."
이 말을 할 때쯤 나는 상당히 흥분한 상태였다.
"첫 번째는 이거예요. 당신은 지금 궁지에 몰렸어요. 배도 잃고, 보물도 잃고, 부하들도 잃고, 당신의 계획 전체가 물거품이 됐어요. 누가 이렇게 만들었는지 알고 싶나요? 그건 바로 나예요! 우리가 섬을 발견하기 전날 밤 난 사과 통 속에 있었어요. 나는 당신 존, 그리고 당신 딕 존슨, 그리고 지금은 바다 밑바닥에 있는 핸즈가 하는 얘기를 들었죠. 그리고 때가 되기 전에 당신들이 나눈 얘기를 다 일러바쳤어요. 그리고 범선 얘긴데, 닻줄을 끊은 게 바로 나예요. 배에 있던 사람들을 죽인 것도 바로 나고, 당신들 가운데 아무도 찾지 못할 곳에 배를 갖다 놓은 것도 바로 나예요. 이제 웃어야 할 사람은 바로 나예요. 처음부터 이 계획을 장악하고 있던 건 바로 나예요. 나는 당신을 파리만큼도 무서워하지 않아요. 죽이든 살리든 어디 마음대로 해보세요. 하지만 딱 한 마디만 하죠. 나를 살려 주면 지난 일은 지난 일로 묻어두고, 여러분이 해적으로 잡혀서 재판을 받을 때 최선을 다해 여러분을 구해 주겠어요. 이제 여러분이 선택하세요. 아무런 이득 없이 한 명을 더 죽이던가, 아니면 교수형 당할 여러분을 구해 줄 증인으로 나를 살려 놓으시던가."

나는 숨이 차서 말을 멈췄다. 놀랍게도 아무도 움직이지 않고 가만히 앉아 착한 양처럼 나를 바라보고 있었다. 그렇게 모두 나를 바라보는 사이 내가 다시 말을 꺼냈다.

"자, 실버 씨. 여기서는 당신이 책임자니까 혹시 일이 잘못되면 의사에게 내가 최후에 어떻게 행동했는지 알려 주시면 고맙겠네요."

"기억하겠네."

이렇게 말하는 실버의 어투는 매우 기묘했다. 내 요구를 비웃고 있는 건지 아니면 내 용기에 감명을 받은 건지 도무지 알 수가 없었다.

"거기에 한 가지 더하지."

적갈색 얼굴의 한 선원이 이렇게 소리쳤다. 이름은 모건이고, 브리스틀 항에 있는 키다리 존의 술집에서 봤던 사람이었다.

"블랙독을 알아본 것도 저 녀석이야."

그러자 요리사가 덧붙였다.

"내 말 들어봐. 거기에 다시 한 번 한 가지를 더하지, 제기랄. 빌리 본즈의 지도를 훔쳐 간 게 바로 이 녀석이야. 처음부터 끝까지 우리 계획을 좌초시킨 게 바로 이 짐 호킨스라고!"

모건이 욕설과 함께 말했다.

"그렇다면 이렇게 해야지!"

그리고 벌떡 일어나더니 마치 스무 살 청년처럼 나이프를 빼 들었다.

"그만둬!"

실버가 소리쳤다.

6부 실버 선장 269

"이게 누구야, 톰 모건? 아마도 네가 선장이라고 생각하나 본데, 빌어먹을 녀석, 내 똑똑히 가르쳐주지. 어디 한번 덤벼봐. 너도 앞에 간 놈들을 따라가게 해줄 테니까. 지난 삼십 년 동안 어떤 놈은 활대 끝에 매달고, 어떤 놈은 널판을 밟게 했어. 다들 그렇게 물고기 밥이 됐지. 지금까지 내 성질 건드려 후에 좋은 날 본 친구는 하나도 없어. 머리에 똑똑히 새겨놔라, 톰 모건."

모건이 잠시 멈칫거렸다. 하지만 다른 사람들 사이에서 투덜거리는 소리가 들렸다. 누군가 말했다.

"톰이 맞아."

그러자 다른 목소리가 덧붙였다.

"나도 전에 지긋지긋하게 시달렸었지. 존 실버, 너한테까지 시달릴 거면 내가 목을 매 죽고 만다."

"여러 신사분들 가운데 이 존 실버랑 한판 붙어볼 사람 있나?"

실버가 상자 위로 몸을 쑥 내밀면서 버럭 고함을 질렀다. 그의 오른손에서는 아직도 파이프 담배가 타오르고 있었다.

"원하는 게 있으면 딱 부러지게 말해. 벙어리들이 아닌 걸로 아는데. 원하는 놈은 갖게 해주지. 이 나이가 다 돼서 술통에서 갓 나온 새파란 놈들이 모자를 삐딱하게 쓰고 머리를 들이대는 꼴을 보라고? 너희들도 어떻게 하는지 알 거야. 다들 자칭 부자 신사들이니까. 어디 해봐. 난 준비됐어. 칼을 꺼내 덤벼보라고. 어떤 놈이건 사타구니부터 배 속까지 색깔을 확인해 줄 테니까. 이 담뱃불이 다 타기도 전에 말이야."

움직이는 사람은 하나도 없었다. 대꾸하는 사람 하나도 없었다.

"너희들이 그렇지 뭐, 안 그래?"

실버가 파이프를 다시 물며 덧붙였다.

"아무튼 보면 웃기는 놈들이야. 싸울 가치도 없다니까. 너희들은 이렇게 쉬운 영어도 이해하지 못하나 본데, 나는 선장으로 선출된 사람이야. 배를 많이 타서 가장 능력이 있기 때문에 선장인 거야. 너흰 부자 신사들처럼 싸우려고도 안 하잖아. 빌어먹을, 그러면 복종해야지. 안 그래? 난 이 꼬마 녀석을 좋아해. 이 녀석보다 더 나은 꼬마를 본 적이 없어. 여기 이 집구석에 있는 쥐새끼 같은 놈들 둘을 합쳐도 얘가 더 나아. 그러니까 내가 하고 싶은 말은 이거야. 이 녀석에게 손대고 싶은 놈은 어디 나서 봐. 이게 내가 하려는 말이야. 머리에 똑똑히 새겨놔."

이 말이 끝나자 한참 동안 침묵이 흘렀다.

나는 벽을 등지고 똑바로 서 있었다. 내 심장은 여전히 쿵쾅쿵쾅 망치질하고 있었지만, 가슴속에는 한 줄기 희망의 빛이 비치고 있었다. 실버는 팔짱을 끼고 파이프를 모로 문 채 뒤쪽 벽에 몸을 기댔다. 그는 마치 교회에 있는 것처럼 차분했다. 하지만 그는 남몰래 눈을 굴리며 반항적인 부하들을 유심히 지켜보고 있었다. 그들은 조금씩 오두막 반대편 구석으로 가서 모였다. 그들이 속삭이며 내는 날카로운 소리들이 마치 냇물 소리처럼 끊임없이 내 귀로 들어왔다. 가끔 누군가 고개를 들면 횃불의 붉은 빛이 잠깐 동안 그들의 긴장한 얼굴을 비추었다. 하지만 마침내 그들이 눈을 돌려 바라본 건 내가 아니라 실버였다.

실버가 멀리 공중으로 침을 퉤 뱉으며 말했다.

"할 말이 많은 것 같은데, 어디 한번 읊어봐. 들어줄 테니까."

아니면 처박혀 있거나."

그러자 해적들 가운데 하나가 입을 열었다.

"양해를 바랍니다, 선장님. 선장님은 몇 가지 규칙을 무시하고 있습니다. 아마 다른 규칙들은 잘 지켜주시겠지요. 저희 선원들은 불만이 있습니다. 우리는 선원들을 괴롭히는 걸 인정하고 싶지 않습니다. 우리도 다른 선원들처럼 권리를 갖고 있으니까 그 권리를 자유롭게 행사하겠습니다. 선장님이 규칙을 정하신 대로, 우리는 자유롭게 회의를 가질 수 있습니다. 현재로서는 선장이라는 걸 인정하니까 선장님의 양해를 바랍니다. 하지만 저도 제 권리가 있으니 밖에 나가 회의를 하겠습니다."

길고 험상궂은 얼굴에 노란 눈을 가진 삼십 대 중반의 이 사내는 복잡한 선상 경례를 한 뒤 침착하게 문으로 가서 집 밖으로 나갔다. 나머지 사람들도 한 사람 한 사람 그가 한 것처럼 경례를 붙이고 지나가며 각자 사과의 말을 했다. 어떤 사람은 "규칙에 의한 겁니다."라고 하고 모건은 "일반 선원 회의입니다."라고 했다. 각자 한 마디씩 남긴 채 그들은 횃불 아래 나와 실버만 남기고 다들 밖으로 나가 버렸다.

요리사가 얼른 파이프를 내려놓았다. 그러고는 거의 들리지 않을 정도로 내게 속삭였다.

"짐 호킨스, 내 얘기 잘 들어. 지금 네게는 죽음의 널빤지가 반밖에 안 남았어. 더 나쁜 건 고문을 받게 된다는 거지. 저놈들은 나를 쫓아내려 하고 있어. 하지만 잘 들어, 어떤 일이 있어도 난 네 편이야. 원래는 이럴 생각이 아니었지. 절대로. 네가 아까 모든 걸 털어놓기 전까진 말이야. 그 많은 돈도 잃고, 덤으로 교수형까지 당한다는 생각에 완전히 절망하고 있었거든. 그런데 자네 방식이 옳다는 걸 알게 되었어. 그래서 난 생각했지. '호킨스 편이 되어라, 존. 그러면 호킨스도 네 편이 되어줄 거야. 너는 호킨스의 마지막 희망이고, 또 호킨스야말로 네 마지막 희망이야! 서로 돕는 거지.' 이렇게 말이야. 네가 네 증인을 살려 놓으면, 그가 네 목숨을 건져줄 거야!"

나는 이제야 희미하게 이해가 되기 시작했다.
내가 물었다.
"그 말은 이제 아무런 희망이 없다는 말인가요?"
그러자 그가 대답했다.
"맞아, 제기랄, 그렇게 된 거야! 배도 가고 목도 떨어지고. 대강 이런 셈이지. 바다를 봤는데 짐 호킨스, 범선이 안 보이는 거야. 내가 강하긴 해도, 포기했어. 저놈들과의 회의 문제는 나한테 맡겨. 저놈들은 완전 바보 천치에 겁쟁이들이야. 내가 저놈들로부터 네 목숨을 살려 주마. 할 수만 있다면 말이야. 하지만 잊지 마라, 짐, 가는 게 있으면 오는 게 있는 법이다. 넌 키다리 존이 교수형을 당하지 않게 구해 줘야 해."

나는 당황스러웠다. 그가 요구하는 일은 전혀 가능성 없는 일로 여겨졌다. 내가 그를, 이 늙은 해적을, 시종일관 두목이었던 이 사람을 구하다니.

나는 이렇게 말했다.
"내가 할 수 있는 일은 하겠어요."
그러자 키다리 존이 외쳤다.
"이걸로 약속한 거다! 네가 용기 있게 말하니까, 젠장, 그래도 내게 기회는 생긴 거야!"
 그는 절뚝거리며 장작더미 사이에 꽂혀 있는 횃불로 가더니 파이프에 다시 불을 붙였다.
 그가 돌아오면서 말했다.
 "나를 이해해 다오, 짐. 나도 어깨 위에 목이 달려 있는 사람이야. 그렇고말고. 이제 난 지주 편이야. 네가 어딘가에 안전하게 배를 감춰놓았다는 사실을 안다. 어떻게 했는지는 모르겠지만 분명 배는 안전해. 핸즈와 오브라이언이 멍청한 짓을 했을 테지. 둘 다 그리 믿음이 안 가는 놈들이었어. 자, 이제 잘 들어. 난 아무것도 묻지 않을 것이고, 또 딴 놈들도 묻지 못하게 할 거야. 경기가 끝인지 아닌지 정도는 내가 알지. 믿음직한 꼬마 하나도 알고 있고. 아, 너처럼 젊은… 너랑 나랑 함께였다면 정말 기막힌 일들을 해냈을 텐데!"
 그는 양철 컵으로 술통에서 코냑을 조금 따랐다.
 "맛 좀 보지 않을래, 친구?"
 그가 물었다. 내가 거절하자 그는 이렇게 말했다.
 "그럼 짐, 나 혼자라도 한 모금 하마. 뭔가 도움이 필요하거든. 문제가 좀 있으니까 말이야. 참, 문제 얘기가 나와서 말인데, 의사가 왜 내게 지도를 줬을까, 짐?"
 나도 궁금하다는 표정을 지었다. 그 표정에 가식이 하나도 없었기 때문에 그는 더 이상 물어봐야 소용이 없다는 사실을 깨달았다. 그가 말했다.
 "아, 어쨌거나 그가 줬어. 뭔가 꿍꿍이가 있긴 한데, 분명히. 그게 좋은 쪽이든 나쁜 쪽이든, 짐, 분명 꿍꿍이가 있어."

그가 커다랗고 흰 얼굴을 갸웃거리며 브랜디를 다시 한 모금 삼켰다. 그는 최악의 상황을 예감하고 있는 사람처럼 보였다.

29장
다시 나타난 흑점

해적들의 회의는 길게 진행됐다. 그러더니 한 명이 다시 안으로 들어와 전처럼 경례를 반복했다. 그의 동작에서 빈정대는 분위기가 묻어났다. 그가 횃불을 잠시만 빌려달라고 요청했다. 실버가 간단하게 승낙하자 이 사절은 다시 돌아갔다. 우리는 함께 어둠 속에 남겨졌다.

"바람이 부는구나, 짐." 실버가 말했다. 그의 어조는 이제 우호적이고 친근하게 변해 있었다.

나는 가까운 총안으로 가서 밖을 내다보았다. 활활 타오르던 모닥불은 이제 등걸도 거의 다 타버려 낮고 희미한 불기운만 남아 있을 뿐이었다. 이 공모자들이 왜 횃불이 필요했는지 이해가 되었다. 그들은 울타리로 이르는 경사지를 반쯤 내려간 곳에 모여 있었다. 하나는 횃불을 들고 있고 다른 하나는 가운데에 무릎을 꿇고 앉아 있었다. 그가 손에 들고 있는 나이프의 날이 달빛과 횃불 빛을 받아 알록달록한 광채를 뿌렸다. 나머지 사람들은 마치 그 사람의 작업을 지켜보기라도 하는 듯 몸을 약간 앞으로 기울이고 있었다. 가만히 보니 앉아 있는 사람의 손에는 칼뿐 아니라 책도 한 권 들려 있었다. 저들이 어떻게 저렇게 어울리지 않는 물건을 갖고 있는 걸까 궁금해하고 있는데 갑자기 앉아 있던 사람이 일어섰다. 그러자 그 일당들 전부가 집 쪽으로 움직이기 시작했다.

"저기 오네요."

나는 이렇게 말하며 다시 이전 자세로 돌아갔다. 그들을 지켜보고 있었다는 걸 들키는 건 왠지 체면이 깎이는 일로 생각되었기 때문이다.

"그래, 그냥 놔둬라, 애야, 그냥 오게 놔둬." 실버가 기분 좋게 말했다. "아직은 내게 한 방이 남아 있단다."

문이 열리고 다섯 명이 문 바로 안쪽에 자리를 잡더니 그들 가운데 한 명을 앞으로 밀어냈다. 다른 상황이었다면 그가 주먹 쥔 오른손을 앞으로 내민 채 한 발자국씩 머뭇거리며 천천히 다가오는 모습이 아주 웃겼을 것이다.

실버가 소리쳤다.

"힘차게 걸어라, 이 친구야. 안 잡아먹을 테니까. 이리 건네줘, 미련퉁이야. 나도 규칙을 알아, 당연하지. 사절을 해치진 않아."

이 말에 힘을 얻은 그 해적은 좀 더 활기차게 앞으로 걸어왔다. 그러고는 실버의 손에 뭔가를 건네주고 더 잽싸게 자신의 동료들에게로 돌아갔다.

요리사가 자신에게 전달된 것을 보았다. 그가 말했다.

"흑점! 이럴 줄 알았어. 종이는 대체 어디에서 난 거야? 아니, 이런! 이것 좀 보게, 이거 불길한데! 성경을 찢어냈잖아. 어떤 바보가 성경을 찢었어?"

그러자 모건이 대답했다.

"아, 저것 봐! 저 보라니까! 그러게 내가 뭐랬어? 그러면 좋지 않다고 했잖아. 내가 말했잖아."

실버가 계속 얘기했다.

"이제 너희들 전부가 이 책임을 나눠 지게 되어 있어. 내가 보기에 너희들은 전부 교수대로 갈 거야. 어떤 바보 같은 녀석이 성경을 갖고 있었던 거야?"

"딕이었어요."

누군가 대답했다.

실버가 말했다.

"딕? 그래? 그럼 딕은 기도나 올리는 게 좋겠다. 이제 자기 몫의 행운은 다 써버렸으니까 말이야. 그렇지, 딕? 암, 그렇고말고."

그때 갑자기 노란 눈의 키 큰 남자가 치고 들어와 이렇게 말했다.

"그런 얘기는 그만해, 존 실버. 우리 선원들은 규칙대로 충분한 회의를 거쳐서 당신에게 흑점을 전달했어. 당신도 규칙대로 그걸 뒤집어서 뭐라고 써 있나 읽어봐. 그런 다음 얘기해."

요리사가 대답했다.

"고맙군, 조지. 넌 무슨 일이든 급하게 하려고 했지. 지금처럼 기특하게 규칙도 다 외우고 있고 말이야. 어디, 뭐라고 써 있나

볼까? 아! 해임! 그렇지? 맞나? 아주 잘 썼네. 정말로. 인쇄한 것처럼 말이야. 진심이야. 네가 쓴 건가, 조지? 오호, 이제 여기 이 무리들의 두목이 되어가고 있구먼. 다음번에 선장이 되어도 놀랄 일은 아니겠는걸? 근데 그 횃불 다시 한 번만 빌려주면 안 될까? 파이프가 잘 빨리질 않아서 말이야."

조지가 말했다.

"자, 이제 더 이상 우리 선원들을 바보로 만들지 마. 그런 농담이 재미있다고 생각하나 본데, 당신은 이제 끝났어. 그러니 이제 그만 그 통에서 내려와 투표하는 거나 거들지 그래."

그러자 실버가 빈정대듯 대답했다.

"자네는 규칙을 안다고 말한 거 아니었나? 아무튼 자네는 몰라도 난 알지. 난 지금 기다리는 중이야. 그리고 그때까지는 내가 여전히 너희들 선장이란 거 알지? 너희들이 불평을 다 털어놓을 때까지 말이야. 그런 다음 대답하지. 그동안에는 너희들의 그 흑점이란 건 비스킷만도 못 한 거야. 그 이후에 어찌 되나 보자고."

조지가 대꾸했다.

"오, 아무 걱정 안 해도 될 거야. 우린 정확히 규칙대로 했으니까, 규칙대로. 우선 당신은 이번 항해를 망쳤어. 이걸 부인할 정도로 뻔뻔스럽지는 않겠지. 둘째, 당신은 아무 이유 없이 적들이 이 함정을 빠져나가도록 놔뒀어. 그들이 왜 나가려 했겠어? 난 그 이유는 모르겠지만 그들이 나가기를 바랐다는 건 분명해. 셋째, 당신은 그들이 걸어갈 때 우리가 공격하려는 걸 허락하지 않았어. 우리도 다 알고 있어, 존 실버. 당신은 약은 짓을 하려는 거지. 그게 당신 잘못이야. 그리고 넷째, 바로 이 꼬마 녀석이야."

"그게 다야?"

실버가 조용히 물었다.

"이 정도면 충분하지."

조지가 대뜸 쏘아붙였다.

"당신의 서투른 솜씨 때문에 우리 전부가 매달리게 생겼잖아."

"그래, 좋아. 여기 좀 봐. 내가 그 네 가지에 대해 대답을 할 테니까. 하나씩 대답해 주지. 내가 이번 항해를 망쳤다. 내가 그랬나? 이것 봐, 너희 모두 내가 무얼 원했는지 알고 있었어. 그리고 내 계획대로 되었다면 우리 모두가 오늘 밤 예전처럼 히스파니올라 호에 승선해 있었을 거야. 모두가 몸 건강히 살아서 건포도 푸딩을 실컷 먹고 있을 거라고. 화물칸에 보물을 가득 채우고 말이야, 제기랄. 그런데 내 말을 안 들은 게 누구였어? 합법적인 선장인 내가 하기 싫다는 일을 억지로 시킨 게 누구였지? 상륙한 첫날 내게 흑점을 내밀며 이 춤판을 벌인 게 대체 누구였느냐고? 아, 참 멋진 춤이야. 나도 껴서 추지. 꼭 런던 부근 해적 처형장에서 밧줄에 목이 매달리면 추게 된다는 혼파이프 춤 같군. 안 그래? 그런데 누가 그런 거야? 앤더슨, 핸즈, 그리고 너 조지 메리잖아! 사사건건 간섭하던 그 뱃놈들 가운데 살아남은 건 너뿐이야. 그런데 네놈이 바다귀신만큼이나 시건방지게 감히 나를 제치고 선장이 되겠다고 나서? 우리 운명을 물속에 처박은 네놈이? 빌어먹을! 황당해도 이렇게 황당한 얘기가 다 있나!"

실버가 잠시 말을 멈췄다. 조지와 그의 동료들의 표정을 보아 실버의 말이 전혀 헛되지는 않은 것 같았다.

"이게 첫 번째에 대한 거야."

공격을 받은 실버는 이렇게 외치며 이마에 흐르는 땀을 훔쳤다. 집이 쩌렁쩌렁 울릴 정도로 열변을 토하고 있었기 때문이다.

"정말 솔직히 말해 네놈들한테 설명하기도 지겹다. 네놈들은 이해력도 없고 기억력도 없어. 너희 어머니들이 무슨 생각으로 너희들을 선원이 되게 했는지 도대체 이해할 수가 없다고. 선원! 부자 신사! 가서 재봉사나 하면 딱 맞을 놈들 같으니라고."

그러자 모건이 말했다.

"계속 말해, 존. 다른 것도 대답해야지."

존이 말을 받았다.

"아, 다른 것들! 다 훌륭하더군, 안 그래? 너희들은 이번 항해를 망쳤다고 하는데, 제기랄, 네놈들이 정말 이번 항해가 얼마나 망가졌는지 알기나 하면 좋겠다! 알기나 하면! 교수대가 지금 우리 코앞이야. 생각만 해도 목이 뻣뻣해진다고. 너희들도 본 적 있겠지? 사람들이 쇠사슬에 묶인 채 매달려 있는데 주위에는 새들이 날아다니고 선원들은 조류를 타고 지나가다가 손가락질하잖아? '저게 누구야?' 하고 누군가 물으면 다른 사람이 '아, 저 거? 저건 존 실버잖아. 나도 잘 아는 사람이었어.' 이렇게 대답하겠지. 거기를 지나서 부표를 찾아가다 보면 쇠사슬이 찰그랑거리는 소리가 들릴 거야. 자, 이게 지금 우리 모두가 처한 상황이야. 다 저 녀석과 핸즈와 앤더슨, 그리고 너희 바보 같은 골칫덩이들 덕분에 말이야. 그리고 네 번째, 저 꼬마에 대해 알고 싶다면, 제기랄, 저 녀석은 인질 아냐? 인질을 쓸데없이 없애 버릴 거야? 안 되지. 우린 그러면 안 돼. 어쩌면 저 녀석이 우리의 마지막 기회일지도 모르거든. 실제로 그렇게 될지도 몰라. 저 꼬마를 죽여? 친구들, 그건 안 돼! 그리고 세 번째? 아, 세 번째에 대해서라면 너희들과 하고 싶은 거래가 있다. 너희들은 진짜 대학 나온 의사가 너희를 매일 치료해 주는 게 아무것도 아닌 것 같지? 너, 머리 깨진 존, 아니면 너, 여섯 시간 전만 해도 학질로 오들오들 떨었고 바로 지금 이 순간까지도 눈알이 레몬 껍질마냥 노리끼리한 조지 메리 네놈도. 게다가 너희들은 구조선이 온다는 사실도 모르잖아. 그렇지? 하지만 구조선은 와. 그것도 머지않아. 그 때가 되면 누가 인질이 있어 다행이라고 하게 될지 알게 될 거야. 그리고 두 번째. 왜 내가 협상을 했느냐. 그건 너희들이 무릎 꿇고 기어 와서 내게 협상해 달라고 간청했잖아. 무릎을 꿇고 기어 왔다고. 기가 아주 팍 죽어서 말이야. 협상을 안 했으면 아마 굶어 죽었을걸? 하지만 그건 아무것도 아니야. 이걸 보라고, 이게 이유야!"

그러면서 그는 바닥에 종이 한 장을 내던졌다. 나는 한눈에 그게 뭔지 알아보았다. 노란 종이에 세 개의 빨간 십자가가 그려진 그것은 내가 선장의 궤짝 바다 방수포 안에서 찾아낸 바로 그 지도였다. 나는 의사가 왜 그걸 실버에게 주었는지 도무지 알 수가 없었다.

내가 영문을 알 수 없는 것과는 무관하게 지도의 등장은 살아남은 폭도들에게 믿기 힘든 일을 일어나게 했다. 그들은 고양이가 쥐를 덮치듯 지도에 덤벼들었다. 지도는 이 손에서 저 손으로 자꾸만 건너갔다. 한 사람이 지도를 잡으면 다른 사람이 채 갔다. 지도를 살피는 그들의 입에서 때로는 욕설이, 때로는 탄성이, 때로는 천진난만한 웃음이 터져 나왔다. 그 모습을 보고 있자니 마치 그들이 황금 자체를 만지고, 그 황금을 싣고서 안전하게 항해를 하고 있다는 생각이 들 정도였다.

누군가 말했다.

"맞아, 이건 플린트야. 분명해. J. F.라는 서명과 그 아래 밧줄 매듭 모양의 표시가 있잖아. 플린트는 언제나 이렇게 했어."

그러자 조지가 말했다.

"정말 굉장하군. 그런데 어떻게 이걸 갖고 가지? 배도 없는데?"

실버가 갑자기 한 손으로 벽을 짚으며 벌떡 일어나 소리쳤다.

"조지, 너 경고하는데, 한 마디만 더 시건방진 소리를 하면 당장 불러내서 결투를 벌이고 말겠다. 어떻게 하냐고? 그걸 내가 어떻게 알겠어? 그건 네가 나에게 얘기해 줬어야지. 너와 네놈들이 방해하는 바람에 내 범선을 잃어버린 거 아냐? 빌어먹을 놈들! 근데 넌 안 돼! 넌 못해! 넌 바퀴벌레만큼도 생각하는 재능이 없어. 그러니 앞으론 공손하게 말하는 법을 좀 배워. 아니, 그렇게 말하게 될 거야, 조지 메리. 그렇고말고."

늙은 모건이 말했다.

"그 정도면 충분해요."

"충분해! 내 생각도 그래."

요리사가 말했다.

"너희들은 배를 잃어버렸어. 나는 보물을 찾았고. 누가 더 나

6부 실버 선장 **283**

은 사람이야? 그런데도 지금 와서 나보고 물러나라고? 제기랄! 네놈들이 선장으로 뽑고 싶은 사람을 뽑아. 난 그만둘 테니까."

"실버!"

그들이 소리쳤다.

"바비큐여 영원하라! 바비큐를 선장으로!"

"자, 이게 결론이지? 그렇지?"

요리사가 외쳤다.

"조지, 내 생각에 자네는 다음번을 기다려야 할 것 같군. 내가 앙갚음하는 사람이 아닌 걸 다행으로 알아. 난 지금까지 한 번도 그런 짓은 한 적 없거든. 자, 친구들, 이 흑점은? 이제 아무 쓸모 없는 거지? 그렇지? 성경을 훼손한 덕만 재수 없게 됐군. 그걸로 끝이야."

"그래도 성경에 입을 맞추면 괜찮을 것 같은데, 안 그래요?"

딕이 가르랑거리는 목소리로 물었다. 자신이 자초한 저주 때문에 불안한 기색이 역력했다.

그러자 실버가 조롱하듯 대꾸했다.

"약간 찢어진 성경이라! 그건 안 돼. 그건 겨우 노래 책 정도의 효과밖에 없어."

"그래도 효과는 있는 거죠?" 딕이 반가운 듯 대답했다. "그 정도만 해도 갖고 있을 만한 가치는 있는 것 같아요."

"받아라, 짐. 네게는 신기한 물건일 게다." 실버는 이렇게 말하며 내게 그 종이를 건넸다.

그것은 대략 크라운 은화 정도의 크기였다. 성경 마지막 장이 었는지 한쪽은 백지였고 다른 쪽에는 요한계시록 한두 구절이 실려 있었다. 그 가운데 가슴에 절실하게 와 닿는 구절이 눈에 띄었다. "개들과 살인자들은 다 성 밖에 남으리라." 인쇄된 면에는 숯검정이 칠해져 있었는데, 검댕이 이미 떨어지고 있어서 손가락이 시커메졌다. 백지에는 같은 재료로 "해임" 한 단어가 쓰여 있었다. 그 신기한 물건은 지금도 내 수중에 있긴 하지만 글을 썼던 흔적은 이제 다 사라지고 엄지손톱으로 긁은 듯한 자국 하나만이 남아 있을 뿐이다.

그날 밤 일은 이렇게 끝났다. 그 직후 사람들은 모두 술을 한 잔씩 마시고 잠자리에 들었다. 실버는 조지 메리에게 보초를 서게 하고 만일 한눈을 팔았다간 죽을 줄 알라고 협박함으로써 자신이 할 수 있는 최대의 복수를 했다.

내가 눈을 감기까지는 오랜 시간이 걸렸다. 당연한 얘기겠지만 나는 생각해야 할 게 무척 많았다. 그날 오후 내 목숨이 왔다 갔다 하는 상황에서 죽인 그 남자 생각, 그리고 무엇보다도 지금 실버가 벌이고 있는 기막힌 게임에 관한 생각. 지금 실버는 한 손으로는 폭도들을 장악하고, 다른 손으로는 우리 편과 화해해서 자신의 가련한 목숨 하나 구해 보겠다고 가능하건 불가능하건 모든 수단을 동원하고 있었다. 실버는 큰 소리로 코까지 골아가며 편안하게 잤다. 하지만 나는 그가 비록 사악하긴 해도 그의 주변에 도사리고 있는 음험한 위험들과 그를 기다리고 있는 치욕스러운 교수대를 생각하면 그에 대해 안쓰러운 마음을 금할 수가 없었다.

30장
가석방

뭔가가 나를 깨웠다. 아니, 나뿐 아니라 모든 사람을 깨웠다고 하는 편이 옳을 것이다. 보초마저도 문가에 쓰러져 자다가 일어나면서 몸을 추스르는 모습이 보였기 때문이다. 숲 경계에서 우리를 부르는 맑고 힘찬 목소리가 들려오고 있었다.

"오두막집, 들리나? 여긴 의사다."

그 목소리는 이렇게 외치고 있었다.

그리고 그것은 실제로 의사였다. 그 소리를 들어 반갑긴 했지만 약간 복잡한 마음이 없지는 않았다. 나는 지시를 무시하고 몰래 도망친 내 행동을 떠올리자 혼란스러워졌다. 그리고 그 결과 내가 어떤 상황에 처해 있는지, 어떤 사람들 사이에 있으며 무슨 위험에 둘러싸여 있는지를 생각하니 그의 얼굴을 보기가 부끄러웠다.

아침이 채 밝지도 않은 때였으므로 그는 틀림없이 깜깜할 때 일어났을 것이다. 총안으로 달려가서 밖을 내다보니 예전에 실버가 그랬듯 무릎까지 기어오르는 안개 속에 의사가 서 있는 게 보였다.

"의사 선생, 안녕하신가요?" 잠깐 사이에 완전히 잠에서 깬 실버가 선량한 표정을 지으며 소리쳤다.

"화창하고 이른 아침입니다. 정말로요. 옛말에도 밥 찾아 먹는 건 일찍 일어나는 새라고 했죠. 조지, 얼른 일어나서 리브지 선생이 울타리 넘어오는 걸 도와드려. 다들 괜찮습니다. 환자들도, 그러니까 다 건강하고요."

그는 한쪽 겨드랑이에 목발을 짚고 다른 손으로는 오두막집 벽을 짚은 채 그렇게 언덕 위에 서서 계속 수다를 떨었다. 목소리나 태도나 표정이 예전에 보았던 존 그대로였다.

그가 계속해서 말했다.

"여기 선생님을 위한 깜짝 선물이 있습니다. 작은 불청객이 하나 있거든요, 헤헤. 새로운 동거인이자 탑승객이죠. 기운도 펄펄 넘치고요. 밤새 이 존 옆에 나란히 누워서 화물 관리인처럼 잠을 잤습니다."

리브지 선생은 이때 방책을 넘어와 거의 요리사 근처까지 와 있었다. 그의 목소리가 달라지며 묻는 소리가 들렸다.

"설마 짐은 아니겠지?"

"바로 그 짐 맞습니다."

아무 말도 없었지만 의사가 걸음을 딱 멈추었다. 그가 다시 움직이기까지 몇 초라는 시간이 걸렸다.

마침내 그가 말했다.

"그래, 그렇군. 우선 일부터 하고 그다음 기뻐하지. 실버 당신이 늘 얘기하듯 말일세. 자네 환자들을 보게 해주게."

잠시 후 그가 오두막집으로 들어왔다. 그는 내게 딱딱하게 고개를 한 번 끄덕하고는 환자들을 살피기 시작했다. 믿지 못할 악당들 속이라 목숨이 언제 어떻게 될지 모르는 상황인데도 의사는 아무런 두려움이 없는 듯했다. 그는 마치 평범한 영국 가정에 일상적인 진료 방문이라도 하듯 이 환자 저 환자를 살피기 시작했다. 그의 태도는 다른 사람들에게도 영향을 미친 듯했다. 모두들 마치 아무 일도 없었다는 듯이 그는 여전히 선상 의사이고 그들은 충실한 일반 선원인 것처럼 행동했다.

"자네는 아주 잘하고 있네."

의사가 머리에 붕대를 감은 사내에게 말했다.

"세상에서 머리를 가장 짧게 깎은 사람을 들라면 바로 자네일 거야. 자네는 머리가 무쇠처럼 단단한가 보네. 어이, 조지, 아픈 덴 어떤가? 확실히 안색은 좋아졌구먼. 자네는 간이 뒤집혔어. 약은 먹었나? 어이, 이 친구 약 먹던가?"

그러자 모건이 대답했다.

"네, 네, 선생님. 먹었습니다. 확실합니다."

"여러분도 알다시피 지금 나는 폭도의 의사라네. 나로서는 죄수의 의사라고 불리는 편이 더 낫겠지만 말이야."

리브지 선생이 쾌활한 어조로 얘기했다.

"그래서 난 조지 국왕 폐하의 신민이건 (국왕 폐하 만세!) 단두대로 갈 사람이건 한 사람이라도 줄지 않도록 하는 게 내 본분이라고 생각한다네."

악당들은 서로를 바라보았다. 하지만 그들은 그의 뼈아픈 지적에 대해 아무 말도 못하고 침만 꿀꺽 삼켰다.
"딕이 별로 안 좋습니다."
누군가 얘기했다.
"그래?"
의사가 응답했다.
"딕, 어디 이리로 와서 혀를 내밀어 보게. 그럼 그렇지. 이러니 아프지 않은 게 이상하지. 이 친구 혓바닥이 프랑스 친구들보다 더 꼬부라졌구만. 열병이 다시 생겼어."
그러자 모건이 말했다.
"그래, 저거야. 성경을 찢어서 저렇게 된 거라니까."
그러자 의사가 이렇게 대꾸했다.
"이건 자네들 표현을 빌자면, 정말 구제불능의 천치들이라서 생긴 걸세. 깨끗한 공기와 유독한 공기, 마른 땅과 불결하고 해로운 땅을 분간할 만한 머리가 없었기 때문에 생겼단 말이야. 이건 내 의견일 뿐이지만, 내가 보기엔 말라리아를 여기서 완전히 쫓아내지 못하면 누구든 그 대가를 치를 가능성이 있어. 숙소를 늪지에 정해? 그렇지? 실버, 난 정말 당신에게 놀랐네. 여기 있는 사람들 통틀어서 자네만큼은 바보가 아닌 줄 알았는데, 자네도 건강 규칙이라는 개념에 대해서는 기본도 갖추지 못한 것 같더군."
그는 환자들에게 약을 처방했고 그들은 처방대로 약을 먹었는데, 그 모습이 피로 얼룩진 폭도나 해적이라기보다는 고아원 아이들처럼 공손해서 웃음이 날 정도였다.
"자, 오늘 진료는 이걸로 끝이라네. 이제 저 꼬마하고 얘기 좀 해도 될까?"

그러면서 의사는 내가 있는 쪽을 향해 가볍게 고개를 끄덕였다.

조지 메리는 쓴 약을 먹고 문가에서 연방 침을 뱉고 있다가 의사가 이 말을 하자마자 얼굴을 붉히며 휙 돌아서서 욕설과 함께 이렇게 소리쳤다.

"안 돼!"

그러자 실버가 손바닥으로 나무통을 탕 내리치며 고함쳤다.

"조용!"

그는 사자처럼 단호한 눈길로 주위를 둘러보았다. 그러고는 평소와 다름없는 어조로 이렇게 말했다.

"의사 선생님, 그렇잖아도 그럴까 생각 중이었습니다. 선생님이 이 아이를 얼마나 아끼는지 잘 알고 있으니까요. 저희들은 선생님의 후의에 감사할 따름입니다. 그리고 보시다시피 선생님을 믿고 약을 술 마시듯 꿀떡꿀떡 넘기고 있잖습니까. 제 생각엔 한 가지 적당한 방법이 있을 것 같습니다. 호킨스, 비록 가난하게 태어나긴 했지만 자네도 어린 신사니까, 내게 어린 신사로서 명예를 걸고 한 가지 약속해 줄 수 있겠나? 명예를 걸고 도망치지 않겠다고 약속할 수 있겠지?"

나는 즉시 그의 말대로 하겠다고 약속했다.

실버가 얘기했다.

"그럼 선생님, 먼저 울타리 너머로 가시죠. 일단 넘어가시면 제가 이 녀석을 울타리 안쪽으로 데리고 가겠습니다. 그러면 울타리 사이로 충분한 얘기를 나눌 수 있을 겁니다. 그럼 안녕히 가십시오, 선생님. 지주와 스몰릿 선장에게도 안부 전해 주시고요."

 의사가 집을 나서자마자 순전히 실버의 험상궂은 인상 때문에 억눌렸던 불만이 봇물처럼 터져 나왔다. 실버는 양다리를 걸치고 있다, 자신만을 위해 개인적으로 협상을 벌이고 있다, 동료들과 희생자들의 이익을 희생시키고 있다 등등 호된 비난을 받은 것이다. 한마디로, 있는 그대로의 그의 행동들을 정확히 지적하는 말들이었다. 이번 경우는 너무나 명백해서 실버가 그들의 분노를 어떻게 잠재울 수 있을지 짐작이 되지 않았다. 하지만 그는 그들보다 월등히 뛰어난 사람이었다. 그리고 엊저녁 그가 거둔 승리 또한 그들의 마음속에서 묵직한 영향력을 행사하고 있었다. 그는 그들을 바보, 천치, 멍청이로 몰아붙이며 내가 의사와 이야기를 나누는 게 꼭 필요한 일이라고 얘기했다. 그리고 그들 눈앞에서 지도를 흔들어대며 보물 사냥을 가기로 한 날 어떻게 협상을 깨뜨릴 수 있느냐고 물었다.
 실버가 소리쳤다.
 "그건 절대 안 돼! 때가 되면 우리가 협상을 깨뜨릴 거야. 그때까지는 브랜디로 바다를 만들어서라도 그 의사를 우리 뜻대로 정박시켜 놔야지."
 실버는 그들에게 불을 피우라고 지시한 다음 한 손으로는 목발을 짚고 다른 손은 내 어깨에 올린 채 집을 나섰다. 어수선한 가운데 남은 자들은 수긍은 못하면서도 그의 입심에 밀려 아무 말도 못했다.
 "천천히 얘야, 천천히."
 그가 말했다.

"서두르는 기색이 보이면 저놈들이 단박에 달려들 거야."

이런 이유로 우리는 일부러 천천히 모래밭을 지나 울타리로 갔다. 의사는 울타리 밖에서 기다리고 있었다. 의사와 내가 편하게 이야기를 주고받을 만한 거리에 이르자 실버가 걸음을 멈추었다.

그가 말했다.

"의사 선생님, 이 점에 대해서도 기록해 주시겠지요? 이 녀석이 내가 자기의 목숨을 구해 준 일이랑 그 일로 내가 해임된 일을 얘기해 줄 겁니다. 정말로 그랬습니다. 저는 지금 아주 아슬아슬한 일을 하고 있습니다. 목숨이 왔다 갔다 하는 일이죠. 이런 사람에게 좋은 말 한 마디 해주시는 게 그리 어려운 일은 아니겠지요? 지금 내 목숨뿐 아니라 덤으로 저 꼬마의 목숨도 걸려있다는 사실을 기억해 주시면 고맙겠습니다. 저를 불쌍히 여기신다면 저에 대해 공정하게 봐주셔서 희망적인 얘기를 좀 해주십시오."

동료들을 집 안에 두고 오두막집을 나서는 순간 실버는 완전히 딴사람으로 변해 버렸다. 볼은 쪼그라들고 목소리는 흔들렸다. 그 누구도 이토록 절망적일 수는 없었다.

"이런 존, 설마 자네 두려워하는 건 아니겠지?"

리브지 선생이 이렇게 물었다.

"선생님, 전 겁쟁이는 아닙니다. 그렇지 않아요. 결코 그 정도는 아닙니다!"

그러면서 그는 손가락을 꺾어 우두둑 소리를 냈다.

"제가 겁쟁이라면 이런 얘기는 안 할 겁니다. 하지만 사실 솔직히 말해 교수대를 생각하면 몸이 떨리긴 합니다. 선생님은 진실하고 또 선량하신 분입니다. 더 좋은 사람은 본 적이 없어요! 그러니 제가 저지른 악행이야 물론 잊지 않으시겠지만 제가 좋은 일을 했다는 점도 잊지 말아주시기 바랍니다. 그럼 저는 선생님과 짐이 단둘이 얘기할 수 있도록, 보이시죠, 여기 이만큼 비켜드리겠습니다. 제가 이랬다는 사실도 함께 기록해 주십시오. 저는 정말 할 만큼 하고 있습니다. 정말입니다."

이렇게 말하며 그는 조금씩 뒤로 물러났다. 그리고 얘기 소리가 들리지 않는 곳에 이르자 나무 밑동에 걸터앉아 휘파람을 불기 시작했다. 그는 자리에서 가끔씩 돌아앉으며 한번은 의사와 나를, 다른 한번은 반항적인 악당들을 쳐다보았다. 악당들은 한편으로는 불을 피우랴 또 한편으로는 아침거리로 사용할 돼지고기며 빵을 나르랴 분주히 모닥불과 오두막집을 오가고 있었다.

마침내 의사가 슬픈 듯 입을 열었다.

"그래, 짐, 이렇게 되고 말았구나. 뿌린 대로 거두는 법이란다, 얘야. 정말로 너를 비난하고 싶은 마음은 조금도 없어. 하지만 매정하냐 아니냐를 떠나 이 정도는 말해야겠다. 스몰릿 선장이 괜찮았을 땐 너는 감히 도망갈 생각을 못했다. 그런데 선장이 아파서 꼼짝도 못하고 있을 때, 세상에, 그건 누가 봐도 비열한 짓이었다!"

고백하건대, 여기에서부터 나는 흐느끼기 시작했다. 내가 말했다.

"의사 선생님, 용서해 주세요. 이미 충분히 반성하고 있으니까요. 게다가 전 이미 죽은 목숨이에요. 만일 실버가 보호해 주지 않았다면 전 벌써 죽었을 겁니다. 선생님, 죽을 수는 있어요. 정말로요. 죽어 마땅하겠지요. 하지만 두려운 건 고문이에요. 그들이 나를 고문하려 한다면…."

"짐."

의사가 말을 막았다. 그의 목소리는 많이 달라져 있었다.

"짐, 너를 그냥 둘 수가 없구나. 넘어와라. 같이 달아나자."

나는 이렇게 대답했다.

"선생님, 저는 약속을 했습니다."

그가 외쳤다.

"안다, 알아. 그건 어쩔 수가 없구나, 짐. 애야, 모욕이든 비난이든 다 내가 책임지마. 다만 지금 이렇게는 참을 수 없어. 뛰어라! 한 번 뛰기만 하면 밖이야. 그러면 산양처럼 달아나는 거야."

"안 돼요. 선생님은 뭐가 옳은지 잘 아시니까 절대로 안 그러실 거잖아요. 지주 어른이나 선장님도 마찬가지일 테고요. 그러니 저도 안 그러겠어요. 실버는 나를 믿었어요. 저는 약속을 했고요. 저는 돌아가야 해요. 그런데 선생님, 하던 말을 마저 해야겠어요. 저들이 만일 저를 고문한다면 배가 어디 있는지 털어놓을지도 몰라요. 약간 위험했지만 운이 따라줘서 제가 배를 차지했거든요. 배는 북쪽 후미 남쪽 해안에 있어요. 물이 최고로 올라오는 선 바로 아래쪽이에요. 물이 반 정도만 빠져도 배가 뭍에 얹힐 거예요."

의사는 깜짝 놀랐다.

"배라고!"

나는 재빨리 내가 어떤 모험을 겪었는지 설명했고 의사는 끝까지 아무 말 없이 내 말을 들었다. 내가 말을 마치자 그는 이렇게 얘기했다.

"이 일에는 어떤 운명 같은 게 있나 보다. 매번 우리들의 목숨을 구하는 게 너니 말이야. 우리가 설마 네가 목숨을 잃게 놔둘 거라 생각하니? 얘야, 그건 은혜에 보답하는 게 아니지. 네가 음모를 알아냈고, 또 네가 벤 건을 발견했잖니. 이건 네가 한 일 중에, 아니 앞으로 아흔까지 살더라도 가장 잘한 일이 될 거다. 아차, 벤 건이 있었구나! 내가 이런 실수를 하다니."

그가 소리쳤다.

"실버! 실버! 한 가지 충고할 게 있다네."

요리사가 다시 다가오는 사이 그는 이렇게 말을 이었다.

"그 보물을 찾으려고 절대 너무 서두르지 말게나."

"아니, 선생님, 저는 제가 할 수 있는 일을 합니다만, 지금 말씀은 아닌 것 같은데요. 죄송한 얘기지만 그 보물을 찾아야만 제 목숨과 이 아이의 목숨을 구할 수 있습니다. 그렇고말고요."

그러자 의사가 대답했다.

"그래, 실버, 만일 그렇다면 한 마디만 더 하겠네. 보물을 발견하게 되면 예기치 않은 돌풍을 조심하게나."

실버가 말했다.

"선생님, 남자 대 남자로 얘기하지만, 이건 주는 거 없이 요구만 너무 과한 거 아닌가요? 도대체 뭘 찾는지, 왜 오두막집을 떠난 건지, 왜 내게 그 지도를 주었는지, 전 도무지 모르겠습니다. 그렇지 않겠어요? 그래도 저는 눈 딱 감고 시키신 대로 다 하고 있는데 희망적인 말씀은 한 마디도 안 하시잖아요, 한 마디도!

이건 너무하는 겁니다. 도대체 무슨 생각인지 분명히 얘기 안 해 주실 거면 그렇다고 말씀하세요. 그럼 저도 여기서 키를 놓겠습니다."

그러자 의사가 잠시 생각을 하더니 대답했다.

"아니야, 내겐 이 이상 얘기할 권리가 없어. 이봐 실버, 이 비밀은 내 것이 아니거든. 그렇지 않다면 단언컨대 자네에게 다 말했을 거야. 어쨌건 내가 말할 수 있는 정도나 그보다 약간 더 얘기를 하지. 안 그랬다간 분명 선장이 내 가발을 쥐어뜯으려고 할 테니까 말이야. 우선 첫째로, 자네에게 약간의 희망을 주겠네. 실버, 만일 우리 둘 다 이 늑대 올가미에서 살아 나가면 위증을 제외하고는 자네를 구하기 위해 내 최선을 다하겠네."

실버의 얼굴이 환해졌다. 그는 이렇게 외쳤다.

"선생님 입장에서 그 이상 말씀하시기는 어렵겠죠. 저도 잘 압니다. 제 어머니라도 그 이상은 어려울 겁니다."

의사가 계속해서 이렇게 말했다.

"흠, 그게 내 첫 번째 약속이고, 두 번째는 충고인데, 이 아이를 항상 가까이 두게. 그리고 도움이 필요하면 '여기요.' 하고 외치기만 하게. 내가 즉시 나타나 도움을 줄 테니. 이 말이 허튼소리인지 아닌지는 그때 보면 알 걸세. 그럼 잘 있거라, 짐."

이 말을 마치고 리브지 선생은 울타리 너머로 나와 악수를 나누고 실버에게 고개를 끄덕하고는 빠른 걸음으로 숲 속으로 사라져갔다.

31장
보물을 찾아서—플린트 선장의 흔적

"짐."

우리만 남게 되자 실버가 말했다.

"내가 네 목숨을 구했다면 너는 내 목숨을 구했구나. 내 잊지 않으마. 의사가 너에게 도망치자고 하는 거 봤다. 안 보는 척했지만 다 봤지. 네가 안 된다고 말하는 것도 봤어. 듣는 것만큼이나 분명하게 말이야. 짐, 내가 하나 빚졌다. 공격이 실패한 후 이게 처음 보는 희망의 빛인데, 그게 다 네 덕분이다. 봐라, 짐, 이제 우리는 드디어 보물찾기를 시작할 거다. 그것도 봉함 명령을 받고서 말이야. 이것도 나쁘진 않아. 다만 너하고 나는 서로 등을 대고 서듯 딱 붙어 다녀야 한다. 그래야 어떤 운명이 닥치든 우리 목숨을 부지할 수가 있어."

그때 모닥불 근처에 있던 누군가가 아침 준비가 다 되었다고 우리를 소리쳐 불렀다. 곧 사람들은 모래밭 여기저기에 흩어져 앉아 비스킷과 구운 고기를 먹었다. 그들이 소라도 구워 먹을 듯

불을 커다랗게 피웠기 때문에 너무 뜨거워서 바람을 등지고서야 불 가까이 다가갈 수 있었고, 그나마도 상당히 조심하지 않으면 안 되었다. 이렇게 아낄 줄 모르는 마음은 다른 곳에서도 나타났다. 그들이 준비한 음식은 내가 보기에 사람들이 먹을 수 있는 양보다 세 배는 많아 보였다. 한 사람이 실없이 웃으며 남은 음식을 불 속으로 던져 넣었다. 이 별스러운 연료를 공급받은 불길은 다시 확 피어나 이글거렸다. 내 평생 이처럼 내일을 생각하지 않는 사람들은 본 적이 없었다. 손에 잡히는 대로 먹는다, 그들의 행동을 설명할 수 있는 말은 이것뿐이었다. 음식 낭비나 잠자는 보초 외에도 많은 점을 고려해 보건대, 그들은 단시간의 전투는 용감하게 끝낼지 모르지만 장기전에는 전혀 어울리지 않는다는 것을 알 수 있었다.

심지어는 실버조차 어깨에 플린트 선장을 올려놓은 채 먹는 데만 열중할 뿐 부하들의 대책 없는 행동에 대해서는 일언반구도 하지 않았다. 지금껏 요즘처럼 영리한 모습을 보여 준 적이 없는 실버였기에 이런 모습은 그만큼 더 뜻밖이 아닐 수 없었다.

실버가 입을 열었다.

"그래, 친구들, 바비큐가 자네들을 위해 이렇게 머리를 쓰고 있다는 사실을 다행으로 알라고. 나는 내가 원하는 걸 얻었어. 얻었고말고. 확실히 배는 저쪽이 갖고 있더군. 어디 있는지는 나도 아직은 몰라. 하지만 일단 보물을 찾으면 온 섬을 뒤져서라도 찾아내면 되는 거지. 그때가 되면 친구들, 보트를 갖고 있는 우리가 유리하다네."

그는 입에 베이컨을 가득 문 채 이렇게 말했다. 이런 말로 그는 부하들의 희망과 자신감을 되살리고 있었다. 하지만 내가 보기에는 그 자신의 희망과 자신감을 추스르고 있는 게 분명했다.

그가 계속해서 말했다.

"인질에 대해선 말이야, 아마 이번이 저 녀석이 끔찍이도 좋아하는 사람들하고 나눈 마지막 대화일 거야. 나도 내가 필요한 소식을 들었으니까 저 녀석에게 감사해야지. 어쨌거나 이걸로 끝이야. 보물을 찾으러 갈 때는 저 녀석을 끈으로 묶고 다녀야겠어. 저 녀석을 금덩이 보듯 소중하게 지켜야 돼. 알겠지만, 도중에 어떤 사건이 생길지 모르니까 말이야. 배하고 보물 둘 다 찾고 사이좋게 바다로 나가면, 그때 우리 호킨스 선생을 잘 구슬려서 끌어들여야지. 암, 그래야지. 그렇게 되면 그가 한 역할에 걸맞게 한몫 챙겨줘야지."

그들의 기분이 풀린 건 당연한 일이었다. 하지만 나로선 이만저만 낙담한 게 아니었다. 만일 지금 실버가 꾸미고 있는 계획이 실현 가능해지면 이미 양쪽에서 배반자 노릇을 하고 있는 그로서는 언제든 주저하지 않고 그 계획을 선택할 것이다. 계속 양다리를 걸치고 있는 그가 우리 쪽에 붙어서 기껏해야 교수형을 면하는 것보다는 차라리 해적들과 함께 부귀와 자유를 누리는 쪽을 선호하리라는 데에는 의심의 여지가 없었다.

만일 그게 아니라 실버가 리브지 선생과의 약속을 지킬 수밖에 없는 상황이 된다 해도 우리 앞에는 얼마나 큰 위험이 도사리고 있는가! 그의 부하들의 의심이 확신으로 바뀌어 그와 내가 목숨을 걸고 싸워야 하는 순간이 온다면, 절름발이인 그와 아직 어린 내가 다섯의 건장하고 억센 선원들과 싸워야 한다는 것 아닌가!

 이래도 걱정 저래도 걱정인 상황인데, 동료들의 행동마저 온통 의혹에 싸여 있었다. 오두막집을 버린 이유도 알 수 없고 지도를 넘긴 이유도 설명할 길이 없는데 의사 선생이 마지막에 실버에게 건넨 "보물을 발견하게 되면 예기치 못한 돌풍을 조심하라."는 말은 더 이해하기 힘들었다. 이런 상황이었으니 내가 아침에 얼마나 식욕이 없었을지, 또 나를 사로잡은 사람들을 따라 보물을 찾으러 나서면서 내 마음이 얼마나 불안했을지 쉽게 상상이 갈 것이다.
 우리의 모습은 누가 봐도 괴상하다고 할 만했다. 사람들은 다 더러운 선원복을 입고 있었고 나를 제외하고는 다 완전무장을 했다. 실버는 앞에 하나 뒤에 하나 이렇게 두 자루의 총을 메는 것 외에도 허리에는 칼을 차고 밑이 일자형인 외투 양쪽 주머니에는 권총을 하나씩 넣어두고 있었다. 그의 이상한 복장의 백미는 그의 어깨에 앉아 아무 의미 없이 배에서 사용하는 용어들을 재잘거리고 있는 플린트 선장이었다. 나는 허리에 끈이 묶여 있었으므로 요리사가 이끄는 대로 끌려다닐 수밖에 없었다. 그는 때로는 목발을 짚지 않은 손으로 때로는 억센 이로 끈을 잡아당겼다. 내 모습은 정말이지 어릿광대 곰이 따로 없었다.
 다른 사람들은 다양한 물건들을 지니고 있었다. 어떤 사람들은 히스파니올라 호에서 가장 먼저 챙겨 온 필수품인 곡괭이와 삽을 들고 있고 어떤 사람들은 점심에 먹을 돼지고기와 빵, 브랜디를 들고 있었다. 그 모든 물건들이 내가 보기엔 우리의 저장품이었다. 나는 지난밤 실버가 한 말이 진실이었음을 알 수 있었다. 만일 그가 의사와 협상을 벌이지 않았더라면 배도 잃어버린 그와 폭도들이 먹을 것이라곤 맑은 물과 자신들이 직접 잡은 사냥감밖에 없었을 것이다. 물은 그들의 성에 차지 않았을 테고 선원인 그들이 사냥을 잘할 리도 없었다. 더구나 먹을 게 부족한 상황에서 화약이라고 풍부했겠는가.

아무튼 이렇게 준비를 하고서 우리는 모두 함께 출발했다. 심지어는 당연히 그늘에서 쉬어야 할 머리 다친 사내도 함께 떠났다. 사람들은 각자 편한 대로 앞서거니 뒤서거니 하며 보트 두 척이 기다리고 있는 해변을 향해 걸어갔다. 보트에도 해적들이 술에 취해 저지른 어리석은 짓거리의 흔적들이 남아 있었다. 하나는 가로대가 부러져 있었으며 둘 다 물이 고여 있었다. 안전을 위해 두 척 다 가지고 가야 했으므로 우리는 두 척에 나눠 타고 정박지 한가운데로 진입했다.

배를 대는 사이 지도를 두고 약간의 논쟁이 일어났다. 붉은색 십자가는 물론 기준점이 되기에는 너무 컸다. 또한 잠시 후 보게 되겠지만 지도 뒤에 적힌 메모는 적잖이 모호했다. 기억하는 독자도 있겠지만 거기에는 이렇게 적혀 있었다.

키 큰 나무. 망원경 등성이. 북북동의 북점을 향함.
해골 섬 동남동의 동편
10피트

그러므로 키 큰 나무가 가장 중요한 표식이었다. 그런데 우리 바로 앞에 있는 정박지는 사방이 2~3백 피트나 되는 높은 언덕으로 둘러싸여 있었으며 북쪽에서 망원경 언덕의 남쪽 등성이가 미끄러져 내려오려다 남쪽에서 절벽처럼 깎아지른 바위 언덕인 이른바 뒷돛대 언덕에서 다시 치솟는 지형이었다. 언덕 위 고원지대에는 크고 작은 소나무들이 여기저기 무성하게 자라고 있었다. 높이가 4~50피트에 이르는 다양한 종류의 나무들이 군데군데 서 있었으므로 그중 어느 나무가 플린트 선장이 말한 '키 큰 나무'인지는 현장에 가서 방위를 읽고 나서야 확인이 가능했다.

상황이 이러했는데도 보트에 탄 사람들은 모두 거기까지 채 절반도 가기 전에 자기 마음에 드는 나무를 하나씩 선택했다. 키다리 실버 홀로 어깨를 으쓱하고는 도착할 때까지 기다리라고 말했다.

실버의 지시에 따라 배를 대는 일은 수월했다. 초장에 기운을 빼는 일 따위는 없었다. 긴 통로를 지난 후 우리는 두 번째 강 하구에서 배에서 내렸다. 망원경 언덕의 나무 무성한 계곡을 따라 흘러 내려오는 강이었다. 거기에서 왼쪽으로 돈 다음 우리는 고지대를 향해 오르기 시작했다.

초입은 바닥이 걷기 힘들 정도로 질척거릴 뿐 아니라 그 위를 늪지 식물들이 한 겹 덮고 있어서 발걸음이 무척 더딜 수밖에 없었다. 하지만 조금씩 언덕의 경사가 가팔라지면서 바닥은 암반으로 변해 갔고 숲도 점차 산개대형을 이루기 시작했다. 우리가 들어가는 곳은 실상 이 섬에서 가장 쾌적한 곳이었다. 거기엔 풀 대신 향 짙은 금작화와 여러 가지 꽃 관목들이 자라고 있었다. 줄기가 붉은 소나무들이 넓은 그림자를 드리우는 가운데 푸른 육두구 덤불이 여기저기 자라고 있었다. 육두구의 쏜맛이 다른 나무들의 향과 어우러지는 데다 시원한 바람까지 산들산들 불었다. 따가운 햇빛 아래 있던 우리에게 그건 기막힌 청량제가 아닐 수 없었다.

사람들은 부챗살처럼 퍼져 나가며 껑충껑충 뛰고 소리 질렀다. 실버와 나는 가운데 뒤편에서 사람들을 따라가고 있었다. 나는 밧줄에 묶여 움직이기가 불편했고 그는 미끄러운 자갈길을 어렵사리 헤치고 나가느라 거친 숨을 몰아쉬고 있었다. 사실 내가 간간이 그를 잡아주지 않았다면 그는 틀림없이 발을 헛디뎌 언덕 밑으로 구르고 말았을 것이다.

그렇게 반 마일 정도 걸어가서 고지대 입구에 다다를 무렵이었다. 갑자기 왼쪽 끝에 있던 사람이 무언가에 놀란 듯 비명을 질러대기 시작했다. 비명에 비명이 꼬리를 물고 터져 나오자 다른 사람들이 그가 있는 곳을 향해 달려가기 시작했다.

늙은 모건은 우리 오른쪽을 재빨리 지나치며 이렇게 말했다.

"설마 보물을 발견한 건 아닐 거야. 보물은 분명 위에 있는데."

그곳에 도착해 보니 그런 것과는 완전히 거리가 먼 일이었다. 커다란 소나무 밑동 옆 바닥에 해골 한 구가 놓여 있었다. 옷은 몇 조각만 남아 있었으며, 푸른 덩굴이 휘감고 있는 바람에 몇몇 뼛조각은 세워져 있었다. 모든 사람의 가슴이 써늘해질 만한 광경이었다.

"뱃사람이었어."

조지 메리가 다른 사람들보다 대담하게 가까이 다가가 옷 조각을 살펴보더니 이렇게 말했다. "다른 건 몰라도 이건 선원복을 만들 때 쓰는 고급 옷감이야."

그러자 실버가 말했다.

"그럼, 그럼. 그럴 거야. 여기서 신부님 볼 일은 없지 않겠어? 그런데 해골이 왜 이런 식으로 누워 있는 거지? 자연스럽지가 않군."

다시 보니 그 말이 맞았다. 시체는 자연스럽게 누워 있는 모습이라고 하기는 힘든 모양이었다. 약간 어지러운 구석이 있긴 했다. 아마도 새들이 시체를 쪼아 먹거나 덩굴이 시체를 천천히 휘감고 자라면서 생긴 흔적일 것이다. 하지만 그 점을 제외한다면 그 사람은 완벽히 똑바로 누워 있었다. 다리는 한쪽 방향을, 그리고 마치 다이빙을 하는 사람처럼 머리 위로 들어 올린 손은 정확히 그 반대 방향을 가리키고 있었다.

실버가 자신의 생각을 얘기했다.

"이 돌대가리에 뭔가 떠오르는 게 있구먼. 이건 방위 표시야. 저쪽에 해골 섬 정상이 마치 이빨처럼 튀어나와 있지. 저기 해골이 누워 있는 방향을 한번 재보겠나?"

그가 시키는 대로 했다. 시체는 정확하게 섬을 가리키고 있었고 방향은 동남동에서 약간 동쪽이었다.

요리사가 외쳤다.

"내 그럴 줄 알았지. 여기 이건 방향 표시야. 바로 저 위쪽이 우리의 북극성이자 재물로 가는 길이야. 잠깐, 이런 제기랄! 플린트 생각만 해도 내 속이 다 써늘해진다니까. 이게 바로 플린트식 농담이야. 분명해. 여기엔 그하고 여섯 명만이 왔었지. 그는 여섯을 하나도 남김 없이 다 죽였어. 그리고 이 하나만 여기로 끌고 와서 방위에 맞게 눕혀 놓은 거야. 빌어먹을! 뼈가 길쭉길쭉하고 머리칼이 노란색이야. 아마 이건 알라다이스일 거야. 톰 모건, 알라다이스 기억하지?"

그러자 모건이 대답했다.

"네, 네. 기억하고말고요. 나한테 돈을 빌렸고, 진짜예요, 또 내 칼을 가지고 뭍에 올랐어요."

이번엔 다른 사내가 말했다.

"칼 얘기가 나와서 말인데요, 왜 칼은 주변에 보이지 않을까요? 플린트가 다른 뱃놈의 주머니를 털 사람은 아닌데. 설마 새가 물어 갔을 리도 없고."

실버가 외쳤다.

"제기랄, 맞는 말이야!"

아직도 뼈 주위를 살펴보던 메리가 말했다.

"여긴 남은 게 아무것도 없어요. 동전 하나 담뱃갑 하나 없어요. 자연스러워 보이지 않는데요."

실버가 그 말에 동의했다.

"그래, 그 말이 맞아. 자연스럽지가 않아. 좋아 보이지도 않고. 자네 말대로야. 이런! 플린트가 살아 있다면 우리 모두 여기서 뜨거운 맛 좀 보겠는데. 그때도 여섯이었고, 지금 우리도 여섯이잖아. 그들은 지금 이렇게 해골로 누워 있고 말이야."

그러자 모건이 대꾸했다.

"난 그가 죽은 걸 이 두 눈으로 똑똑히 봤습니다. 빌리가 나를 데리고 들어갔는데, 거기 그가 드러누워 있었어요. 눈에 동전이 덮인 채로요."

이번엔 붕대를 감은 사내가 말했다.

"죽었지. 그럼, 확실히 죽어서 저세상으로 갔지. 하지만 세상에 유령이 있다면 그건 플린트의 유령일 거야. 가슴이 다 떨리네. 플린트는 정말 끔찍하게 죽었거든. 정말 끔찍하게!"

다른 사내가 말했다.

"그래, 정말 그랬지. 툭하면 고래고래 고함 지르고, 럼주 달라고 소리치고, 그도 아니면 노래를 불러댔지. 그가 부를 줄 아는 노래는 그 「열다섯 사람」뿐이지 않았나? 솔직히 말해 그 이후로 그 노래를 들으면 영 속이 편치 않았어. 날이 찌는 듯이 더워서 창문을 열어놓았었거든. 그래서 그 옛날 노래가 밖에서도 아주 분명히 들렸지. 그때 이미 죽음이 잡아당기고 있었던 거야."

실버가 말했다.

"자, 자, 이런 얘긴 이제 그만해. 그는 죽었어. 이젠 못 걸어 다녀. 이건 분명하다구. 적어도 낮에는 못 걸어 다녀. 믿어도 될 거야. 걱정이 많으면 병이 되는 법이야. 금화를 찾아서 계속 전진하자구."

우리는 물론 출발했다. 하지만 뜨거운 태양 아래 불볕더위였음에도 해적들은 뿔뿔이 흩어져 환호를 지르며 숲을 헤치고 나가는 대신 끼리끼리 모여 숨 죽여 얘기했다. 해적의 시체가 가져온 공포가 그들의 영혼을 뒤덮었다.

32장
보물을 찾아서—숲속의 목소리

한편으로는 이렇게 놀라면서 한풀 꺾인 탓도 있고 또 한편으로는 실버와 다친 사람을 쉬게 해야 했기 때문에 일행은 고지대 입구에 이르자마자 자리를 잡고 앉았다.

고지대는 약간 서쪽으로 기울어져 있었으므로 우리가 잠시 머무른 곳은 양쪽을 한눈에 내려다볼 수 있는 곳이었다. 우리 앞쪽으로는 나무 너머로 숲의 곶이 펼쳐져 있었으며 그 끝에서 흰 파도가 일렁이고 있었다. 우리 뒤쪽으로는 정박지와 해골 섬이 보일 뿐 아니라 모래부리와 저지대 너머 동쪽 편으로 광활한 바다가 내려다보였다. 우리 바로 옆에는 소나무가 띄엄띄엄 서 있었고 군데군데 검은 협곡이 입을 벌리고 있는 망원경 언덕이 깎아지를 듯 솟아 있었다. 들리는 소리라고는 사방 먼 곳에서 들려오는 부서지는 파도 소리와 셀 수 없이 많은 벌레들이 덤불 사이에서 울어대는 소리뿐이었다. 바다에는 사람 하나, 배 한 척 눈에 띄지 않았다. 보이는 풍경의 광대함으로 인해 고독한 느낌이

증폭되고 있었다.

실버가 자리에 앉은 채 나침반으로 방위를 재더니 이렇게 말했다.

"저기 해골 섬에서 오른쪽으로 이어진 선 위에 커다란 나무가 세 그루 있잖아. 나는 그게 '망원경 등성이'라고 생각해. 여기 아래 표시된 점이라는 말이지. 그럼 이제 물건을 찾는 건 애들 장난이지. 어디인지 감이 잡히는 것 같군."

그러자 모건이 거친 목소리로 대답했다.

"난 어째 기분이 안 좋아. 플린트를 생각하니까 뭐랄까, 오싹한 기분이야."

실버가 말했다.

"아, 이봐, 친구, 마음 놓으라구. 그는 죽었어."

그러자 이번엔 또 다른 해적이 몸서리를 치며 말을 받았다.

"플린트는 정말 끔찍했어. 얼굴이 퍼렜다니깐."

메리가 덧붙였다.

"그게 다 럼주 때문이었지. 퍼렜어. 그럼, 내가 봐도 그는 퍼렜어. 그 말이 맞아."

해골을 발견한 뒤 그들은 줄곧 이런 식의 생각을 하게 되었고, 그러면서 그들의 목소리는 점점 작아지더니 결국 거의 귓속말을 하는 지경에 이르렀다. 그러자 그들이 말을 하고 있기는 했지만 숲에서 나는 소리들이 빠짐없이 귀에 들어왔다. 어느 순간 우리 앞에 있는 나무 사이에서 가늘고 높으면서 떨리는 목소리가 들려왔는데, 그것은 우리 귀에 아주 익숙한 노래를 부르고 있었다.

사자의 궤짝 위에 열다섯 사람
요— 호— 호! 또 럼주 한 병!

나는 이때의 해적들만큼 겁에 질린 사람을 한 번도 본 적이 없다. 여섯 명의 얼굴에서 마치 마술처럼 핏기가 싹 사라졌다. 어떤 사람은 벌떡 일어서고, 어떤 사람은 동료의 팔에 매달렸다. 모건은 땅바닥에 털퍼덕 엎드렸다.
메리가 소리쳤다.
"맙소사, 저건 플린트야!"
노래는 시작될 때와 마찬가지로 갑자기 그쳤다. 누군가 노래 부르는 사람의 입을 막기라도 한 듯 노래는 중간에 갑자기 끊어졌다. 맑고 화창한 하늘 아래 푸른 나무 너머로 들려오는 그 소리는 내 귀에는 밝고 감미롭게만 느껴졌다. 그래서 옆에 있는 사람들이 보이는 반응이 그만큼 더 의외일 수밖에 없었다.
입술이 하얗게 질린 실버가 간신히 입을 열어 말을 뱉었다.
"이봐, 속지들 마. 움직일 준비들 하라고. 정말 이상한 일이긴 해. 누군지는 모르겠지만 이건 누군가 우리를 놀리는 거야. 분명 피와 살로 이루어진 누군가 있어. 암 그렇고말고."
그렇게 말을 하는 사이 그의 용기가 되살아났고 얼굴에도 어느 정도 핏기가 돌아왔다. 다른 해적들도 이미 용기를 북돋우는 그의 말에 귀를 기울이고는 조금씩 제정신을 차리기 시작했다. 그때 아까 들렸던 목소리가 다시 들려왔다. 다만 이번에는 노래가 아니라 멀리서 누군가를 부르는 희미한 외침이었다. 그 외침은 망원경 언덕의 협곡 사이에서 더 희미하게 되울리고 있었다.

그 외침을 최대한 묘사해 본다면 바로 이런 말이었다.
"다비 엠그로! 다비 엠그로! 다비 엠그로!"
그 소리는 이렇게 반복되고 있었다. 그러더니 소리가 조금 커지며 여기에는 옮기기 어려운 욕설과 함께 이렇게 말했다.
"어서 럼을 가져와, 다비!"
눈이 화등잔만 해진 해적들은 발에 못이 박힌 듯 꼼짝도 하지 않았다. 목소리가 사라진 후에도 한참 동안이나 그들은 아무 소리도 없이 겁에 질린 채 앞만 바라보며 서 있었다.
누군가 이렇게 헐떡였다.
"이걸로 끝이야. 돌아가자고."
모건이 신음하듯 말했다.
"저게 그의 마지막 말이었어. 배 위에서 한 마지막 말."
딕은 성경을 꺼내서 열심히 기도하고 있었다. 딕은 좋은 집안 출신이었다. 실제로 그랬다. 다만 어쩌다 배를 타서 나쁜 무리들과 어울리게 되었을 뿐이었다.
실버는 아직 버티고 있었다. 그의 머리에서 이가 부딪치는 소리가 들렸지만 그는 아직은 무너지지 않고 있었다. 그가 중얼거렸다.
"이 섬에 있는 사람들 가운데 다비에 대해 들어본 사람은 아무도 없어. 여기 있는 우리들 말고는."
그런 다음 쥐어짜듯 이렇게 소리쳤다.
"이보게들. 내가 여기에 온 건 저 물건을 차지하기 위해서야. 사람이건 귀신이건 날 막을 순 없어. 나는 플린트가 살았을 적에 그를 무서워해 본 적이 없어. 제기랄, 플린트의 유령이 나온다

해도 난 무섭지 않아. 여기서 반의반 마일도 떨어지지 않은 곳에 70만 파운드가 있다고. 술 취하고 늙어빠진 데다 얼굴까지 퍼런 뱃사람 하나 때문에 그 많은 돈을 포기하는 해적이 있다는 말 들어본 적 있어? 게다가 죽기까지 했는데?"

하지만 그의 추종자들에게서 용기가 되살아나는 기색은 전혀 보이지 않았다. 오히려 불경스러운 그의 말에 두려움만 점점 더 커지는 느낌이었다.

메리가 말했다.

"그만둬, 존! 귀신을 화나게 하지 마."

다른 사람들은 모두 두려움에 질려서 뭐라고 대꾸할 수도 없는 상태였다. 그들은 할 수만 있다면 제각각 도망치고 말았을 것이다. 오직 공포 때문에 그들은 서로 뭉쳐 있었고, 존의 대담함이 그들에게 도움이 된다는 듯 존 가까이 붙어 있었다. 한편 존은 나약해지려는 자신을 억지로 북돋우며 이렇게 말했다.

"귀신이라고? 그럴지도 모르지. 하지만 뭔가 이상한 게 하나 있다네. 아까 메아리가 있었지. 생각해 봐. 귀신에게 그림자가 있다는 말 들은 적 없지? 그렇다면 귀신에게 메아리가 왜 있겠어? 이거 이상하지 않은가? 분명히 앞뒤가 안 맞잖아."

그의 주장은 내가 보기엔 설득력이 없었다. 하지만 미신을 믿는 사람들의 마음은 아무도 모르는 법이다. 놀랍게도 조지 메리는 적잖이 안도가 되는 모양이었다. 그가 말했다.

"맞아, 그래. 존, 자네는 머리가 있는 사람이야, 분명해. 어이, 배를 돌려! 내 생각에는 여기 있는 우리들이 아무래도 항로를 잘못 정한 것 같네. 그리고 생각해 보니 저게 플린트의 목소리 같다는 건 나도 인정하는데, 가만히 보면 꼭 그렇지만도 않은 것 같거든. 누군가 다른 사람의 목소리를 더 닮은 것 같아, 누군가 다른….”
그러자 실버가 버럭 소리를 질렀다.
“제기랄, 벤 건이야!”
모건이 무릎을 꿇은 채 윗몸을 벌떡 일으키며 소리쳤다.
“그래, 바로 그거야. 바로 벤 건이야!”
그러자 딕이 물었다.
“그게 말이 된다고 생각해요? 네? 벤 건이나 플린트나 살아서 여기 있을 가능성이 없기는 마찬가지잖아요.”
하지만 늙은 선원들은 이 말을 가볍게 웃어넘겼다. 메리가 큰 소리로 말했다.
“벤 건이라면 아무도 걱정하지 않지. 살았건 죽었건 아무도 걱정하지 않아.”
그들이 생기를 되찾고 얼굴에 화색이 도는 광경은 놀라울 정도였다. 잠시 후 그들은 가끔씩 주변에 귀를 기울이면서 잡담을 나누기 시작했다. 그리고 그로부터 다시 약간의 시간이 지나자 그들은 더 이상 귀를 기울이지도 않고 장비를 둘러메고서 길을 떠났다. 해골 섬 방향으로 똑바로 가기 위해 메리가 실버의 나침반을 들고 맨 앞에 섰다. 그의 말은 사실이었다. 살았건 죽었건 벤 건에 대해서는 아무도 걱정하지 않았다.
딕만이 아직도 자신의 성경을 꺼내 들고 두려운 눈빛으로 주위를 둘러보며 걸어가고 있었다. 하지만 그를 동정하는 사람은 아무도 없었다. 심지어 실버는 그가 성경을 들고 있는 걸 보고 놀리기까지 했다.

그가 말했다.

"내가 말했지. 자네는 성경을 훼손했다고 말이야. 거기에 대고 기도해 봤자 아무 소용이 없는데 귀신이 신경이나 쓰겠어? 절대 아니지!"

그러면서 그는 목발에 의지해서 선 채 자신의 커다란 손가락을 딱 하고 튀겼다.

하지만 딕의 걱정은 조금도 누그러지지 않았다. 오히려 젊은 해적은 점점 몸이 안 좋아지고 있는 게 눈에 보였다. 뙤약볕 아래에서 지친 데다 충격으로 인해 리브지 선생이 예고한 것처럼 열이 급격히 솟구치고 있는 게 분명했다.

이곳은 정상이라 막힌 게 없어 걷기가 편했다. 전에 얘기했듯이 고원은 서쪽으로 기울어져 있어서 길은 약간 내리막이었다. 크고 작은 소나무들이 띄엄띄엄 서 있었다. 육두구와 진달래 같은 덤불 사이에도 아주 넓은 공간이 뜨거운 태양 아래서 이글거리고 있었다. 우리는 섬의 북서쪽에 가까운 방향으로 가고 있었으므로 가면 갈수록 한편으로는 망원경 언덕의 등성이에 가까워지고 있었고 다른 한편으로는 내가 전에 바구니 배를 타고 파도를 따라 오르내리던 그 서쪽 만(灣)이 점점 더 상세히 내려다보이는 위치로 가고 있었다.

마침내 우리는 첫 번째 키 큰 나무에 도착했다. 하지만 방위를 측정한 결과 이 나무는 아니었다. 두 번째 나무도 그랬다. 세 번째 나무는 밑동 근처에는 덤불이 자라고 있고 키는 거의 2백 피트에 이를 정도였다. 밑동이 웬만한 오두막 정도로 굵었고 그림자만 해도 승무원들이 전부 들어갈 수 있을 정도이니 가히 거목이라고 부를 만했다. 또한 동서 양쪽 바다 멀리서도 뚜렷이 보일 정도여서 해도에 이정표로 표시됨 직하기도 했다.

하지만 나와 함께 간 해적들에게 나무의 크기는 관심사가 아니었다. 그들에게 중요한 건 그 넓은 그늘 어딘가에 금화 70만 파운드가 묻혀 있다는 사실뿐이었다. 나무가 가까워지면서 돈에 대한 생각이 이전의 공포를 완전히 집어삼켜 버렸다. 그들의 이마 밑에서 눈이 이글거리고 있었다. 발걸음이 더 가벼워지고 빨라졌다. 그들의 정신은 온통 거기 묻힌 채 그들을 기다리고 있는 저 보물, 평생 쓰고도 남을 저 부와 쾌락 속으로 빨려 들어갔다.

실버는 목발을 짚고서 절뚝거리며 걷느라 안간힘을 쓰고 있었다. 그의 콧구멍이 넓어지며 벌렁거렸다. 뜨겁고 번들거리는 그의 얼굴 위로 파리 몇 마리가 앉자 그는 마치 미친 사람처럼 욕을 퍼부었다. 그는 나와 그를 연결해 주는 끈을 거칠게 잡아당기기도 하고 가끔씩 사나운 눈길로 나를 돌아보기도 했다. 그는 자신의 생각을 감출 노력을 전혀 하지 않았으므로 나는 그의 생각을 마치 책을 보듯 분명히 읽을 수 있었다. 코앞에 있는 금 때문에 그는 모든 것을 잊어버렸다. 그가 한 약속도, 의사의 경고도, 모두 과거의 일이었다. 그가 바라는 것은 일단 보물을 확보하면 야음을 틈타 히스파니올라 호를 찾아내서 보물을 실은 다음 섬에 있는 선량한 사람들을 하나도 남김 없이 목을 베어버리고 맨 처음 의도했던 대로 많은 죄와 많은 재물을 싣고 출항하는 것이라는 확신이 들었다.

이런 무서운 생각이 들자 나는 다리가 후들거려 보물 사냥꾼들의 빠른 걸음을 따라가기가 힘들었다. 나는 자꾸만 넘어졌다. 실버가 밧줄을 거칠게 잡아당기고 나를 잡아먹을 듯이 쏘아보는 건 바로 이럴 때였다. 딕은 우리보다도 뒤처져서 이제는 일행의 맨 뒤에서 따라오고 있었다. 열이 계속 오르고 있는 그는 쉴 새 없이 뭔가 중얼거렸는데 거기엔 기도와 욕설이 뒤섞여 있었다. 그의 모습이 나의 절망감을 더욱 크게 만들고 있었다. 하지만 무엇보다 나를 괴롭히는 건 언젠가 이 고지대에서 일어났던 일, 그러니까 사반나에서 노래를 부르고 술을 달라고 고함치다 죽은 그 푸른 얼굴의 흉악한 해적이 언젠가 여기에서 자신의 손으로 그의 동료 여섯을 죽인 사건에 대한 기억이었다. 지금은 이렇게 평화로워 보이지만 언젠가 저 덤불 사이로 분명히 비명 소리가 울려 퍼졌을 것이라는 생각이 머리를 떠나지 않았다. 생각만으로도 당시의 비명 소리가 내 귀에 들리는 듯한 착각이 들었다.

드디어 우리는 덤불 근처에 이르렀다.

"야호, 전원 돌격!"

메리가 이렇게 외치자 선두가 달리기 시작했다.

하지만 채 10야드도 가기 전, 그들이 갑자기 걸음을 멈추는 게 아닌가. 실버는 마치 귀신 들린 사람처럼 목발로 땅을 찍으며 두 배나 빨리 달려가기 시작했다. 하지만 그다음 순간, 실버와 나 또한 그 자리에 우뚝 멈춰 서고 말았다.

우리 앞쪽에는 커다란 구덩이가 하나 있었다. 가장자리가 무너지고 바닥에 풀이 돋은 걸로 보아 최근에 판 것은 아니었다.

그 안에는 두 동강 난 곡괭이 자루와 부서진 상자 널빤지 몇 개가 나뒹굴고 있었다. 그 널빤지 가운데 하나에 뜨거운 인두로 월러스라는 글자가 새겨져 있는 게 보였다. 플린트 선장의 배였다.
　조사 결과 상황은 명확했다. 누군가 이 보물 장소를 찾아내 샅샅이 훑어 갔다. 금화 70만 파운드가 사라져버린 것이다!

33장
두목의 몰락

세상에 이처럼 경천동지할 일은 없었다. 여섯 사람은 하나같이 벼락에 맞은 듯했다. 하지만 실버는 일순간에 충격에서 벗어났다. 그의 정신은 온통 돈을 좇아 달리고 있었다. 마치 목표를 향해 일직선으로 항해하는 경주용 요트 같았다. 그러던 그가 순간적으로 딱 멈추어 선 것이다. 침착성을 되찾고 냉정하게 생각하더니 다른 사람들이 채 실망감을 느끼기도 전에 자신의 계획을 수정했다.

"짐, 이걸 받아라. 그리고 혹시 문제가 생길지 모르니 준비하고 있거라."

그는 나지막이 이렇게 말하며 내게 2연발식 피스톨을 건넸다.

동시에 그는 북쪽을 향해 조용히 발걸음을 옮기기 시작했다. 몇 발자국 걷고 나자 우리 둘과 나머지 다섯 사이에 구덩이가 자리 잡게 되었다. 그가 나를 보고 고개를 끄덕거렸다. 마치 '지금은 어려운 상황이야.'라고 하는 것 같았다. 그리고 내가 보기에 실제로 그랬다. 그는 그다지 친근한 표정이 아니었다. 그의 태도가 계속 변하는 것에 화가 난 나는 이렇게 중얼거리지 않을 수 없었다. "다시 편을 바꿨군요."

그에겐 이 말에 대답할 여유가 없었다. 해적들은 고함을 지르고 욕설을 하며 하나 둘 구덩이 속으로 뛰어들어 널빤지들을 내던지고 손으로 땅을 팠다. 모건이 금화 하나를 발견했다. 그가 신의 이름을 들먹이며 탄성과 함께 그 금화를 들어 올렸다. 2기니 금화였다. 그 금화는 이 손에서 저 손으로 한참 동안이나 옮겨 다녔다.

"2기니야!"

메리가 금화를 실버의 면전에 들이대며 소리쳤다.

"이게 당신이 말하던 70만 파운드야, 그렇지? 협상을 한 것도 당신이고, 안 그래? 절대로 실수 같은 건 안 한다더니 이런 머저리 밥통 같은!"

그러자 실버가 아주 오만한 태도로 이렇게 말했다.

"이봐, 좀 더 파보라고. 어쩌면 땅콩이라도 몇 알 나올지 누가 알겠나."

그러자 메리가 소리를 버럭 지르며 말을 되풀이했다.

"땅콩이라고! 이보게들, 저 소리 들었나? 이제 보니 저 녀석은 처음부터 다 알고 있었던 게 분명해. 저 녀석 얼굴을 봐. 저기 다 쓰여 있잖아."

실버가 대답했다.

"아, 메리, 다시 선장 자리에 도전하는 건가? 정말 지치지 않는 친구로구먼."

하지만 이번에는 모든 사람들이 메리에게 전적으로 동조하고 있었다. 그들은 어깨너머로 사나운 눈길을 던지며 구덩이 밖으로 기어올라 왔다. 그런데 우리에게 다행스러운 점 한 가지가 눈에 띄었다. 그들이 모두 실버의 맞은편으로 올라갔다는 사실이었다.

이제 이쪽에 우리 두 명, 저쪽에 다섯 명이 구덩이를 사이에 두고 맞서 있었다. 하지만 어느 쪽도 먼저 공격을 할 마음의 준비는 되어 있지 않았다. 실버는 꼼짝도 하지 않았다. 그는 목발에 의지한 채 똑바로 서서 그들을 지켜보았다. 여태껏 본 중에 가장 침착한 모습이었다. 그는 용감했다. 그건 틀림없는 사실이었다.

마침내 메리가 현 상황을 타개하려면 한 마디가 필요하다고 생각한 모양인지 입을 열었다.

"이보게들, 저쪽은 단둘밖에 없어. 하나는 우리를 여기까지 끌고 와서 이 지경으로 만든 절름발이 노인네고 다른 하나는 심장을 도려내고 싶은 마음이 드는 꼬마 녀석이야. 자, 그러니 친구들."

그가 손을 치켜들며 목소리를 높였다. 선봉에 서서 돌격할 생각이 분명했다. 하지만 바로 그때 딸칵, 딸칵, 딸칵 하고 수풀 속에서 총알 세 방이 날아왔다. 메리가 머리를 밑으로 하고 구덩이 속으로 고꾸라졌다. 붕대를 감은 사내는 팽이처럼 팽그르르 돌더니 그 자리에 길게 쓰러졌다. 그는 죽었지만 그의 몸은 여전히 울컥거리고 있었다. 나머지 셋은 몸을 돌리더니 있는 힘을 다해 도망쳤다.

눈 깜짝할 사이 키다리 존이 허우적거리는 메리에게 피스톨 두 방을 발사했다. 마지막 고통에 찬 눈으로 자신을 바라보는 메리에게 실버는 이렇게 말했다.
"조지, 내가 자네를 정리한 것 같구먼."
그와 동시에 의사와 그레이, 벤 건이 화약 연기가 피어오르는 총을 들고 육두구 수풀 사이에서 모습을 드러냈다.
의사가 소리쳤다.
"출발! 얼른 뛰어라, 꼬마야. 저놈들보다 우리가 먼저 보트에 도착해야 한다."
우리는 빠른 속도로 달렸다. 때로는 가슴 높이의 덤불도 과감히 뚫고 지나갔다.
단언컨대 실버는 우리를 쫓아오느라 무진 애를 썼다. 목발을 짚고서 가슴이 터질 정도가 될 때까지 이 사람이 들인 노력은 보통 사람이 감히 넘볼 수 없는 정도였다. 의사도 분명 그렇게 생각하고 있었다. 언덕 초입에 도착했을 때 사실 그는 이미 30야드나 뒤처져 있었으며 숨이 곧 넘어갈 듯한 상태였다.
그가 소리쳤다.
"의사 선생, 저기 보세요! 서두를 필요 없어요!"
정말로 그랬다. 서두를 필요가 없었다. 넓게 펼쳐진 고지대 위에서 세 명의 생존자가 그들이 처음 출발했던 것과 똑같은 방향, 그러니까 뒷돛대 언덕 쪽으로 달려가는 게 보였다. 우리는 이미 그들과 보트 사이에 있었다. 우리 넷이 자리에 앉아 숨을 돌리는 사이 키다리 실버가 얼굴에 흐르는 땀을 훔치며 천천히 우리에게 걸어왔다.

"의사 선생, 고맙습니다. 아주 정확한 시간에 나타나 나와 호킨스 군을 구해 주셨네요."

실버가 이렇게 말했다. 그러고는 이렇게 덧붙였다.

"아, 자네가 벤 건이군! 자네는 분명 멋진 친구겠지."

그러자 당황한 벤 건이 뱀장어처럼 몸을 비비 꼬며 대답했다.

"제가 벤 건입니다, 제가. 그리고."

그러고는 한참 동안 아무 말이 없다가 이렇게 덧붙였다.

"어떻게 지내느냐고요, 실버 씨? 잘 지냅니다, 고맙습니다. 그럼요."

실버가 중얼거렸다.

"벤, 벤, 자네가 한 일을 잘 기억해 두지."

의사는 그레이를 보내서 반란자들이 도망치며 버리고 간 곡괭이 중 하나를 가지고 오게 했다. 그러고는 느긋하게 보트가 있는 곳으로 내려가면서 그간 무슨 일이 있었는지 간단히 얘기를 나누었다. 그것은 실버에게는 대단히 흥미로운 얘기였다. 처음부터 끝까지 그 얘기에서 가장 중요한 인물은 조금 부족해 보이는 버림받은 사람 벤 건이었다.

길고도 외로운 시간을 보내던 벤은 섬 이곳저곳을 돌아다니다 해골을 발견했다. 그리고 그곳을 뒤져서 보물을 발견했다. 그는 보물을 파낸 다음 (구덩이에 부러진 채 버려져 있던 곡괭이는 그의 것이었다.) 몇 번이고 지루하게 등짐을 져 나른 끝에 그것들을 커다란 소나무 밑에서 섬 북동쪽 봉우리가 두 개인 언덕에 있는 그의 동굴로 옮겼다. 그러므로 보물은 히스파니올라 호가 도착하기 두 달 전부터 거기 안전하게 모셔져 있었던 것이다.

공격이 있던 날 오후, 의사는 벤으로부터 이런 비밀을 알아냈다. 그리고 그다음 날 아침 정박지에서 배가 사라진 것을 보고 의사는 실버에게 가서 지도와 저장품을 건넸다. 지도는 이제 쓸모가 없었고 저장품이라면 벤 건의 은신처에 소금에 절여 둔 염소 고기로도 충분했다. 오두막에서 봉우리가 두 개인 언덕으로 거처를 옮기면 말라리아도 피하고 금화도 지킬 수 있었으므로 의사는 안전하게 이동할 기회를 얻기 위해 줄 수 있는 모든 것을 주었다.

의사가 말했다.

"너와 관련된 일은 내 생각과는 다르게 움직였단다. 하지만 나는 자신의 임무를 다하는 사람들에게 가장 좋은 방법을 선택했다. 네가 그 가운데 없었다면 그건 누구의 잘못이었겠니?"

그날 아침, 해적들을 위해 그가 준비해 놓은 경악할 만한 실망의 현장에 내가 끼게 되었다는 사실을 알게 된 의사는 서둘러 동굴로 돌아왔다. 그는 지주에게 선장을 돌보도록 하고 그레이와 벤 건을 데리고 길을 나섰다. 서둘러 소나무 가까이로 가기 위해 그는 섬을 비스듬히 가로지르는 길을 택했다. 하지만 이내 그는 우리 일행이 더 앞서 가고 있음을 알게 되었다. 그래서 발이 빠른 벤 건을 보내서 혼자라도 할 수 있는 일을 하게 했다. 그는 예전 동료들이 믿던 미신을 이용하면 되겠다는 생각을 해냈다. 그의 시도는 성공을 거두었고 그레이와 의사는 보물 사냥꾼들이 도착하기 전에 미리 도착해서 매복을 할 수 있었다.

실버가 말했다.

"아, 제가 호킨스와 함께 여기에 온 건 행운이었군요. 늙은 존이었다면 죽거나 말거나 신경도 안 쓰셨을 것 아닙니까, 의사 선생님."

"전혀 신경 쓰지 않았겠지."

리브지 선생이 유쾌하게 대답했다.

이런 말을 하는 사이 우리는 보트가 있는 곳에 도착했다. 의사는 곡괭이로 보트 한 척에 구멍을 냈다. 그리고 우리는 다른 한 척에 올라 북쪽 후미로 가는 바닷길을 따라 섬을 둘러 가기 시작했다.

거기까지는 대략 8~9마일 정도 되는 거리였다. 실버는 이미 피곤해 죽을 지경이었음에도 불구하고 나머지 사람들과 마찬가지로 노를 잡았다. 우리의 배는 잔잔한 파도 위를 스치듯 나아갔다. 우리는 곧 해협을 벗어나 나흘 전 히스파니올라 호를 타고 지나왔던 섬 남동쪽 갑을 돌아서 항해했다.

봉우리가 두 개 있는 언덕을 지날 즈음 벤 건이 머무는 동굴의 검은 입구가 보이면서 그 옆에 총을 들고 서 있는 사람이 보였다. 지주였다. 우리는 손수건을 흔들며 세 번의 환호성을 보냈다. 실버가 다른 누구 못지않게 기쁜 목소리로 소리를 질렀다.

3마일 정도 더 가서 북쪽 후미 입구에 이르렀는데, 세상에 이런 일이 다 있을까? 우리는 히스파니올라 호가 저 혼자 바다 위를 떠다니고 있는 것을 보았다. 바로 전에 들어온 밀물이 배를 띄운 것이었다. 만일 남쪽 정박지에서처럼 바람이 많이 불거나 물결의 흐름이 강했더라면 배는 아예 사라져버렸거나 아니면 좌초되어 전혀 못쓰게 되어버리고 말았을 것이다. 하지만 다행스럽게도 주 돛이 손상된 것 외에 다른 피해는 거의 없었다. 곧 한

길 반 정도 깊이의 바다 속으로 닻이 내려졌다. 우리는 벤 건의 보물 창고에서 가장 가까운 '럼 곶' 쪽으로 되돌아가서 내렸다. 그런 다음 그레이에게 혼자 보트를 몰고 히스파니올라 호로 가서 그날 밤 보초를 서게 했다.

해안에서 동굴 입구까지는 약간 오르막길이었다. 정상에 이르자 지주가 우리를 반겼다. 그는 내게 아주 다정하고 친절했으며 내가 도망쳤던 일에 대해서는 칭찬하지도 나무라지도 않았다. 실버가 정중히 인사하자 그는 약간 얼굴을 붉혔다.

그는 이렇게 말했다.

"존 실버, 당신은 악명 높은 악당이자 사기꾼이오. 아주 형편없는 사기꾼이오. 당신을 처벌하지 말아달라는 얘기를 들었소. 그러므로 내 어떻게 하지는 않겠소. 하지만 죽은 자들이 당신 목에 맷돌처럼 매달려 떨어지지 않을 것이오."

그러자 키다리 실버는 다시 인사를 하며 이렇게 대답했다.

"호의에 감사드립니다, 선주님."

그러자 지주가 소리쳤다.

"감사라니! 나는 지금 중대한 직무 유기를 하고 있는데. 저리 물러서시오!"

우리는 모두 동굴 안으로 들어갔다. 동굴은 크고 상쾌했다. 이끼가 낀 조그만 샘 주위로 깨끗한 물이 고여 있었다. 바닥은 모래였다. 커다란 불이 피워져 있고 그 옆에 스몰릿 선장이 앉아 있었다. 나는 동굴 한쪽 구석에 엄청난 양의 동전과 금괴 더미가 불빛을 받아 희미하게 반짝이고 있는 것을 보았다. 저것이 바로 우리가 지금까지 찾아 헤맸으며 그 와중에 히스파니올라 호에 승선했던 열일곱 명의 목숨을 앗아간 바로 그 플린트의 보물이었다. 이것을 모으는 데 또 얼마나 많은 희생이 있었을까. 얼마나 많은 피와 눈물을 쏟았을 것이며 바다 밑으로 사라진 무고한 배들 또한 얼마나 많았을 것인가. 눈을 가리고 널빤지를 걸어야 했던 용감한 사내들은 또 얼마나 많았고 얼마나 많은 포탄과 얼마나 큰 치욕과 거짓말과 잔인함이 있었을 것인가. 아마 이걸 말할 수 있는 사람은 그리 많지 않을 것이다. 한데 이 섬에 그런 사람이 셋이나 있었다. 실버, 늙은 모건, 그리고 벤 건이 그들이었다. 이들은 제각각 한몫을 차지할 헛된 희망을 품고 이 끔찍한 범죄에 발을 담근 사람들이었다.

"들어오너라, 짐."

선장이 말했다.

"너는 나름대로 괜찮은 녀석이야, 짐. 하지만 너랑 내가 한 배를 탈 일은 앞으론 없을 것 같구나. 너를 지나치게 귀여워하는 게 내 문제라서 말이야. 이거 존 실버 아닌가? 자네가 여긴 웬일인가?"

그러자 실버가 대답했다.

"원래 자리로 돌아왔습니다, 선장님."

"아!"

선장은 이렇게만 말했을 뿐 더 이상 아무 말도 하지 않았다.

그날 밤 가까운 사람들이 모두 함께한 저녁 식사는 너무나 좋았다. 음식도 맛이 있었다. 벤 건이 준비한 소금에 절인 고기에다 히스파니올라 호에서 가져온 오래된 포도주도 한 병 있었다. 모두들 그때만큼 즐겁고 행복한 적은 없었다. 그리고 그 자리에 실버가 있었다. 그는 불빛이 잘 비치지 않는 뒤편에 앉아 있었지만 필요한 게 있으면 서슴없이 갖다 먹으며 맛있게 식사했고 때때로 우리가 웃을 때 조용히 같이 웃기도 했다. 출항했을 때 보여주던 온화하고 겸손하며 조심스러운 선원의 모습 그대로였다.

34장
마지막 이야기

다음 날 우리는 아침부터 바삐 움직였다. 그렇게 많은 양의 금을 해안까지 육로로 1마일 또 거기서 히스파니올라 호까지 보트로 3마일을 옮기는 일은 몇 명 되지 않는 우리에게는 만만한 일이 아니었다. 아직도 섬에 남아 있는 해적 세 명은 그다지 신경 쓰이지 않았다. 고갯마루에 보초 한 명만 세워놓으면 갑자기 우리를 해치는 일을 막기에 충분했다. 게다가 그들도 싸움이라면 지긋지긋할 것이라고 여겨졌다.

그러므로 우리는 일을 서둘렀다. 보트로 왕복하는 일은 그레이와 벤 건이 맡고 나머지는 그들이 간 동안 보물을 해안에 쌓는 일을 맡았다. 밧줄 끝에 금괴 두 개를 매달면 성인이 들기에 적당할 뿐 아니라 흐뭇한 기분으로 천천히 걸어갈 수 있을 만한 그런 무게가 되었다. 나는 보물을 운반하는 데는 그리 큰 도움이 되지 않았으므로 동굴 안에서 금화를 자루에 담느라 온종일 정신이 없었다.

빌리 본즈가 갖고 있던 동전들과 마찬가지로 거기에는 신기할 정도로 다양한 금화들이 있었다. 단지 크기도 더 크고 종류도 더 다양했다. 그러므로 그것들을 정리하는 일은 내 생애 최고의 즐거움이었다. 영국, 프랑스, 스페인, 포르투갈에서 만든 금화들, 조지 금화, 루이 금화, 더블룬 금화, 2기니 금화, 모이도르 금화, 베니스 금화, 지난 수백 년 동안 유럽을 다스리던 왕들의 초상이 담긴 다양한 금화들, 끈 혹은 거미줄 조각처럼 보이는 그림이 그려져 있는 기묘하게 생긴 동양의 동전들, 둥근 것, 네모난 것, 목에 걸고 다니려 했던 듯 가운데 구멍이 뚫린 것 등, 내 생각에 이 세상에 있는 동전이란 동전은 모두 이 더미 속에서 찾을 수 있을 것 같았다. 또한 가을날 흩날리는 낙엽만큼이나 숫자가 많아서 웅크리고 앉아 동전을 정리하느라 나는 허리가 끊어질 듯 아프고 손가락이 아려왔다.

이 일은 며칠 동안이나 계속됐다. 저녁이면 엄청난 양이 배로 옮겨졌지만 다음 날 아침이면 그만한 양이 또 기다리고 있었다. 이러는 사이 생존한 세 명의 반란자들의 모습은 전혀 보이지 않았다.

셋째 날 저녁이었을 것이다. 의사와 내가 섬의 저지대가 내려다보이는 고갯마루를 산책하고 있는데 바람결에 노래하는 듯도 하고 고함을 지르는 듯도 한 소리가 들려왔다. 그 소리는 귓가를 스치듯 잠깐 들렸다 사라지고 다시 정적만이 감돌았다.

의사가 말했다.

"해적들이군. 주님께서 저들을 용서하시기를."

"전부 술에 취했군요."

우리 뒤에서 실버의 목소리가 들렸다.
 솔직히 말해 실버에게는 전적인 자유가 허용되고 있었다. 매일 면박을 당하면서도 그는 자신이 예전처럼 친근한 정식 선원이 된 것처럼 행동하고 있었다. 그가 그 모든 모욕을 견디며 변함없이 겸손한 태도로 모든 사람들의 비위를 맞추는 건 보기에도 놀라울 정도였다. 하지만 사람들은 그를 개만도 못하게 대했던 것 같다. 다만 한때 자신이 키잡이로 모시던 사람에게 여전히 상당한 두려움을 품고 있는 벤 건과 그에게 정말로 감사할 일이 있는 나만은 예외였다. 물론 이 문제에 대해 나는 오히려 다른 사람들보다 더 그를 나쁘게 볼 여지도 있긴 했다. 왜냐하면 그가 고지대에서 다시 배반할까 고민하는 모습을 보았기 때문이다. 따라서 의사의 대답은 당연히 딱딱할 수밖에 없었다. 의사가 말했다.
 "취한 거 아니면 미친 거겠지."
 "맞는 말씀입니다, 의사 선생님."
 실버가 대답했다.
 "어느 쪽이든 아무 상관 없잖습니까? 선생님께든 저에게든요."
 "자네 하는 걸 보니 인간적인 사람이라고 평가해 주기는 어려울 것 같군."
 의사가 비웃으며 말했다.
 "그러니 내 생각을 들으면 좀 놀랄지도 모르겠네, 실버 선생. 나는 저 중에 적어도 하나는 열병에 걸렸다고 양심을 걸고 확언할 수 있다네. 그런데 만일 내가 이 확신만큼 저들이 미쳤다라는 확신이 든다면 내 신변에 어떤 위험이 닥친다 하더라도 이곳에서 나간 다음 저들에게 내가 가진 의료 기술을 이용해 도움을 주겠네."

그러자 실버가 말했다.

"죄송하지만 선생님, 아주 잘못 생각하시는 겁니다. 아마 소중한 목숨을 잃고 말 것입니다. 그렇고말고요. 이제 저는 선생님 편입니다. 그것도 아주 긴밀하게요. 그러니 우리 편이 약해지는 걸 보고 싶지 않습니다. 더구나 제가 빚진 게 있는 선생님이야 두말할 나위 없지요. 저기 아래 있는 놈들은 약속을 지킬 줄 모르는 놈들입니다. 그럼요. 아니, 지킬 생각을 하지 않는 놈들이죠. 심지어는 선생님과는 달리 남을 믿을 줄도 모르는 놈들입죠."

의사가 말했다.

"그렇겠지. 자네는 약속을 잘 지킬 사람이고. 우린 그렇게 알고 있네만."

이것이 아마도 우리가 그 세 명의 해적에 대해 들은 마지막 소식일 것이다. 다만 멀리서 총소리가 들리는 것을 들은 적은 있다. 아마 사냥을 하고 있었을 것이라고 여겨졌다. 우리는 회의를 해서 그들을 섬에 버려두고 가야 한다고 결정했다. 굳이 말하자면 벤 건은 이 결정에 환호성을 올렸고 그레이 또한 적극 찬성했다. 우리는 상당한 양의 화약과 총알, 소금에 절인 염소 고기 한 무더기, 약간의 의약품과 다른 필수품들, 도구들, 의복, 예비돛, 한두 길 정도의 밧줄을 남겼다. 또한 의사의 강력한 바람에 따라 꽤 많은 양의 담배도 남겼다.

이 일이 우리가 섬에서 한 마지막 일이었다. 그 전에 이미 우리는 보물을 배로 옮겼고 혹시 어려운 상황이 닥칠지도 모르므로 충분한 양의 물과 나머지 염소 고기도 배에 실었다. 그리고 어느 맑은 날 아침, 마침내 우리는 닻을 올렸다. 이 일도 쉬운 일은 아니었다. 그런 다음 북쪽 후미를 빠져나왔다. 선장이 오두막집에 내걸고 우리가 밑에서 싸웠던 바로 그 깃발이 휘날리고 있었다.

세 명의 해적은 우리 생각보다 훨씬 가까운 곳에서 우리를 지켜보고 있었음이 틀림없었다. 그리고 그 사실은 곧 확인되었다. 해협을 통과하면서 우리는 남쪽 곶에 바싹 붙어 항해할 수밖에 없었는데, 그곳에서 우리는 그 세 명이 함께 모래부리에 무릎을 꿇은 채 손을 들고 간청하는 모습을 보았다. 그들을 그런 상태로 버려두고 가면서 우리는 모두가 가슴이 아팠다고 생각한다. 하지만 다시 한 번 반란의 위험을 무릅쓸 수는 없었다. 그리고 그들을 고향으로 데려가 교수형을 당하게 하는 일은 친절치고는 너무 잔인한 일이었다. 의사는 큰 소리로 그들을 불러서 물건들을 남겼으며 어디 가면 찾을 수 있는지 일러주었다. 하지만 그들은 하나하나 우리 이름을 불러가며 제발 자비를 베풀어 이런 곳에서 죽게 하지 말아달라고 애원했다.

하지만 결국 배가 항로를 유지한 채 빠른 속도로 목소리가 들리지 않을 정도로 멀어지자 누군지는 모르지만 그중 하나가 거칠게 고함을 지르며 총을 어깨에 걸치더니 총을 쐈다. 총알은 실버의 머리 위를 스치듯 지나 주 돛을 뚫고 지나갔다.

그 일이 있자 우리는 얼른 장애물 뒤로 몸을 숨겼다. 내가 다시 머리를 들었을 때 그들은 모래 더미에서 사라지고 없었다. 거리가 멀어지면서 모래 더미 자체가 흐릿해져서 거의 보이지 않았다. 적어도 이 일은 이렇게 끝이 났다. 그리고 정오가 되기 전에 보물섬의 가장 높은 봉우리가 수평선 아래로 사라졌다. 이루 말할 수 없이 기쁜 일이었다.

사람이 너무 적었기 때문에 다들 움직이지 않으면 안 되었다. 선장만이 고물 매트리스 위에 누워서 명령을 내리고 있었다. 많이 회복되긴 했어도 선장은 아직 휴식이 필요했다. 우리는 중남미에서 가장 가까운 항구를 향해 갔다. 새로 선원을 충원하지 않고 본국으로 향하는 건 너무 위험한 일이었기 때문이다. 사실을 말하자면, 바람이 일정치 않은 데다 강풍을 몇 번 만나는 바람에 거기 도착하는 것만으로도 우리는 아주 녹초가 되어 있었다.

거의 해 질 무렵, 우리는 사면이 육지로 둘러싸인 아주 아름다운 만에 닻을 내렸다. 곧바로 과일과 채소, 해양 체험을 권하는 흑인과 멕시코계 인디언, 그리고 혼혈들이 가득 찬 작은 배들이 우리를 둘러쌌다. 수많은 선량한 얼굴들, 특히 흑인들, 맛있는 열대 과일, 그리고 무엇보다도 이제 막 빛나기 시작한 항구의 불빛들은 어둡고 잔인했던 섬의 여정과 대비되어 너무나 매혹적으로 다가왔다. 의사와 지주는 나를 데리고 이른 저녁 시간을 즐기기 위해 뭍에 내렸다. 거기서 우리는 영국 전함 선장을 만나서 이야기를 나누게 되었고 그의 배에 오르기까지 했다. 그리고 너무나 즐거운 시간을 보낸 나머지 우리가 다시 히스파니올라 호로 돌아왔을 때는 아침이 밝아오고 있었다.

배에는 벤 건밖에 없었다. 우리가 배에 오르자마자 그는 기묘하게 얼굴을 비틀며 한 가지 사실을 털어놓았다. 실버가 사라졌다. 벤 건은 몇 시간 전 실버가 작은 배를 타고 도망치는 것을 보고도 모른 체했다. 그리고 '다리가 하나밖에 없는 그 사람이 배에 계속 머무른다면' 우리는 분명 목숨을 잃고 말 것이라며 순전히 우리 목숨을 구하기 위해서 그랬노라고 강변했다. 하지만 그게 전부가 아니었다. 요리사는 빈손으로 사라진 게 아니었다. 그는 아무도 몰래 칸막이 벽을 몰래 뚫고 들어가 3~4백 기니 정도가 들어 있는 금화 자루 하나를 훔쳐 갔다. 그 정도면 앞으로의 여행길에 상당한 도움이 될 것이다.

내가 보기에 사람들은 이렇게 값싸게 그와 헤어지게 된 것에 모두 만족스러워하는 듯했다.

얘기가 길지만 간단히 말하면 우리는 선원 몇 명을 고용해서 안전하게 항해를 했고 히스파니올라 호는 블랜들리가 막 구조대를 구성해야겠다고 생각하던 즈음에 브리스틀에 도착했다. 항해를 시작한 사람 가운데 다섯 사람만이 돌아왔다. '나머지는 술과 악마가 처리했다.' 그것도 무자비하게. 하지만 우리는 다음 노래에 나오는 배만큼 나쁜 상황은 아니었다.

바다로 떠난 사람 일흔다섯 사람
그 가운데 돌아온 건 단 한 사람

우리는 모두 엄청난 양의 보물을 나눠 가졌고 자신의 천성에 따라 어떤 사람은 현명하게 어떤 사람은 어리석게 자신의 몫을 썼다. 스몰릿 선장은 이제 바다 생활을 접었다. 그레이는 자신의 돈을 저축했다가 갑자기 성공하겠다는 욕망이 일어 선원 일을 배우기 시작했다. 그는 지금 돛을 다 갖춘 멋진 배의 부분 소유자이자 항해사이다. 게다가 결혼하여 한 가족의 가장이 되었다. 벤 건에 대해 말하자면 그는 천 파운드를 받았는데 돈을 모두 써 버렸던가 아니면 잃어버렸던가 한 모양이다. 그것도 삼 주, 아니 정확히 말해서 십구 일 만에. 왜냐하면 이십 일째 되는 날 돈 좀 달라며 찾아왔기 때문이다. 그에게는 제복을 입고서 건물을 지키는 일이 주어졌다. 섬에서 그가 염려하던 일 그대로였다. 지금도 그는 때로는 놀림의 대상이 되기도 하지만 엄청난 사랑을 받으며 시골 아이들과 함께 살고 있고 일요일이나 축제일에는 교회에서 뛰어난 성가대원으로 활약하고 있다.

실버에 대해서는 더 이상 소식이 들리지 않았다. 그 무서운 외다리 뱃사람이 마침내 내 삶에서 완전히 사라진 것이다. 하지만 장담컨대 그는 자신의 흑인 아내를 만나서 플린트 선장과 함께 편안하게 살고 있을 것이다. 실제로 그러기를 바란다. 왜냐하면 내가 보기에 다른 세상에서 그가 평안을 얻을 가능성은 그리 많아 보이지 않기 때문이다.

은괴와 무기들은 아직도 플린트가 묻어둔 곳에 그냥 묻혀 있는 것으로 알고 있다. 그리고 나는 그것들을 그냥 거기 놔둘 생각이다. 황소에 줄을 매어 나를 잡아끈다 해도 나는 그 저주받은 섬에는 다시는 가지 않을 것이다. 내 평생 최악의 악몽은 해안에서 파도가 우르릉 쾅 하고 터지는 소리를 들을 때 혹은 플린트 선장이 이렇게 외치는 소리가 귀에 들리는 것 같아 침대에서 벌떡 일어나 앉을 때이다.

"여덟 조각 은화! 여덟 조각 은화!"

1 유토피아 토머스 모어 | 류경희 옮김 | 서문 폴 터너
2 젊은 베르테르의 슬픔 요한 볼프강 폰 괴테 | 김재혁 옮김 | 작품해설 마이클 헐스
3 크로이체르 소나타 레프 톨스토이 | 이기주 옮김 | 서문 도나 터싱 오윈
4 동물 농장 조지 오웰 | 최희섭 옮김 | 서문 맬컴 브래드버리
5 좁은 문 앙드레 지드 | 이혜원 옮김
6 성 프란츠 카프카 | 홍성광 옮김·작품해설
7 도리언 그레이의 초상 오스카 와일드 | 김진석 옮김 | 서문 로버트 미갤
8 노생거 수도원 제인 오스틴 | 홍성광 옮김·작품해설
9 인간의 대지 앙투안 드 생텍쥐페리 | 허희정 옮김 | 작품해설 윌리엄 리스
10 위대한 개츠비 F. 스콧 피츠제럴드 | 김보영 옮김 | 작품해설 토니 태너
11 벤자민 버튼의 시간은 거꾸로 간다 F. 스콧 피츠제럴드 | 박찬원 옮김
　| 서문 패트릭 오도넬
12 아가씨와 철학자 F. 스콧 피츠제럴드 | 박찬원 옮김 | 서문 패트릭 오도넬
13 홍길동전 허균 | 정하영 옮김·작품해설
14 금오신화 김시습 | 김경미 옮김·작품해설
15 소송 프란츠 카프카 | 홍성광 옮김·작품해설
16 지하로부터의 수기 표도르 도스토옙스키 | 조혜경 옮김·작품해설
17~18 이탈리아 기행 1,2 요한 볼프강 폰 괴테 | 홍성광 옮김·작품해설
19 첫사랑 이반 투르게네프 | 최진희 옮김 | 서문 빅터 S. 프리챗
20 차라투스트라는 이렇게 말했다 프리드리히 니체 | 홍성광 옮김
　| 서문 레지널드 홀링데일
21 별에서 온 아이 오스카 와일드 | 김전유경 옮김 | 서문 이언 스몰
22~23 고독의 우물 1,2 래드클리프 홀 | 임옥희 옮김·작품해설
24 오페라의 유령 가스통 르루 | 홍성영 옮김
25~26 기쁨의 집 1,2 이디스 워튼 | 최인자 옮김 | 서문 신시아 그리핀 울프
27 데이지 밀러 헨리 제임스 | 최인자 옮김 | 서문 데이비드 로지
28 이반 일리치의 죽음 레프 톨스토이 | 박은정 옮김 | 서문 앤서니 브릭스
29 대위의 딸 알렉산드르 푸시킨 | 심지은 옮김·작품해설
30 군주론 니콜로 마키아벨리 | 권기돈 옮김 | 서문 앤서니 그래프턴
31 지킬 박사와 하이드 로버트 루이스 스티븐슨 | 박찬원 옮김 | 서문 로버트 미갤

32 주홍 글자 너새니얼 호손 | 김지원·한혜경 옮김
33~34 채털리 부인의 연인 1,2 D. H. 로렌스 | 최희섭 옮김 | 서문 도리스 레싱
35 톰 소여의 모험 마크 트웨인 | 이화연 옮김·| 작품해설 존 실라이
36 로빈슨 크루소 대니얼 디포 | 남명성 옮김 | 서문 존 리체티
37 야간 비행·남방 우편기 앙투안 드 생텍쥐페리 | 허희정 옮김·| 서문 앙드레 지드
38 광막한 사르가소 바다 진 리스 | 윤정길 옮김 | 서문 앤젤라 스미스
39 전원 교향악 앙드레 지드 | 김중현 옮김·작품해설
40 인상과 풍경 페데리코 가르시아 로르카 | 엄지영 옮김·작품해설
41~42 논어 1,2 공자 | 최영갑 옮김 | 논어집주 주자
43 크리스마스 캐럴 찰스 디킨스 | 이은정 옮김 | 서문 마이클 슬레이터
44 켈트의 여명 윌리엄 버틀러 예이츠 | 서혜숙 옮김
45 피터 팬 제임스 매튜 배리 | 이은경 옮김·| 서문 잭 자이프스
46~47 드라큘라 1,2 브램 스토커 | 박종윤 옮김 | 서문 크리스토퍼 프레일링
48 1984 조지 오웰 | 이기한 옮김 | 서문 벤 핌롯
49 자유론 존 스튜어트 밀 | 권기돈 옮김 | 서문 거트루드 힘멜파브
50 오만과 편견 제인 오스틴 | 김정아 옮김 | 서문 비비엔 존스
51 한밤이여 안녕 진 리스 | 윤정길 옮김·작품해설
52 세월의 거품 보리스 비앙 | 이재형 옮김 | 작품해설 질베르 페스튀로
53 그렌델 존 가드너 | 김전유경 옮김
54 7인의 미치광이 로베르토 아를트 | 엄지영 옮김·작품해설
55 왕자와 거지 마크 트웨인 | 김지원·한혜경 옮김
56 소공녀 프랜시스 호지슨 버넷 | 곽명단 옮김 | 작품해설 크노이플마커
57 헨리와 준 아나이스 닌 | 홍성영 옮김
58 셜록 홈즈 : 주홍색 연구 아서 코난 도일 | 남명성 옮김 | 작품해설 이언 싱클레어
59 퀴어 윌리엄 버로스 | 조동섭 옮김
60 정키 윌리엄 버로스 | 조동섭 옮김 | 서문 올리버 해리스
61 모피를 입은 비너스 레오폴트 폰 자허 마조흐 | 김재혁 옮김·작품해설
62 오셀로 윌리엄 셰익스피어 | 강석주 옮김 | 서문 톰 매캘린던
63 맥베스 윌리엄 셰익스피어 | 김강 옮김 | 서문 캐럴 칠링턴 러터
64 코·외투·광인일기·감찰관 니콜라이 고골 | 이기주 옮김 | 서문 로버트 맥과이어
65~68 알렉산드리아 4중주 : 저스틴 / 발타자르 / 마운트올리브 / 클레어
　　　 로렌스 더럴 | 권도희·김종식 옮김
69 셜록 홈즈 : 바스터빌 가문의 개 아서 코난 도일 | 남명성 옮김

70 사랑에 관하여 안톤 체호프 | 안지영 옮김·작품해설
71 이상한 나라의 앨리스 루이스 캐럴 | 이소연 옮김 | 서문·주해 휴 호턴
72 거울 나라의 앨리스 루이스 캐럴 | 이소연 옮김 | 서문·주해 휴 호턴 | 삽화 존 테니얼
73 햄릿 윌리엄 셰익스피어 | 노승희 옮김 | 서문 앨런 신필드
74~75 제인 에어 1,2 샬럿 브론테 | 류경희 옮김 | 서문·주해 스티비 데이비스
76 목요일이었던 남자 체스터턴 | 김성중 옮김·작품해설
77 리어 왕 윌리엄 셰익스피어 | 김태원 옮김 | 서문 키어넌 라이언
78 메피스토 클라우스 만 | 오용록 옮김·작품해설
79 가든파티 캐서린 맨스필드 | 한은경 옮김 | 서문 로나 세이지
80 공산당 선언 마르크스·엥겔스 | 권화현 옮김 | 서문·주해 개레스 스테드먼 존스
81 80일간의 세계일주 쥘 베른 | 이효숙 옮김 | 서문 브라이언 앨디스
82 무도회가 끝난 뒤 레프 톨스토이 | 박은정 옮김·작품해설
83 월든 〈시민 불복종〉 수록 헨리 데이비드 소로 | 홍지수 옮김 | 서문 앤서니 그래프턴
84 허클베리 핀의 모험 마크 트웨인 | 백낙승 옮김·작품해설
85 인간 불평등 기원론 장 자크 루소 | 김중현 옮김
86 사회계약론 장 자크 루소 | 김중현 옮김
87~88 정글북 1,2 러디어드 키플링 | 남문희 옮김 | 서문 대니얼 칼린
89~90 감정교육 1,2 귀스타브 플로베르 | 김윤진 옮김 | 서문 제프리 월
91~95 레 미제라블 1,2,3,4,5 빅또르 위고 | 이형식 옮김·작품해설
96 더블린 사람들 제임스 조이스 | 한일동 옮김 | 서문 테렌스 브라운
97 말테의 수기 라이너 마리아 릴케 | 김재혁 옮김·작품해설
98 마지막 잎새 오 헨리 | 최인자 옮김 | 서문 가이 대번포트
99 자기만의 방 버지니아 울프 | 이소연 옮김 | 서문·주해 미셸 배럿
100 타임머신 허버트 조지 웰스 | 한동훈 옮김 | 서문 마리나 워너
특별판 시학 아리스토텔레스 | 김한식 옮김 | 머리말 츠베탕 토도로프
101~102 작은 아씨들 1,2 루이자 메이 올컷 | 유수아 옮김 | 서문 일레인 쇼월터
103 쟈디그·깡디드 볼떼르 | 이형식 옮김·작품해설
104 반짝이는 것은 모두 오 헨리 | 최인자 옮김
105 어느 영국인 아편 중독자의 고백 토머스 드 퀸시 | 김명복 옮김
106 테레즈 데케루 프랑수아 모리아크 | 조은경 옮김

107 밤의 종말 프랑수아 모리아크 | 조은경 옮김
108 벨아미 기 드 모파상 | 윤진 옮김
109 사물들 조르주 페렉 | 김명숙 옮김·작품해설
110 W 혹은 유년의 기억 조르주 페렉 | 이재룡 옮김·작품해설
111 낙원의 이편 F. 스콧 피츠제럴드 | 이화연 옮김·작품해설
112~113 고흐의 편지 1,2 빈센트 반 고흐 | 정진국 옮김
114 죽은 아버지 도널드 바셀미 | 김선형 옮김·작품해설
115. 비의 왕 헨더슨 솔 벨로 | 이화연 옮김·작품해설
116~117 허조그 1,2 솔 벨로 | 이태동 옮김·작품해설
118~120 오기 마치의 모험 1,2,3 솔 벨로 | 이태동 옮김·작품해설
121~122 목로주점 1,2 에밀 졸라 | 윤진 옮김·작품해설
123 카르멘 프로스페르 메리메 | 송진석 옮김·작품해설
124 사랑의 사막 프랑수아 모리아크 | 최율리 옮김
125 독을 품은 뱀 프랑수아 모리아크 | 이화연 옮김·작품해설
126~127 그림 동화집 1,2 그림 형제 | 홍성광 옮김
128~130 안나 카레니나 1,2,3 레프 톨스토이 | 윤새라 옮김·작품해설
131 대학·중용 자사·주희 | 최영갑 옮김·작품해설
132 슬리피 할로의 전설 워싱턴 어빙 | 권민정 옮김·작품해설
133~134 파우스트 1,2 요한 볼프강 폰 괴테 | 김재혁 옮김·작품해설
135 두 도시 이야기 찰스 디킨스 | 이은정 옮김·작품해설
136 순수의 시대 이디스 워튼 | 김애주 옮김
137 야성의 부름·화이트 팽 잭 런던 | 오숙은 옮김 | 서문 제임스 디키
138 유년 시절·소년 시절·청년 시절 레프 톨스토이 | 최진희 옮김
139 노예 12년 솔로몬 노섭 | 유수아 옮김
140 베니스의 상인 윌리엄 셰익스피어 | 강석주 옮김 | 작품해설 피터 홀랜드
특별판 보바리 부인 귀스타브 플로베르 | 이봉지 옮김
특별판 잃어버린 시절을 찾아서 스완 댁 쪽으로 / 피어나는 소녀들의 그늘에서
마르셀 프루스트 | 이형식 옮김